HEYNE <

D1873953

Romantik-Junkie auf Entzug

Mia Sommer (36),
weiblich, ledig, nicht mehr ganz jung, sucht Mann zwecks Familiengründung. Bitte keine Rosen, Liebesbriefe oder sonstige romantische Gesten!

Marko Graf (38),
attraktiv, zynisch, Immobilienmakler mit eigener Firma, aber ohne Glauben an die Liebe!

Ein Traumpaar ist geboren. Da kann doch nichts mehr schiefgehen! Oder?

Jana Voosen, Jahrgang 1976, studierte Schauspiel in Hamburg und New York. Seitdem war sie in zahlreichen TV-Produktionen (»Tatort«, »Marienhof«, »Hochzeitsreise zu viert« u. a.) zu sehen. Jana Voosen lebt und arbeitet in Hamburg. Mehr Informationen zur Autorin unter www.jana-voosen.de

JANA VOOSEN

Liebe mit beschränkter Haftung

Roman

WILHELM HEYNE VERLAG
MÜNCHEN

MIX
Papier aus verantwortungsvollen Quellen
FSC® C014496
FSC www.fsc.org

Verlagsgruppe Random House FSC-DEU-0100
Das für dieses Buch verwendete
FSC®-zertifizierte Papier *Holmen Book Cream*
liefert Holmen Paper, Hallstavik, Schweden.

Originalausgabe 06/2012

Redaktion: Susann Rehlein
Printed in Germany 2012
Umschlaggestaltung: Eisele Grafik-Design, München
Umschlagabbildung: © Eric Isselée/iStockphoto;
© shutterstock/maryloo
Satz: KompetenzCenter, Mönchengladbach
Druck und Bindung: GGP Media GmbH, Pößneck
ISBN: 978-3-453-40917-0

www.heyne.de

Für
Anthony S.
und
Miss Amanda Jones

Prolog

Guten Tag, mein Name ist Mia Sommer und ich liebe Rosamunde Pilcher. Da! Ich habe es gesagt. Und ich stehe dazu, auch wenn vielen Leuten meiner Generation alleine bei der Nennung dieses Namens übel wird. Vielleicht bin ich wirklich ein bisschen seltsam. Und ganz sicher senke ich den Altersdurchschnitt der Zuschauer um mindestens zwanzig Jahre. Aber ich liebe nun einmal seichte Liebesfilme mit garantiertem Happy End. Ich liebe bunte Farben und schöne Landschaftsaufnahmen. Ich liebe eine Welt, in der auch Frauen, die nicht mehr ganz jung und knackig sind, noch die große Liebe finden. In der Frauen mit Ende dreißig so naiv und unschuldig wie Teenager sein dürfen. Eine Welt, in der es nie regnet, die Menschen in Schlössern wohnen und die Hunde niemals pupsen …

Kapitel 1

Heute beginnt der Rest meines Lebens. Und der wird großartig werden. Einfach toll. Das habe ich mir fest vorgenommen. Manchmal muss man eben einen Schnitt machen. Neu anfangen. Die Vergangenheit hinter sich lassen und nach vorne sehen. Das ist der Plan. Denn da vorne, in meiner Zukunft, da sieht es gut aus für mich. Wundervolle Dinge warten. Es gibt keinen Grund mehr, über die Schulter zu blicken, denn was hinter mir liegt, ist nicht wirklich schön. Die Trennung von meinem langjährigen Freund Timo. Der überstürzte Auszug, das Zerplatzen von Träumen, monatelanger Liebeskummer. All das ist ja nun zum Glück vorbei. Und als symbolischen Akt des Neuanfangs habe ich heute Abend meine blaue Ikeatasche geschultert und bin hierhergekommen. In die »Schleuderei«, den Waschsalon im Hamburger Szeneviertel St. Pauli, der praktischerweise rund um die Uhr geöffnet hat. Gemeinsam mit Strümpfen, Unterhosen und Pullovern wasche ich auch mein Leben rein. All der Liebeskummer, die Selbstzweifel, weil schon wieder eine Beziehung gescheitert ist, werden auf Nimmerwiedersehen gemeinsam mit der schmutzigen Seifenlauge im Abfluss verschwinden.

Ich richte meinen Blick auf die runde Glasscheibe, hinter der meine Wäsche vor sich hinschleudert, und warte darauf, dass ein erhebendes Gefühl von mir Besitz ergreift. Leider lässt es auf sich warten. Vielleicht war das mit dem Waschen doch keine so gute Idee? Ich reibe meine klammen Finger aneinander und kuschele mich fester in meinen langen, braunen Wintermantel. Ziemlich kalt ist es hier drin und die knallpinke Plastikbank, auf der ich seit einer Stunde hocke, hat sicher mittlerweile ihr Muster für immer auf meinem Hintern verewigt.

Silvester alleine im Waschsalon, vielleicht war die Idee doch nicht ganz so brillant, denke ich, während ich mich steifbeinig erhebe und an die Fensterfront trete. Auch diesen Ausblick hatte ich mir anders vorgestellt. Ich dachte, ich könnte in die sternklare Nacht hinausschauen und das imposante Feuerwerk bewundern. Aber schon gegen halb elf wurde mir klar, dass daraus nichts werden würde. Über Hamburg hängt eine dichte Wolkendecke, die dazu führt, dass der Rauch von den Silvesterböllern, die schon seit Stunden in immer kürzeren Abständen in die Luft geschossen werden, nicht abziehen kann. Draußen herrscht dichter Nebel. So dicht, dass ich nicht einmal mehr die Straße erkennen kann. Irgendwie hat das was von Endzeitstimmung. Da draußen könnte jetzt die Welt untergehen, ich würde es nicht mitkriegen. Aber ich denke jetzt einfach mal positiv und gehe davon aus, dass Hamburg noch da sein wird, wenn sich der Nebel gelichtet hat. Um mich ein wenig aufzuwärmen, drehe ich eine Runde durch den Waschsalon mit seinen in der Mitte des Raumes aufgestellten Waschmaschinen. Am anderen Ende verlangsame ich meine Schritte und schiele vorsichtig auf die Bank, auf der es sich die einzige Gesellschaft, die ich an diesem langen Abend habe, gemütlich gemacht hat. Wobei natürlich sowohl Gesellschaft als auch Gemütlichkeit relative Begriffe sind. Irgendwie sind die bunten Plastikplanken der Bänke hier drin genauso gemütlich wie mein Silvesterabend gelungen. Verstohlen betrachte ich das von einem struppigen Vollbart überwucherte Gesicht, die knubbelige Nase mit den feinen blauen Äderchen darauf, die geschlossenen Lider und die tief in die Stirn gezogene grau-blau gestreifte Pudelmütze. Der Mann hat sich ganz fest in eine verfilzte, ausgefranste braune Wolldecke eingewickelt, neben ihm stehen mehrere vollgestopfte Plastiktüten. Seit ich hier angekommen bin, hat er sich nicht gerührt, und wenn er nicht ab und zu ein lautstarkes Schnarchen von sich geben würde, hätte ich wahrscheinlich schon längst einen Krankenwagen gerufen. Da ist es wieder, ein schleimig rasselndes Grunzen, das mich zurück in meine Ecke des Waschsalons treibt. Siehst du, Mia, anderen Leuten geht es viel schlechter als dir, murmele ich mir dabei zu. Auch wenn in letzter Zeit nicht alles rundlief, habe ich doch so viel, was andere nicht haben. Eine hübsche kleine Zweizimmer-Dachgeschosswohnung zum Beispiel, in der ein gemütliches Bett steht, dessen Decke und Kopfkissen ich, sobald ich nach Hause komme, mit meiner schönen cremefarbenen Satin-Bettwäsche beziehen kann. Apropos, die ist jetzt gerade fertig geschleudert. Ich rollere einen der türkisfarbenen Plastikkörbe heran, leere die Maschine aus und werfe alles in den Trockner. In diesem Moment verkündet mein Handy piepsend die Ankunft einer SMS.

UNSEREN LIEBEN FREUNDEN WÜNSCHEN
WIR EIN FROHES NEUES JAHR.
LIEBE GRÜSSE VON DEN BERGERS.

Wow. Es ist tatsächlich schon eine Minute nach zwölf. Da habe ich doch glatt den Jahreswechsel verpasst. Unschlüssig stehe ich mitten im Waschsalon und weiß nicht so recht, was ich jetzt tun soll. Niemand ist hier, den ich umarmen und dem ich ein frohes neues Jahr wünschen kann. Aber das habe ich mir schließlich selber so ausgesucht, darum kann ich jetzt schlecht rumjammern. Also schlinge ich die Arme um mich selbst und sage laut: »Frohes Neues, liebe Mia. Es soll das schönste Jahr deines Lebens werden. Und all deine Wünsche sollen sich erfüllen.« Zugegeben, es fühlt sich ein bisschen komisch an, mich hier selbst zu knuddeln, aber irgendeiner muss es ja tun. Schließlich setze ich mich wieder auf die Plastikbank und überlege, ob jetzt ein guter Zeitpunkt wäre, meine beste Freundin Kati anzurufen, die mit ihrem neuen Freund Paul auf Mallorca Silvester feiert. Die beiden hatten mir zwar angeboten, mitzukommen, aber mit einem frischverliebten Pärchen in romantischer Umgebung den Jahreswechsel zu feiern, ist bestimmt noch frustrierender als meine jetzige Abendgestaltung. Außerdem will Kati Paul endlich eröffnen, dass sie von ihm schwanger ist. Zeit wird's, finde ich, schließlich ist sie bereits in der zwölften Woche.

»Ich weiß«, hat sie geseufzt und mich mit ihren blauen Kulleraugen angesehen, »aber weil wir uns doch erst seit vierzehn Wochen kennen … ich wollte unsere Beziehung nicht gleich am Anfang damit belasten.«

»Ein Kondom wäre eine tolle Idee gewesen«, habe ich zum wohl hundertsten Mal gesagt, aber dann eingelenkt, »keine Sorge, Süße, guck ihn einfach so an wie mich jetzt gerade, dann wird alles gut.«

»Also bist du nicht böse, dass ich dich an Silvester alleinlasse?«

»Quatsch! Mir fällt schon was Tolles ein!«

Wie es um meinen Einfallsreichtum bestellt ist, sehe ich ja jetzt. Was mache ich hier eigentlich? Eine gestandene Frau von sechsunddreißig Jahren, die an Silvester im Waschsalon sitzt, das ist nicht cool. Das ist deprimierend. Und schon habe ich einen Kloß im Hals. Zum Glück fällt mir jetzt die Flasche Champagner in meiner Ikea-Tasche ein, die ich, nebst Plastik-Sektflöte, mitgenommen habe. In diesem Moment klingelt mein Handy.

»Hallo?«

»Süße, ich … endlich … Netz überlastet … frohes … und ganz viel …«, dringen Wortfetzen an mein Ohr. Aber ganz eindeutig erkenne ich Katis Stimme.

»Ich verstehe kein Wort. Aber für euch auch alles Liebe!«, brülle ich in den Hörer und halte mir dann erschrocken die Hand vor den Mund, weil vom anderen Ende des Waschsalons ein unwilliges Grunzen ertönt. »Wie schön, dass du anrufst«, fahre ich etwas leiser fort.

»… Empfang … kaum … verstehen.«

»Ich glaube, das Netz ist total überlastet«, nicke ich. »Kannst du mich denn hören?«

»Süße … kein Wort … Paul … auch.«

»Grüß ihn auch schön von mir«, plappere ich weiter. »Hast du es ihm schon gesagt?«

»Verdammtes … keinen Zweck.« Ich hoffe, sie meint damit das Telefonnetz und nicht ihre Beziehung.

»Na, wahrscheinlich steht er gerade neben dir und du kannst nicht so richtig reden, nicht wahr?«

»… besser … Schluss …«

»Nein, bitte leg doch noch nicht auf«, sage ich, obwohl ich natürlich weiß, dass man das, was hier gerade passiert, nicht wirklich als Konversation bezeichnen kann. Aber es ist so schön, Katis Stimme zu hören, und wenn es nur Wortfetzen sind.

»Süße … ich …«

»Wann kommt ihr denn wieder? Du glaubst ja nicht, wie ich dich vermisse. Du musst mir alles haarklein erzählen, sobald du zurück bist, okay? Sollen wir gleich was ausmachen? Ich könnte euch vom Flughafen abholen, das wäre gar kein Problem und …«

Tut – tut – tut. Ich lasse das Handy sinken. Aber immerhin hat mich Katis Anruf so weit abgelenkt, dass der sich ankündigende Heulkrampf gestoppt wurde. Auch wenn ich kein Wort verstanden habe, war es doch schön, dass sie an mich gedacht hat. Und offensichtlich nicht nur sie. Inzwischen sind vier Kurzmitteilungen auf meinem Handy eingetroffen. Von wem die wohl sind?

EIN FROHES NEUES JAHR!
ALLES LIEBE UND HOFFENTLICH BIS
BALD MAL WIEDER! MELANIE

HALLO, IHR LIEBEN! HOFFEN, IHR SEID
GUT REINGERUTSCHT! EIN GLÜCKLICHES
NEUES JAHR WÜNSCHEN EUCH VON HERZEN
EURE SARAH UND HANNO

EIN SCHÖNES NEUES JAHR WÜNSCHEN EUCH
EVA, JENS UND LUCA (DER AM LETZTEN TAG
DES ALTEN JAHRES ZUM ERSTEN MAL SEIN
KÖPFCHEN SELBSTSTÄNDIG GEHOBEN HAT)

IHR LIEBEN …

Nachdem meine Hoffnung, dass möglicherweise wenigstens die letzte SMS an mich persönlich gerichtet sein könnte und vielleicht sogar inhaltlich mehr zu bieten hätte als das Übliche FROHES-NEUES-BLABLA, sich nicht erfüllt hat, überfliege ich sie nur noch und werfe einen kurzen Blick auf den Absender. Julia. Julia? Welche Julia? Ich kenne keine Julia, wenn man mal von Julia Konradi absieht, die damals in der Grundschule für ein halbes Jahr neben mir saß, bevor sie beschloss, sich einen Sitznachbarn zu suchen, der etwas von Mathe versteht und sie abschreiben lässt. Kurz fühle ich mich verpflichtet, die Neujahrsgrüße zu beantworten, entscheide mich dann aber dagegen. Wahrscheinlich wird es sowieso niemandem auffallen. Ich mag keine Massen-SMS zu Weihnachten oder Silvester. Rundmails sind doof. Über Rundmails freut sich nur einer, und das ist der Telefonanbieter. Was da alleine heute Nacht für ein Geld gemacht wird, da möchte ich gar nicht drüber nachdenken. Ich werde doch diese Verschwendung nicht noch unterstützen. Stattdessen rufe ich lieber meinen besten Freund Daniel an. Es klingelt ziemlich lange und ich fürchte schon, dass sich nur die Mailbox melden wird, als er schließlich doch noch drangeht.

»Hey, Schneewittchen«, so nennt er mich, weil ich pechschwarze Haare und blasse Haut habe, »frohes neues Jahr!«

»Das wünsche ich dir auch! Alles Gute! Und dass du dieses Jahr endlich deine Schreibblockade überwindest.« Trotz eines abgeschlossenen Jurastudiums hat Daniel sich nämlich für ein Leben als Schriftsteller entschieden. Eine tolle Sache, wie ich finde. Problematischerweise arbeitet er aber schon seit zehn Jahren an seinem Debütroman, hält sich mit einem Nebenjob an einer Tankstelle über Wasser und kommt irgendwie nicht in die Gänge.

»Ja, dein Wort in Gottes Ohr«, gibt er wenig zuversichtlich zurück.

»Was macht ihr denn gerade so?«, erkundige ich mich nach ihm und seiner neuen Freundin Franzi.

»Das ist doch nicht zu fassen, dass du jetzt ans Telefon gehst«, faucht jemand im Hintergrund.

»Oh. Störe ich?«, frage ich.

»Nein, du störst überhaupt nicht«, gibt Daniel zurück, während Franzi ganz anderer Meinung zu sein scheint.

»Du bist doch echt nicht mehr ganz dicht«, wirft sie ihm an den Kopf.

»Franzi, was ist denn los? Warum regst du dich so auf?«, höre ich ihn sagen und dann bricht seine Freundin in Tränen aus und stammelt irgendetwas, das ich nicht verstehen kann.

»Daniel, seid ihr etwa gerade miteinander im Bett?«, frage ich ahnungsvoll.

»Na ja«, gibt er gedehnt zurück, »aber doch, ähm, nachher.« Franzi heult noch ein bisschen lauter und ich kann über meinen stoffeligen besten Freund mal wieder nur den Kopf schütteln.

»Das kann doch nicht dein Ernst sein«, ergreife ich Franzis Partei, obwohl sie und ich nicht gerade das sind, was man Freundinnen nennt. Eher im Gegenteil. Sie hasst mich, wobei ich nicht genau weiß, weshalb, und ich kann sie nicht besonders gut leiden, weil, na ja, vermutlich weil sie mich hasst. Das ist eine Eigenschaft, die ich bei anderen Leuten nur schwer akzeptieren kann. Dennoch, während des Nachspiels ans Telefon zu gehen, das geht nun wirklich zu weit.

»Was habe ich denn gemacht? Ich hab doch gar nichts gemacht«, stammelt Daniel hilflos, »Franzi, lauf nicht weg. Bitte!«

»Du solltest sie lieber wieder einfangen«, rate ich ihm und kann förmlich vor mir sehen, wie er seinen nicht eben zierlichen Körper aus dem Bett wuchtet.

»Ich verstehe das nicht«, jammert er dabei vor sich hin. »Wieso kann ich nicht ans Telefon gehen, wenn meine beste Freundin anruft, die Silvester mutterseelenalleine zu Hause sitzt?«

»Ich bin nicht zu Hause, sondern im Waschsalon«, sage ich bestimmt.

»Was machst du denn im Waschsalon?« Im Hintergrund höre ich eine Tür zuschlagen.

»Daniel«, sage ich geduldig, »du solltest wirklich mal lernen, Prioritäten zu setzen. Es ist doch jetzt viel wichtiger, Franzi zurückzuholen, als herauszufinden, was deine jämmerliche beste Freundin jetzt schon wieder für einen merkwürdigen Einfall hatte.«

»Ich finde dich gar nicht jämmerlich!«

»Danke. Läufst du ihr jetzt hinterher oder nicht?«

»Ja, natürlich. Ähm, ich rufe dich morgen zurück, okay?«

»Mach das! Viel Glück!«

»Danke«, sagt er kläglich. »Eigentlich bin ich zu alt für so was!«

»Dann solltest du dir eine Frau in deinem Alter suchen«, kann ich mir nicht verkneifen zu sagen.

»Ich weiß«, gibt er friedfertig zurück, »ich habe ein Problem.«

»Ich auch! Frohes Neues!«

Kopfschüttelnd verstaue ich das Telefon wieder in meiner Manteltasche und hoffe, dass Daniel Franzi wieder versöhnen kann. Ich würde ihm so sehr wünschen, dass mal eine seiner Beziehungen funktioniert, aber irgendwie hält er es nie länger als drei Monate durch. Ich erhebe mich von der kalten Bank, um jetzt endlich mit mir selbst auf das neue Jahr anzustoßen. Gerade, als ich nach der Flasche greife, streift mich ein Luftzug. Im nächsten Moment rast ein dunkles Wollknäuel auf mich zu und springt schwanzwedelnd und freudig bellend an mir hoch.

»Tequila! Aus! Komm sofort hierher. Du weißt genau, dass du das nicht darfst. Lass die Frau in Ruhe.«

»Ach, ist schon gut«, sage ich und kraule Tequila, einen kohlrabenschwarzen Mischlingshund, zwischen den Ohren. »Ich habe selber einen Hund. Das riecht er wahrscheinlich.«

»Er ist völlig außer Rand und Band!« Jetzt taucht auch Tequilas Frauchen hinter der langen Reihe von Waschmaschinen auf, eine kleine Frau, die in ihrem langen, schwarzen Daunenmantel fast versinkt. Nur ein winziges, von Falten durchzogenes Gesichtchen lugt aus der riesigen Kapuze hervor. »Diese Knallerei da draußen macht den armen Hund ganz wahnsinnig.« Ich nicke verständnisvoll. Aus dem gleichen Grund habe ich Idefix schon gestern Abend zu meinen Eltern gebracht, die eine knappe Autostunde von Hamburg entfernt auf dem Land leben. »Vielleicht hätte ich ihn gar nicht nach draußen bringen sollen, aber was muss, das muss! Außerdem wollte ich hier noch schnell nach dem Rechten sehen.« Sie schält sich aus ihrem Monstrum von Jacke und übrig bleibt eine zierliche Gestalt in Jeans und dickem, rotem Wollpullover. Ein dünner, grauer Zopf fällt ihr über den Rücken bis auf die Taille.

»Ich kenne Sie doch, oder?«, frage ich.

»Aber ja«, nickt sie. »Wir haben uns hier schon ein paarmal gesehen.« Na klar, die Putzfrau, fällt bei mir der Groschen.

»Mir gehört der Waschsalon.« Ups. Knapp daneben. »Ein frohes neues Jahr wünsche ich Ihnen!«

»Danke, Ihnen auch!«

Sie wirft einen Blick auf meinen Wäscheberg. »Da haben Sie sich ja einen interessanten Zeitpunkt ausgesucht, um Ihre Wäsche zu waschen«, kommentiert sie ohne eine Spur von Ironie in der Stimme. »Ich hätte eigentlich nicht erwartet, jemanden hier anzutreffen. Außer Hartmut vielleicht.« Mit dem Daumen deutet sie auf den schlafenden Mann, der hier also offensichtlich nicht zum ersten Mal übernachtet.

»Ja, ich, also …« Ich winde mich vor Verlegenheit, aber sie schüttelt lächelnd den Kopf. Anscheinend verlangt sie gar keine Erklärung von mir.

»Sie werden schon Ihre Gründe haben«, meint sie und sieht mich freundlich aus ihren wachen, grauen Augen an. »Genauso, wie ich meine Gründe habe, meinen Mann zu Hause vor dem Fernseher sitzen zu lassen, um hier nach dem Rechten zu sehen.« Sie lächelt vor sich hin, während sie die Waschpulvergefäße, die einfach auf den Maschinen stehen gelassen wurden, einsammelt und zurück zum Münzautomaten bringt.

»Das wollte ich auch gerade machen«, rufe ich ihr schuldbewusst hinterher, aber sie winkt ab.

»Warum? Dazu bin ich doch da.« Wirklich? Die Besitzerin des Waschsalons ist dafür da, hier aufzuräumen? »Ich heiße übrigens Hilde.« Sie sammelt die fahrbaren Waschkörbe ein und stellt sie in Reih und Glied an der Wand auf.

»Mia«, stelle ich mich vor und schüttele ihre Hand, die so winzig ist wie die eines achtjährigen Kindes, aber dabei kräftig und voller Schwielen. In diesem Moment fällt mir der Schampus in meiner anderen Hand wieder ein.

»Stoßen Sie mit mir aufs neue Jahr an?«, frage ich und sie nickt.

»Gerne.« Mit einem lauten Knall fliegt der Korken aus der Flasche und der Champagner ergießt sich in weißem Schaum auf das graue Linoleum.

»Kein Problem. Das wische ich dann weg«, sagt Hilde.

»Aua!«, ertönt gleichzeitig ein Aufschrei zu unserer Rechten, gefolgt von einem rasselnden Hustenanfall. Besorgt schaue ich zu dem zerlumpten Mann hinüber, den ich offensichtlich mit meinem Korken abgeschossen habe und der sich jetzt mühsam und nach Luft ringend aufrappelt.

»Entschuldigung, das war keine Absicht«, rufe ich verlegen zu ihm rüber, während Hilde hingeht und ihm resolut auf den Rücken klopft.

»Danke«, krächzt er heiser, »es geht schon.«

»Na, dann ist ja alles gut. Frohes Neues«, sagt sie.

»Danke. Schon nach zwölf?« Er linst verschlafen in Richtung der Fensterfront, hinter der der Nebel noch dichter geworden ist. »Was ist denn da draußen los? Geht die Welt unter?«

»Nicht heute Nacht. Wir wollten gerade anstoßen. Na los, kommen Sie doch!« Energisch winkt die kleine Frau mich zu sich heran.

»Ähm, ich habe aber leider nur ein Glas«, gebe ich zu bedenken.

»Kein Problem, ich hab hier was.« Erstaunlich energetisch beginnt Hartmut, in seinen Plastiktüten zu kramen und zieht schließlich eine leere Pfandflasche hervor. »Das wird wohl gehen.« Ich gieße den teuren Champagner in seine Aldi-Mehrweg-Flasche, dann fülle ich die Sektflöte und reiche sie Hilde. Ich selbst nehme die Flasche. Feierlich erheben wir unsere Trinkgefäße und ich fühle mich plötzlich ganz merkwürdig in dieser seltsamen Silvesterrunde. Doch Hilde nickt mir freundlich zu und auch Hartmut lächelt und entblößt dabei sein sehr lückenhaftes Gebiss. »Auf ein glückliches neues Jahr! Wünscht euch was!«, sagt Hilde und mit einem unebenen Geräusch stößt Plastik an Glas. Ich setze die Flasche an den Mund, schließe die Augen und nehme einen tiefen Zug. Das prickelnde Getränk rinnt mir über die Zunge und die Kehle hinunter, während der Gedanke durch meinen Kopf schießt: *Ich will eine eigene Waschmaschine.* Erschrocken reiße ich die Augen wieder auf und versuche, den Wunsch zurückzudrängen, aber zu spät. Schlagartig fallen mir tausend Dinge ein, die ich mir hätte wünschen können: die große Liebe, eine Familie, von mir aus auch Weltfrieden oder genug zu essen für alle Menschen. Und was wünsche ich mir? Ein Haushaltsgerät.

Kapitel 2

Als ich am nächsten Morgen gegen elf in meinem himmelblauen, von den Silvesterknallern mit einer dicken Staubschicht überzogenen Corsa zu meinen Eltern aufbreche, um Idefix abzuholen, hat sich der Nebel einigermaßen verzogen. Wie an jedem Neujahrsmorgen ist die Stadt wie ausgestorben. Berge von abgebrannten Silvesterknallern liegen schlapp, grau und durchnässt in den Straßen und schaffen eine düstere Atmosphäre. Während ich auf die leere Autobahn Richtung Husum auffahre, wandern meine Gedanken unwillkürlich zu meinem Exfreund. Wie er wohl den gestrigen Abend verbracht hat? Sicher nicht im Waschsalon, so viel ist sicher. Bei meinem Auszug vor vier Monaten habe ich nämlich die Spülmaschine mitgenommen und ihm im Gegenzug die Waschmaschine dagelassen. Schon merkwürdig, dass man vier Jahre sein gesamtes Leben mit jemandem teilt, und dann verschwindet er von einem Tag auf den anderen und man weiß nichts mehr von ihm. Nicht, was er macht oder wie es ihm geht. Eigentlich schade. Sicher, direkt nach unserer Trennung vor vier Monaten war die absolute Funkstille, die Timo uns verordnet hat, das einzig Richtige. Ich habe mich nämlich mit dem Ende unserer Beziehung schwergetan. Mancher würde vielleicht behaupten, dass ich mich kurzzeitig in eine Stalkerin verwandelt habe, wenn man denn dieses böse Wort für eine liebeskummergeplagte Frau verwenden muss, die öfter mal unangekündigt vor der Haustür ihres Exfreundes auftaucht. Oder ihn ab und zu mal anruft. Tagsüber. Nachts. Im Minutentakt. Ich spüre, wie mir bei der Erinnerung die Schamesröte ins Gesicht steigt. Aber in emotionalen Ausnahmesituationen neige ich leider zu irrationalem Verhalten. Ich hoffe, dass ich in Timos Erinnerung nicht das Häufchen Elend bin, als das er mich zuletzt gesehen hat. Sondern dass er auch an unsere schönen Zeiten denkt. Dass er mich vielleicht sogar manchmal vermisst. Mit der rechten Hand krame ich in meiner auf dem Beifahrersitz liegenden Tasche nach meinem Handy und werfe einen prüfenden Blick auf das Display. Wäre doch möglich, dass er mir eine SMS geschickt hat. Als Friedensangebot. Das würde sich doch anbieten zum Jahreswechsel. Aber Fehlanzeige. Obwohl ich nicht wirklich damit gerechnet habe, bin ich enttäuscht. Vielleicht sollte ich ihm eine Nachricht schicken? Nichts Emotionales natürlich, nur einen lockeren Neujahrsgruß, der zwischen den Zeilen sagt: Hey, bei mir ist alles gut! Und ich bin auch nicht mehr sauer, also musst du nicht befürchten, dass ich bei unserer nächsten Begegnung wieder das Rumpelstilzchen gebe. Die alte Mia ist zurück. Ich werfe einen Blick auf die Uhr, es ist kurz vor halb zwölf, und beschließe, die Entscheidung um ein paar Stunden zu vertagen. Wer eine richtig coole Silvesternacht hatte, kriecht nicht vor zwei aus den Federn und ist frühestens um fünf überhaupt in der Lage, zusammenhängende Worte auf seinem Handy zu tippen. Außerdem gebe ich Timo damit die Chance, sich möglicherweise doch noch als Erster bei mir zu melden. Entschlossen lasse ich das Telefon zurück in meine Tasche fallen, drehe das Radio lauter und gröle aus vollem Halse mit, dass ich noch niemals in New York und auch nicht auf Hawaii war.

Ein bisschen heiser, aber deutlich besserer Laune biege ich in die Einfahrt des umgebauten Bauernhofs meiner Eltern ein und parke vor dem altmodischen, dunkelgrün gestrichenen Tor. Ich steige aus dem Wagen und sehe mich suchend nach meinem Hund um, der mich normalerweise freudig bellend begrüßt. Aber nirgendwo ist ein kleiner Jack Russel Terrier mit schwarzen und braunen Flecken auf weißem Fell zu sehen. Vermisst mich denn wirklich überhaupt keiner? Bevor ich wieder in Selbstmitleid versinken kann, wird das Schlafzimmerfenster im ersten Stock aufgerissen und meine Mutter winkt mir fröhlich zu.

»Hallo!«

»Hallo«, rufe ich zu ihr hinauf und im nächsten Moment öffnet sich auch die schwere Eingangstür und mein Vater zieht mich in seine Arme.

»Frohes neues Jahr, meine Tochter!«

»Dir auch, mein Vater«, grinse ich und sehe in sein fröhliches, rundes Gesicht unter dem noch immer dichten, grauen Haarschopf.

»Du, bevor ich es vergesse«, damit nimmt er mich beim Arm und zieht mich in die geräumige Wohnstube, in deren Ecke, neben dem gewaltigen Kamin, noch immer der geschmückte Tannenbaum steht und gemütlich vor sich hinnadelt, »mit deinem Hund stimmt irgendwas nicht.«

»Wie bitte?«

In diesem Moment kommt meine Mutter dazu. »Jetzt ist sie erschrocken! Also wirklich, Rainer, du hast aber auch ein Händchen fürs Dramatische.« Missbilligend schüttelt sie den Kopf und tätschelt mir dann die Wange. »Keine Sorge, mit deinem Hund ist alles okay, er hat nur ein paar leichte … Verdauungsbeschwerden.«

»Oh, ja stimmt! Ich hätte euch vielleicht besser vorgewarnt«, sage ich schuldbewusst.

»Das ist doch nicht weiter schlimm«, winkt meine Mutter ab, während wir uns auf der dunkelbraunen Couchgarnitur niederlassen, wo bereits Tee und Unmengen von übrig gebliebenem Weihnachtsgebäck auf mich warten.

»Nicht schlimm? Ich habe zuerst einen Gasangriff befürchtet«, mein Vater lässt sich ächzend neben mir nieder. »Und deine Mutter hat natürlich mich beschuldigt und mir gleich mal einen Vortrag über meine ungesunde Lebensweise gehalten.« Zufrieden streichelt er über seinen vorstehenden Bauch. »Dabei funktioniert meine Verdauung tiptop okay. Da gibt es nichts dran zu beanstanden.«

»Äh, interessant«, sage ich und meine Mutter pflichtet mir kopfschüttelnd bei.

»Ja, wirklich sehr interessant, Rainer. Möchtest du das vielleicht noch weiter ausführen?« Sie rollt die Augen gen Himmel.

»Ach so, ich darf nicht mal darüber reden, aber der Hund darf hier ungestraft in der Gegend rumpupsen, ja?«, macht mein Vater auf beleidigt. Meine Mutter verzichtet auf eine Antwort und wendet sich stattdessen wieder mir zu.

»Vielleicht solltest du mal mit ihm zum Tierarzt gehen. Nicht dass was Ernsthaftes dahintersteckt.«

»War ich schon«, sage ich achselzuckend und stopfe mir ein selbst gebackenes Vanillekipferl in den Mund. »Aber organisch ist alles in Ordnung mit ihm. Sozusagen tiptop okay«, füge ich mit einem Grinsen hinzu. »Der Arzt meint, es ist psychosomatisch.«

»Wie bitte?!«, sagen meine bodenständigen Eltern wie aus einem Mund. Wahrscheinlich wussten sie nicht einmal, dass so ein Hund überhaupt eine Psyche besitzt. Aber mein kleiner Idefix ist eben ein ganz besonders sensibles Tier.

»Es hat mit der Trennung von Timo angefangen«, erkläre ich. »Genau genommen in meiner neuen Wohnung. Ist ja auch kein Wunder, schließlich kannte er Timo schon sein ganzes Leben und dann ist er plötzlich von einem auf den anderen Tag nicht mehr da. Das ist natürlich ein Schock für so ein Tier. Und ich kann es ihm noch nicht einmal erklären.« Vor lauter Mitleid mit meinem Hund bekomme ich einen dicken Kloß im Hals.

Zweifelnd sieht mein Vater mich an. »Vielleicht ist er allergisch gegen den Teppichkleber bei dir zu Hause.«

»Ich habe Laminat.«

»Dann ist er eben dagegen allergisch. Oder gegen die Wandfarbe. Oder was weiß ich. Psychosomatisch. Ich bitte dich!«

»Es ist aber so«, beharre ich. Manchmal gibt es eben keine rationale Erklärung. »So eine Hundeseele ist unheimlich sensibel.«

»Was hat denn seine Seele mit dieser Pupserei zu tun?«

»Das ist seine Art, gegen die Veränderungen in seinem Leben zu protestieren«, gebe ich weiter, was der Tierarzt mir gesagt hat und was sich in meinen Ohren höchst plausibel anhört.

»Du meinst, er verpestet deine Wohnung …«

»… weil er zurück in unsere alte Wohnung will, ja. Zurück zu Timo«, bestätige ich. Meine Eltern gucken dermaßen irritiert aus der Wäsche, dass es anfängt, mir ein bisschen Spaß zu machen, und so setze ich noch einen drauf.

»Er ist ein Scheidungshund.« Ein paar Sekunden herrscht Totenstille, dann räuspert sich mein Vater verlegen.

»Aber«, gibt er zu bedenken, »ihr wart doch noch nicht einmal verheiratet.« Die leichte Amüsiertheit entweicht aus mir wie aus einem Luftballon.

»Das weiß ich selber, aber glaubst du, dass so ein Papier irgendeinen Unterschied macht? Er leidet nun einmal und es tut mir leid, dass er deinen feinen Geruchssinn damit belästigt hat. Dann bringe ich ihn das nächste Mal eben in die Hundepension.« Meine Güte, ich bin aber heute auch wieder dramatisch.

»Wieso das denn? Habe ich gesagt, dass ich Idefix nicht hierhaben will?«, fragt mein Vater und sieht Hilfe suchend meine Mutter an. »Das habe ich nicht gesagt. Wir nehmen deinen Hund jederzeit gerne.«

»Das weiß sie«, sagt meine Mutter und tätschelt meine Hand.

»Man wird doch wohl noch was sagen dürfen, wenn er rumstänkert wie ein Großer. Wir machen uns schließlich auch Sorgen um seine Gesundheit«, fährt mein Vater fort und schon tut es mir wieder leid, dass ich so biestig war.

»Ich bin im Moment ein bisschen empfindlich«, entschuldige ich mich. »Wo ist Idefix überhaupt?« Meine Eltern werfen einander einen vielsagenden Blick zu.

»Er macht, was jedes Scheidungskind früher oder später tut«, sagt meine Mutter und kann sich dabei ein Grinsen kaum verkneifen. »Er versucht, zu schockieren.«

»Wie bitte?« Ich verstehe nur Bahnhof. Statt einer Antwort zieht sie mich an der Hand vom Sofa und führt mich quer durchs Wohnzimmer in die riesige, ganz in Weiß und Blau gehaltene Küche, wo mir der Duft von frischen Kräutern und Knoblauch in die Nase steigt. Auf dem riesigen, freistehenden Kochblock in der Mitte des Raumes blubbert mal wieder irgendeine Suppenkreation vor sich hin, und davor liegt ein schwarz-weiß-braunes Fellknäuel.

»Idefix!« Ich gehe in die Hocke, aber mein Hund denkt gar nicht daran, seinen warmen Platz vor dem Ofen aufzugeben, um mich zu begrüßen. Er öffnet lediglich ein Auge und verleiht seiner Freude, mich zu sehen, durch ein leichtes Schwanzwedeln Ausdruck. Dann schmiegt er sich enger an seine neue Freundin, die zufrieden – schnurrt.

»Darf ich vorstellen, das ist Miss Amanda Jones«, sagt meine Mutter schmunzelnd, während ich ungläubig auf das schwarz-weiße Tier zu meinen Füßen sehe.

»Sie ist eine Katze«, stelle ich schließlich fest.

»Sie ist den Nachbarn vor ein paar Wochen zugelaufen. Seit gestern Nachmittag sind die beiden unzertrennlich.«

»Aber … sie ist eine Katze«, wiederhole ich ungläubig. »Idefix mag keine Katzen.«

»Diese hier schon.« Und wie zum Beweis beginnt mein Hund, dessen Nackenhaare sich normalerweise schon beim Anblick einer Katze aufstellen, Amanda zärtlich das Gesicht abzulecken, was diese sich zufrieden maunzend gefallen lässt. Idefix wirft mir einen Seitenblick zu und sieht so glücklich aus, wie seit unserem Umzug nicht mehr. Ich muss einigermaßen schockiert aus der Wäsche gucken, denn nach einem kurzen Zögern – ich kann förmlich sehen, wie er mit sich ringt, da soll noch mal einer behaupten, Hunde hätten keine Psyche – verlässt er seinen Platz und hoppelt auf mich zu.

»Hi, mein Liebling!« Ich nehme seinen Kopf in meine Hände und kraule ihn hinter den Ohren. »Du machst ja vielleicht Sachen.« Idefix bellt vergnügt und pupst lautstark.

»O nein, nicht schon wieder«, stöhnt meine Mutter. »Und das in der Küche, also wirklich! Könnt ihr beiden euch nicht einen anderen Ort für eure Schäferstündchen suchen?«, schimpft sie mit Idefix, der aus unschuldigen Hundeaugen zu ihr hochblickt, während ich wie jedes Mal überrascht bin, dass ein solcher Gestank aus so einem kleinen Tier kommen kann.

»Gott, das ist ja wirklich atemberaubend«, ächze ich und stürze ans Fenster, um frische Luft hereinzulassen. In diesem Moment maunzt Miss Amanda Jones empört, erhebt sich und geht hoch erhobenen Hauptes an Idefix vorbei. Als der ihr schwanzwedelnd folgen will, weist sie ihn mit einem Fauchen in seine Schranken und stolziert von dannen, ohne mein Hundchen noch eines Blickes zu würdigen. Obwohl ich ein solches Verhalten natürlich empörend finde und meinen bis ins Mark getroffenen Hund sogleich auf den Arm nehme, kann ich die Katzendame auch irgendwie verstehen. Verdauungsstörungen sind natürlich alles andere als romantisch. Dennoch kraule ich dem winselnden Idefix den Kopf und flüstere ihm zu: »Wenn sie dich nicht so liebt, wie du bist, dann liebt sie dich nicht wirklich.«

Trotz der Abfuhr, die er von der Nachbarskatze bekommen hat, stellt es sich als ausgesprochen schwierig heraus, Idefix zur Heimreise zu bewegen. Während er normalerweise auf den Rücksitz springt, sobald ich nur die Türe aufmache, sitzt er heute reglos auf dem Kopfsteinpflaster und sieht mich vorwurfsvoll an. Er läuft sogar vor mir weg, als ich versuche ihn hochzunehmen, sodass ich nach einer halben Stunde schließlich aufgebe und beschließe, den Abend bei meinen Eltern zu verbringen. Was wartet denn zu Hause schon auf mich? Ein endlos langer Sonntagnachmittag, eine leere Wohnung und eine wabbelige Pizza vom Lieferservice. Hier bekomme ich dagegen ein selbst gekochtes Essen und kann am Abend mit meiner Mutter unserer gemeinsamen Leidenschaft frönen, die ich im echten Leben eher unter Verschluss halte. Tatsächlich wissen nur Kati und Daniel davon. Sicher, Timo auch, aber der hat sich von Anfang an so dermaßen darüber lustig gemacht, dass ich mein Hobby ihm zuliebe aufgegeben habe. Wenigstens zum Schein. So habe ich die Sonntagabende neben ihm auf der Couch verbracht und so getan, als könnte ich dem Tatort irgendwas abgewinnen. Und wenn mir das Geballere zu laut und die Geschichte zu spannend wurde, habe ich mich auf Dienstagabend gefreut. Denn dienstags ging Timo immer mit seinen Freunden zum Volleyball und danach einen trinken. Und ich hatte meinerseits einen Mädchenabend. Mit Inga. Oder Rosamunde.

»Heute läuft eine Pilcher-Verfilmung«, verkündet meine Mutter nach einem Blick in die Fernsehzeitung, was ich längst weiß.

»Super«, sage ich.

»O Gott«, findet mein Vater und macht sich aus dem Staub. Oder genau genommen auf den Weg in den Keller. Ich frage mich, was Männer im Keller eigentlich so tun, stundenlang. Mein Vater vergräbt sich in seinem »Werkraum«, der, nebenbei gesagt, fast so groß ist wie meine gesamte Wohnung, und puzzelt vor sich hin, ohne jemals irgendein Ergebnis zu produzieren. Warum nur hört man es trotzdem aus dem Werkraum hämmern, sägen und bohren? Das wird mir für ewig ein Rätsel bleiben. Aber manche Dinge zwischen Männern und Frauen müssen vielleicht auch nicht endgültig geklärt werden. Und immerhin überlässt mein Vater uns ohne zu murren das Feld, beziehungsweise den Fernseher, damit wir unsere Neujahrsschnulze ansehen können. Der Abend ist gerettet. Ich liebe Rosamunde Pilcher. Da! Ich habe es gesagt: Ich liebe Rosamunde Pilcher. Und dazu stehe ich, auch wenn viele Leute meiner Generation alleine bei der Nennung dieses Namens einen Würgreflex zu bekommen scheinen. Vielleicht bin ich wirklich ein bisschen seltsam. Und ganz sicher senke ich den Altersdurchschnitt der Zuschauer um mindestens zwanzig Jahre. Aber ich liebe nun einmal seichte Liebesfilme mit garantiertem Happy End. Ich liebe bunte Farben und schöne Landschaftsaufnahmen. Ich liebe eine Welt, in der auch Frauen, die nicht mehr ganz jung sind, noch die große Liebe finden. In der Frauen mit Ende dreißig so naiv und unschuldig (und knackig) wie Teenager sein dürfen. Eine Welt, in der es nie regnet, die Menschen in Schlössern wohnen und die Hunde niemals pupsen. Und so verfolge ich gemeinsam mit meiner Mutter die Liebesgeschichte von Nancy Winterborough und Jonathan Harolds, träume mich weg in eine Welt, in der es Waschsalons nicht zu geben scheint und sich zwei Liebende beim vierten Date verloben, anstatt sich im vierten Jahr zu trennen.

Nach dem Film bin ich so weichgespült, dass ich Timo in einem Anflug von Großherzigkeit doch noch eine Neujahrs-SMS schreibe. Keine Liebesschwüre oder Ähnliches natürlich, nur ein knapper, freundschaftlicher Gruß:

WÜNSCHE DIR EIN FROHES NEUES JAHR
UND HOFFE, ES GEHT DIR GUT!
LIEBE GRÜSSE VON MIA

In dieser Nacht kann ich nicht schlafen. Alle fünf Minuten schrecke ich hoch und taste nach meinem Handy, das auf meinem Nachttisch liegt und keinen Ton von sich gibt. Obwohl keine neue Mitteilung angezeigt wird, durchforste ich meinen SMS-Eingangsordner. Vergeblich. Keine Nachricht von Timo. Andererseits, warum sollte er mir auch um vier Uhr morgens eine SMS schreiben? Entschlossen schalte ich mein Handy ab und kuschele mich in meine Decke. Er wird sich morgen bei mir melden. Eine freundliche Antwort schicken oder sogar gleich anrufen. Und dann kann ich mich für mein überdramatisches Verhalten von vor ein paar Wochen entschuldigen. Und er wird sagen, dass er mir das nicht übel nimmt. Weil ich ja in einer Ausnahmesituation gesteckt habe. Dass er mich nicht für vollkommen durchgedreht hält. Und dass wir von nun an Freunde sein können. So wird es ablaufen. Naja, jedenfalls so ähnlich.

Kapitel 3

Aber Timo meldet sich nicht. Die ganze Woche über kleckert noch der eine oder andere verspätete Neujahrsgruß ins Haus beziehungsweise Handy, aber von Timo kein Wort. Leider macht mich das wütender, als ich zugeben möchte. Ja, ich habe mich bei unserer Trennung danebenbenommen, aber ist das ein Grund, mich von nun an vollkommen zu ignorieren? So schlimm waren meine Ausbrüche nun auch wieder nicht. Jedenfalls im Vergleich zu den Sachen, die ich in meinen Zwanzigern so abgezogen habe. »Dramaqueen« hat Daniel mich immer genannt und erst damit aufgehört, als ich androhte, ihm die Freundschaft zu kündigen. Dann ist er auf »Schneewittchen« umgeschwenkt, was mir deutlich besser gefiel. Obwohl er natürlich mit dem ersten Namen den Nagel auf den Kopf getroffen hatte. Ich bin eine Dramaqueen. Immer schon. Aber ich habe mich sehr gebessert, und zum Beweis werde ich mich jetzt einfach mal damit abfinden, dass Timo nichts mehr von mir wissen will. Ist ja auch in Ordnung. Und sicher würde ich es nicht so schwernehmen, wenn ich einen neuen Freund hätte, aber die Suche gestaltet sich schwierig. Speed-Dating, von Bekannten arrangierte Blind Dates, Kontaktanzeigen, ich habe alles versucht und dabei eine Niete nach der nächsten gezogen. Wobei ich das gar nicht nur auf die Männer schieben möchte. Wahrscheinlich liegt es an mir und meiner negativen Grundeinstellung. Wenn ich ganz ehrlich bin, möchte ich meinen Mann nämlich gar nicht über ein Internetportal kennenlernen. Das ist irgendwie so unromantisch. Als wollte man dem Schicksal mit der Brechstange nachhelfen. Eine zufällige, romantische Begegnung wäre mir lieber. So eine, von der man noch seinen Enkelkindern erzählen kann nach dem Motto: »Es war dieser stürmische Tag an der Alster. Eurem Großvater ist sein Hut davongeflogen und hat ihn direkt vor meine Füße geführt.« Na schön, welcher Mann trägt heute schon noch einen Hut? Aber vom Prinzip her.

Ich werfe einen Blick auf die Uhr. Halb acht am Samstagmorgen. Ein Kribbeln durchläuft meinen Körper, denn ich weiß sofort, was ich jetzt am liebsten tun möchte. Etwas, das ich in den letzten Monaten beinahe jeden Samstag getan habe, von dem ich mir aber vorgenommen hatte, es im neuen Jahr zu unterlassen. Und daran werde ich mich halten. Ich kann schließlich nicht gleich in der ersten Woche einknicken. Wenn ich zwei Monate durchhalte, kann ich im März ja vielleicht mal wieder hingehen. Als Belohnung. Aber nicht heute. Ich schlüpfe aus dem Bett und sitze zehn Minuten später im Bademantel und mit einer Tasse heißen Yogi-Tees am Schreibtisch. Wenn ich schon nicht mehr schlafen kann, dann kann ich ebenso gut an meiner Kolumne für die »Femina« schreiben, die ich nächste Woche abgeben muss. Ich starre auf den Monitor und warte auf Inspiration. Eigentlich bin ich noch todmüde, aber in letzter Zeit kann ich, einmal wach geworden, nicht mehr einschlafen. Senile Bettflucht hat Kati das irgendwann mal genannt, aber das fand ich gar nicht komisch. Mein Alter ist plötzlich, mit der Trennung von Timo, ein wunder Punkt für mich. Mit sechsunddreißig Jahren wollte ich eigentlich Mutter von drei Kindern sein. Und jetzt habe ich noch nicht mal eins. Geschweige denn den dazugehörigen Mann. Als ich noch mit Timo zusammen war, hätten wir wenigstens jederzeit mit der Familienplanung starten können, wenn wir denn gewollt hätten. Ich wollte natürlich. Und zwar von Anfang an. Aber Timo stand ziemlich massiv auf der Bremse und fand immer, dass dafür auch später noch genug Zeit wäre. Na klar, das sagt sich natürlich leicht, so als Mann. Aber immerhin hätte es irgendwann losgehen können. Im Gegensatz zu jetzt. Nun muss ich wieder von vorne anfangen. Einen Mann kennenlernen, mich verlieben, zusammenziehen … Gehen Sie zurück auf Los, begeben Sie sich sofort dorthin. Ziehen Sie keine viertausend Dollar ein.

Energisch schiebe ich meine düsteren Gedanken beiseite. »Sei dankbar für das, was du hast!«, steht auf dem rosa Post-it an meinem Computermonitor. Eben! Ich habe eine ganze Menge! Meine Eltern. Daniel und Kati. Idefix. Eine süße Zwei-Zimmer-Dachgeschosswohnung. Und nicht zuletzt genug Aufträge als freiberufliche Journalistin! Noch während meines Germanistikstudiums habe ich begonnen, für diverse Frauenzeitschriften zu schreiben, und über eine schlechte Auftragslage kann ich mich wirklich nicht beschweren. Ich schreibe alles, was man bei mir bestellt, vom Schicksalsreport über Erfahrungsberichte bis zur Ratgeber-Kolumne. Und normalerweise macht mir meine Arbeit auch großen Spaß, aber heute bringe ich nicht einen einzigen vernünftigen Satz zustande. Und meine Gedanken wandern wieder nach Eppendorf, den benachbarten Stadtteil mit den schönen Altbauhäusern und der entzückenden, kleinen Kirche, wo ich … Nein, rufe ich mich selbst zur Ordnung. Das werde ich nicht. Nicht heute. Weil es irgendwie so kläglich ist. Armselig. Erbärmlich. Aber eben auch wunderschön und tröstlich.

»Du bist ein Romantik-Junkie, Schneewittchen«, hat Daniel gesagt, als ich ihm von meiner neuen Wochenendbeschäftigung erzählt habe.

»Na und? Was ist dagegen einzuwenden?«, habe ich mich verteidigt. »Andere Leute verbringen ihren Samstag damit, sich gegenseitig mit Farbpatronen abzuschießen und Krieg zu spielen. Dagegen ist mein Hobby doch total harmlos.« Damit hatte ich Daniel natürlich den Wind aus den Segeln genommen. Aber erst Pilcher und nun auch noch das – inzwischen mache ich mir doch ein bisschen Sorgen um mich. Nicht dass ich diese Erlebnisse nicht aus vollem Herzen genießen würde. Aber verwandele ich mich möglicherweise langsam, aber sicher in eine spinnerte alte Jungfer? Werde ich noch in zwanzig Jahren hier in meiner Single-Wohnung sitzen und mich am Samstagmorgen in mein schönstes Kleid werfen? Keinesfalls, schwöre ich mir, während ich wie magnetisch angezogen zu meinem Kleiderschrank gehe und den Blick über die bunte Auswahl schweifen lasse. In zwanzig Jahren liegt all dies weit hinter mir. Ich werde mein eigenes Glück gefunden und es nicht mehr nötig haben, mich am Glück anderer zu laben. Ich ziehe mein dunkelrotes, knielanges Samtkleid mit der Rüschenborte an Ärmeln und Saum hervor und halte es prüfend vor mich. Nur noch heute. Nur noch dieses eine Mal! Ich krame nach den passenden hochhackigen Schuhen. Nach diesem trostlosen Silvester habe ich mir ein bisschen Aufmunterung redlich verdient. Und nach dieser Woche vergeblichen Wartens auf ein Lebenszeichen von Timo. Der Blödmann. Wie unhöflich von ihm, meine netten Wünsche einfach zu ignorieren. Eigentlich kann ich wirklich froh sein, dass ich ihn los bin. Ich schlüpfe in schwarze Spitzenunterwäsche und eine hautfarbene Strumpfhose. Schließlich tue ich ja niemandem weh damit! Und solange keiner Schaden nimmt, sollte jeder tun und lassen können, was er will. Das ist meine Meinung. Eine halbe Stunde später stehe ich fertig angezogen und geschminkt im Flur vor dem großen Spiegel mit dem verschnörkelten Goldrahmen und betrachte mich zufrieden. Gut sehe ich aus. Der Hungerstreik, in den ich nach der Trennung getreten bin, hat sich ausgezahlt, denn ich bin so schlank wie schon lange nicht mehr. Meine glatten, kinnlangen Haare glänzen und den Mund habe ich, ganz im Schneewittchenlook, blutrot angemalt. Meine Laune hat sich schlagartig verbessert und mein Herz klopft voller Vorfreude. Die offenen Pumps sind für die eisigen Temperaturen draußen natürlich vollkommen ungeeignet, aber was macht das schon? Schließlich ist das hier ein ganz besonderer Tag für irgendjemanden. Und ich werde dabei sein.

Um fünf vor zehn hat sich auf dem Vorplatz vor dem roten Backsteingebäude wie jede Woche eine ansehnliche Schar festlich gekleideter Menschen versammelt. Ich halte mich etwas abseits und ziehe meinen Wintermantel fester um mich. Eine resolut wirkende Frau mittleren Alters fordert schließlich alle Anwesenden auf, einzutreten, und ich folge der Gesellschaft durch das gewaltige Holztor ins Innere von Hamburgs beliebtester Hochzeitskirche. Die Blumensträuße aus weißen und roten Rosen, mit denen Bänke und Altar geschmückt sind, gefallen mir heute besonders gut. Unter allgemeinem Gemurmel werden die Plätze eingenommen, ich setze mich auf eine der weißen Holzbänke ganz hinten und freue mich auf das Kommende. Eine Minute später erklingt der Hochzeitsmarsch von Mendelssohn, ich erhebe mich und richte meinen Blick wie alle anderen zum Eingang der Kirche. Dort erscheint jetzt aber nicht wie erwartet eine wunderschöne Braut im weißen Kleid, sondern ein ziemlich abgehetzt und schlecht gelaunt wirkender, dunkelhaariger Mann im schwarzen Anzug, der angesichts der ihm unfreiwillig zuteil werdenden Aufmerksamkeit betreten den Kopf einzieht.

»'tschuldigung, darf ich mal?« Mit diesen Worten drängelt er sich in meine Sitzreihe und zwingt mich, meinen perfekten Aussichtsplatz zu räumen.

»Natürlich.« Etwas verstimmt mache ich zwei Schritte nach links. In diesem Moment geht ein Raunen durch den Saal und nun erscheint tatsächlich die Braut. Die breiten Schultern des hochgewachsenen Fremden versperren mir die Sicht.

»Würden Sie mal ein Stück rücken?«, frage ich. »Ich kann nichts sehen.« Er dreht sich zu mir um und sieht mich mit hochgezogenen Augenbrauen von oben herab aus stahlblauen Augen an.

»Natürlich, bitte sehr«, sagt er mit einem ironischen Lächeln und lehnt sich ein Stück zur Seite, sodass ich an ihm vorbeischauen kann. Im Kirchenportal steht, am Arm eines grauhaarigen Mannes, dem vor lauter Aufregung trotz Minusgraden die Schweißperlen über die Stirn laufen, die Braut. Ich kann einen entzückten Seufzer nicht unterdrücken, was mir prompt einen scheelen Seitenblick meines Nachbarn einbringt, den ich geflissentlich ignoriere.

Der wird mir nicht die Laune verderben! Bewundernd lasse ich meine Blicke über die Erscheinung gleiten. Ihre langen, blonden Haare fallen ihr in weichen Locken auf die Schultern, das champagnerfarbene Kleid umschmeichelt ihre zarte Figur und ein langer Schleier fällt federleicht auf den Boden hinter ihr. Ich finde sie einfach nur wunderschön. Und sie strahlt. Aus ihren hellbraunen Augen kullern jetzt schon dicke Tränen, während sie nun gemessenen Schrittes durch den Gang in Richtung Altar schreitet, und sofort bekomme ich einen Kloß im Hals. Der Bräutigam, der im schwarzen Frack auf sie wartet, grinst so breit, dass sein Gesicht nur noch aus Zähnen zu bestehen scheint. Jetzt ist sie bei ihm, der Brautvater scheint kurz mit sich oder auch den Tränen zu kämpfen, als er seine Tochter an ihren zukünftigen Ehemann übergibt, dann zieht er sich zurück und die Brautleute lächeln einander an. Die Orgel beendet ihr Spiel und der Pastor spricht die Begrüßungsworte. Schniefend setze ich mich wieder hin.

»Ich hoffe, Sie haben Tempos dabei«, bemerkt mein Sitznachbar und ich zeige ihm die frische Packung, die sich selbstverständlich in meiner Handtasche befindet.

»Brauchen Sie auch eins?«, erkundige ich mich flüsternd und er schüttelt den Kopf.

»Ich kann mich gerade noch beherrschen«, gibt er zurück und ich merke erst jetzt, dass er sich offensichtlich über mich lustig macht. So ein Blödmann. Schulterzuckend stopfe ich die Taschentücher zurück und greife nach dem Ablaufplan, denn in diesem Moment stimmt die Gemeinde das erste Lied an.

»Herr, deine Liebe ist wie Gras und Ufer«, schmettere ich aus voller Kehle, während mein Nebenmann ungerührt seinen BlackBerry aus der Anzugtasche zieht und zu tippen beginnt. Mir bleibt der Gesang im Halse stecken. Ungläubig sehe ich von ihm zu dem Gerät und zurück, aber mein Entsetzen lässt ihn vollkommen kalt.

»Was machen Sie überhaupt hier, wenn Ihnen diese ganze Hochzeit so was von egal ist?«, kann ich mir nicht verkneifen zu flüstern.

»Hm?« Er blickt von seinem Telefon auf. »Was haben Sie gesagt?«

»Ich habe gefragt, warum Sie hier sind!«

»Der Bräutigam ist mein Freund.«

»Kein besonders enger Freund, nehme ich an«, spotte ich, doch er schüttelt den Kopf.

»Mein bester.«

»Wohl kaum. Dann würden Sie nämlich jetzt da vorne neben ihm stehen und ihm die Ringe reichen«, sage ich, schon um ihn aus der Reserve zu locken, aber er bleibt kalt wie Eis.

»Er hat mich gefragt, ob ich sein Trauzeuge sein will«, antwortet er, »aber ich halte nichts von der Ehe. Diese beiden da werden in zwei Jahren vor dem Scheidungsrichter stehen.« Mit offenem Mund starre ich ihn an, lasse meinen Blick von ihm zu dem glücklichen Brautpaar dort vorne und zurück schweifen.

»Sie mögen seine zukünftige Frau nicht?«, erkundige ich mich, aber schon wieder schüttelt er den Kopf.

»Doch, sie ist okay. Ich glaube nur nicht an die Liebe, das ist alles.« Damit ist das Gespräch offensichtlich für ihn beendet, denn er wendet sich wieder seinen E-Mails zu und lässt mich mit dieser Ansage zurück.

Er glaubt nicht an die Liebe. Wie traurig.

Die letzten Takte des Liedes verklingen und eine ältere

Dame im schwarzen Kostüm, die aussieht wie eine reifere Version der Braut, tritt an das im Altarraum stehende Mikrofon. Umständlich holt sie einen zusammengefalteten Zettel aus ihrer Handtasche und beginnt zu lesen:

»Wenn ich mit Menschen- und mit Engelszungen redete, und hätte die Liebe nicht, und wenn ich weissagen könnte und wüsste alle Geheimnisse und alle Erkenntnis und hätte allen Glauben, also dass ich Berge versetzte und hätte die Liebe nicht, so wäre ich nichts.«

Triumphierend sehe ich zu dem Mann an meiner Seite, ob diese schönen Worte nicht doch irgendeinen Eindruck bei ihm hinterlassen, aber der hört gar nicht hin. So sehr ich auch versuche, mich auf die Bibelverse zu konzentrieren, die negative Energie dieses Menschen macht es mir unmöglich. Kurz entschlossen rutsche ich noch weiter weg von ihm, bis an das andere Ende der Holzbank. Von hier aus ist mir allerdings der Blick auf das Brautpaar versperrt. Also warte ich, bis die Mutter der Braut ihre Evangeliumslesung beendet hat, und nutze den Moment der leichten Unruhe, um gebückt fünf Reihen nach vorne zu hasten und mich dort auf dem äußersten Rand der Sitzbank niederzulassen. Die neben mir sitzende alte Dame mit der lilafarbigen Dauerwelle zuckt zusammen und stößt einen erschrockenen Laut aus.

»Entschuldigen Sie«, wispere ich verlegen, denn das habe ich natürlich nicht gewollt.

»Haben Sie mich erschreckt«, beschwert sie sich, ohne ihre Stimme auch nur im Mindesten zu senken.

»Es tut mir leid«, wiederhole ich ein bisschen ungehalten, weil sie so ein Theater macht und sich die anderen Gäste schon nach uns umdrehen. »Ich konnte von hinten nichts sehen und da dachte ich …« Mitten im Satz verstumme ich und starre ungläubig in das Gesicht des Mannes vor mir, der ziemlich schockiert zurückschaut.

»Timo«, sage ich lautlos. Seine blonden Haare sind kürzer und statt des schwarzen Ungetüms von einer Brille, die früher sein Gesicht beherrscht hat, trägt er jetzt ein dezentes, randloses Modell. Aber es ist ohne Zweifel mein Timo. Dieselben schönen, grünen Augen, derselbe sinnliche, zum Küssen einladende Mund. Was macht der denn hier? Und was ist das bitte für ein Zufall? Was rede ich denn da? Zufall? Es ist Schicksal. Ich lächele meinen Exfreund an und er verzieht das Gesicht zu etwas, das ich mit etwas gutem Willen als Grinsen interpretieren möchte. In diesem Moment dreht sich auch seine Nachbarin zu mir um, eine blonde Frau in meinem Alter.

»Timo, was ist denn los? Wer ist das?«, höre ich sie flüstern. Er zuckt zusammen.

»Niemand«, gibt er zurück, weicht meinem Blick aus und wendet mir den Rücken zu. Schockiert starre ich auf den schwarzen Stoff seines Jacketts. Wie jetzt? Niemand? Ich lehne mich ein Stück nach vorne und sehe meine schlimmsten Befürchtungen bestätigt. Timo hält Händchen mit der Blonden. Ich höre das Blut in meinen Ohren rauschen. Es übertönt sogar die Stimme des Pastors, der sich nun an das Brautpaar wendet und für die Gemeinde noch einmal zusammenfasst, wie die beiden sich kennen- und lieben gelernt haben. Normalerweise liebe ich diesen Teil der Trauung. Weil die Geschichten so vielfältig sind. Und so einzigartig. Manche Paare haben vor dreißig Jahren miteinander im Sandkasten Burgen gebaut, andere trafen sich im Supermarkt oder durch eine Kontaktbörse im Internet. Die Liebe geht seltsame Wege, aber welchen auch immer sie einschlägt, irgendwie findet sie einen. Doch im Moment habe ich keinen Sinn für diese Art von Magie. Ich stehe unter Schock. Keinen Meter von mir entfernt sitzt mein Exfreund mit seiner neuen Flamme und tut so, als würde er mich nicht kennen. Was fällt dem ein? Plötzlich merke ich, wie eine unbändige Wut in mir hochsteigt und obwohl ich die kleine, warnende Stimme in mir deutlich höre, lehne ich mich vor und tippe Blondie auf die Schulter. Sie wendet sich zu mir um und sieht mich fragend aus großen braunen Augen an. Ich muss zugeben, dass sie hübsch ist, und das macht mich noch wütender.

»Ich bin seine Exfreundin Mia. Vielleicht hat er mich mal erwähnt«, zische ich ihr zu. »Ich nehme an, du schläfst jetzt mit ihm in meinem Bett.« Timos Kopf fährt herum und er starrt mich wütend an.

»Ist das wahr?«, fragt Blondie.

»Ja«, gibt er zu, »ich hätte es dir später gesagt, aber das hier ist wirklich nicht der Ort dafür.«

»Allerdings nicht«, pflichtet ihm meine Sitznachbarin bei und schaut mich missbilligend an.

»Ich bin nicht niemand«, fahre ich Timo mit unterdrückter Stimme an, ohne auf sie zu achten.

»Mia, jetzt mach kein Drama«, sagt er knapp. »Im Übrigen ist es nicht dein Bett.«

»Deshalb frage ich dich, Anika Seibelt, möchtest du den hier anwesenden Thomas Klein …«, ertönt die Stimme des Pastors vom Altar.

»Ich habe es zur Hälfte bezahlt«, wispere ich.

»Dafür hast du den Kleiderschrank mitgenommen. Den habe ich zur Hälfte bezahlt und er war viel teurer.«

»Das ist doch wohl ...«, setze ich an, da stößt mir jemand einen spitzen Ellenbogen in die Rippen.

»Halten Sie jetzt sofort Ihre Klappe«, schimpft die alte Frau neben mir, »oder gehen Sie gefälligst raus! Was ist das für ein ungehöriges Benehmen in einem Gotteshaus? Und noch dazu bei einer Trauung. Sie sollten sich was schämen! Schämen sollten Sie sich!« Während ihrer Strafpredigt ist sie immer lauter geworden, sodass selbst der Pastor schließlich verstummt ist. Mittlerweile haben sich alle Gäste nach mir umgedreht, nur Timo blickt starr geradeaus, als ob er mit alldem nichts zu tun hätte. Ich merke, wie mir vor lauter Scham das Blut in den Kopf steigt. Braut und Bräutigam sehen erst mich und dann einander irritiert an, dann lehnt er sich zu ihr hinüber und flüstert ihr etwas ins Ohr. Ich kann mir schon denken, was er sagt. Und tatsächlich, sie schüttelt den Kopf und sieht jetzt noch verwirrter aus. Ich bin aufgeflogen. Man hat mich entlarvt. Als verrückte Spinnerin geoutet, die sich in Hochzeitsgottesdienste einschleicht und auf der Welle der Liebe fremder Menschen reitet. Die sich wie ein Blutegel festbeißt und am Glück der anderen labt. Ein Schmarotzer, der es jetzt auch noch geschafft hat, die feierliche Stimmung zu zerstören.

»Entschuldigung«, stoße ich hervor. Und dann fällt mir nichts Besseres ein, als die Beine in die Hand zu nehmen und tränenblind aus der Kirche zu flüchten. Allgemeine Unruhe begleitet meinen Abgang.

»Ist die junge Dame in Ordnung?«, höre ich den Pastor noch fragen. »Sollte ihr vielleicht jemand nachgehen? Nein? Nun, dann schlage ich vor, dass wir fortfahren.« Mehr höre ich nicht, die schwere Kirchentür fällt hinter mir zu und ich stehe auf dem Vorplatz. Mittlerweile hat es zu schneien begonnen und dicke Schneeflocken fallen vom Himmel. Der eisige Wind jagt mir eine Gänsehaut über den ganzen Körper. O nein. Das darf doch wohl nicht wahr sein. Mein Mantel. Ich habe meinen Mantel in der Kirche gelassen. Er liegt noch neben diesem Blödmann in der letzten Bank, der nicht an die Liebe glaubt. Und der, genau genommen, schuld an der ganzen Misere ist. Ich stoße einen unterdrückten Fluch aus, bis mir einfällt, dass ich mich wahrscheinlich auch vor der Kirche noch auf göttlichem Territorium befinde. Außerdem bekomme ich durchs Fluchen meinen Mantel auch nicht zurück. Frierend trete ich von einem Bein aufs andere, weil ich mich noch nicht entschließen kann, das gute Stück zurückzulassen. Es ist mein einziger wirklich warmer Mantel, zudem war er ziemlich teuer und ich habe ihn erst letztes Jahr gekauft. Außerdem ist der Winter noch lang. Aber allein der Gedanke, die Kirche noch einmal zu betreten, treibt mir die Schamesröte ins Gesicht. Gut, damit ist es entschieden. Der Mantel bleibt, wo er ist, und ich mache mich schleunigst auf den Weg zu meinem Wagen, wo Idefix wahrscheinlich sowieso schon sehnsüchtig auf mich wartet.

»Hey, warten Sie«, ruft jemand hinter mir, während ich mit meinen hohen Absätzen über das Kopfsteinpflaster balanciere und mittlerweile vor Kälte mit den Zähnen klappere. »Hallo, Sie!« Ich drehe mich um und sehe, wie der dunkelhaarige Mann von drinnen auf mich zukommt. »Ich dachte, den könnten Sie ganz gut gebrauchen«, erklärt er und legt mir meinen Mantel um die Schultern. Ich sehe zu ihm auf, er ist fast einen ganzen Kopf größer als ich, und obwohl er an allem schuld ist und ich ihn ganz und gar unerträglich finde, kommt er mir gerade vor wie der Retter in der Not. Seine kräftigen Hände an meinen Oberarmen tun ein Übriges und obwohl mir klar ist, dass das eine dumme Idee ist, lehne ich mich an ihn und beginne zu weinen. Prompt versteift er sich und ich kann mir denken, dass er in diesem Moment bereut, mir nachgegangen zu sein. Andererseits ist er so wenigstens der Trauung entgangen, für die er sich ja sowieso nicht interessiert hat. Ich schluchze und schniefe offenbar so herzzerreißend, dass er schließlich sogar seine Arme um mich legt und mir unbeholfen den Rücken tätschelt. Es tut so gut, hier zu stehen, an eine muskulöse Männerbrust gelehnt, und Rotz und Wasser zu heulen. Obwohl ich mich schon besser fühle, mache ich noch ein bisschen weiter, weil es sich so gut anfühlt. Doch schließlich löse ich mich aus der Umarmung und sehe peinlich berührt auf das vorhin noch blütenweiße Hemd meines Trösters, das jetzt an der Brust vollkommen durchnässt und von meiner Wimperntusche verschmiert ist.

»Ups, das tut mir leid«, entschuldige ich mich.

»Ach, schon gut«, meint er. »Kann ich Sie jetzt alleine lassen? Ich glaube, ich sollte langsam wieder reingehen.«

»Na klar«, nicke ich tapfer, obwohl ich mir wünsche, er würde nicht gehen. So eine Heulattacke in den Armen eines Fremden hat doch etwas ungemein Verbindendes. Selbst wenn der Betreffende ein Arschloch ist. Oder ein Ungläubiger. »Vielen Dank!«

»Keine Ursache.« Er wendet sich zum Gehen.

»Ich heiße übrigens Mia. Mia Sommer.« Er dreht sich wieder zu mir herum.

»Marko Graf«, sagt er und streckt mir die Hand entgegen, die ich verlegen ergreife und schüttele. Es fühlt sich merkwürdig an, wo ich doch eben noch in seinen Armen gelegen habe. »Also dann.« Er lächelt und sieht jetzt irgendwie richtig süß aus. Seine dunklen Haare sind von der Feuchtigkeit gelockt und eine Schneeflocke bleibt an seinen langen Wimpern hängen.

»Warum glaubst du nicht an die Liebe?«, frage ich und er zuckt mit den Schultern.

»Ohne Liebe kein Schmerz.«

»Oh.« Einen Augenblick stehen wir wortlos voreinander. »Aber das ist doch furchtbar traurig«, platze ich heraus. Wieder nur ein Schulterzucken.

»Nicht so traurig wie du eben gerade. Also dann, ich muss jetzt wieder rein. Machs gut, Mia Sommer.«

»Du auch.« Ich schlüpfe in die Ärmel meines Mantels, der immer noch locker um meine Schultern liegt, und ziehe den Reißverschluss bis unters Kinn hoch, während Marko durch die dünne Schneedecke davonstapft. Auch seine Rückseite ist alles andere als verachtenswert. Diese langen, schlanken Beine und die breiten Schultern. Dazu der menschenleere Kirchenvorplatz. Ich, tränenüberströmt und einsam, während das Schneegestöber um mich herum dichter und dichter wird. Fast komme ich mir vor wie in einem Rosamunde-Pilcher-Film. Auch wenn es dort natürlich nie schneit. Außerdem würde ich vermutlich ein Brautkleid tragen. Und Marko würde sich umdrehen, kurz bevor er die Kirchentür erreicht hätte. Mir einen langen Blick zuwerfen, dann würden wir aufeinander zugehen, schneller und immer schneller, uns in der Mitte treffen, einander in die Arme fallen und in einen langen Kuss versinken. Ich schüttele energisch den Kopf, um meine albernen Gedanken zu vertreiben. Hier stehe ich nun und fantasiere über einen Mann, den ich noch vor fünf Minuten absolut unausstehlich gefunden habe. Und der nach eigener Aussage zu so etwas wie Gefühlen überhaupt nicht in der Lage ist. Vielleicht bin ich doch ein bisschen verrückt. Ein Emotionsjunkie mit mangelnder Bodenhaftung, wie Daniel es so charmant bezeichnet. Aber was soll eigentlich schlimm daran sein? Träumen wird doch wohl erlaubt sein, um die harte Realität etwas abzufedern. Um mich davon abzulenken, dass ich gerade Timo mit seiner neuen Freundin gesehen habe. Ich fühle einen Stich im Herzen, doch im selben Moment bleibt Marko plötzlich stehen. Genau vor der Kirchentür. Langsam dreht er sich um. Sieht zu mir herüber. Das kann doch nicht wahr sein. Träume ich vielleicht? Er kommt mit schnellen Schritten auf mich zu, während er mit der rechten Hand in die Innentasche seines Jacketts greift. Mein Herz klopft wie verrückt. Wir stehen voreinander. Er lächelt, ich hänge wie gebannt an seinen Lippen.

»Weißt du«, sagt er und klingt dabei ein bisschen verlegen, »das Gute daran, nicht an die Liebe zu glauben, ist, dass man frei heraus sagen kann, was man will.«

»Hmm«, mache ich unbestimmt, weil ich nicht genau verstehe, was er meint.

»Ich habe ja keine Ahnung, was da drin wirklich passiert ist, aber wenn ich mal eins und eins zusammenzählen soll, würde ich vermuten, dass es was mit einem Mann zu tun hat.« Ich nicke. »Dass du Liebeskummer hast.« Ich nicke erneut und er lächelt breit. »Dementsprechend könnte ich mir vorstellen, dass du zumindest für eine Weile die Nase von der Liebe genauso voll hast wie ich.« Noch bevor ich Einspruch erheben kann, fährt er triumphierend fort: »Und deshalb«, er wedelt mir mit einer Visitenkarte vor der Nase herum, »finde ich, dass wir uns mal treffen sollten. Ich würde wirklich gerne mit dir schlafen.« Meine

Rosamunde-Pilcher-Phantasie verpufft. »Wenn du auch willst, ruf mich an.« Er steckt mir die Karte zwischen meine klammen, rot angelaufenen Finger. »Du wirst auf deine Kosten kommen«, versichert er und plötzlich kommt mir sein Lächeln schmierig, seine Locken schleimig und der ganze Kerl einfach nur abstoßend vor, »guter Sex, keine Verpflichtungen, kein Liebeskummer. Na, wie klingt das?«

»Traumhaft«, gebe ich zurück. Er lächelt, von Ironie hat er wohl noch nie etwas gehört, und beugt sich zu mir herunter.

»Ich freu mich drauf«, sagt er leise und dann küsst er mich.

Kapitel 4

»Schneewittchen!« Entsetzt sieht mich Daniel an, vor dessen Wohnungstür ich eine Stunde später stehe.

»Na, da fühlt man sich doch gleich willkommen!«

»Tut mir leid, aber du weißt doch, dass du nicht unangemeldet vorbeikommen sollst. Das … mag ich einfach nicht.«

»Es ist aber ein absoluter Notfall«, sage ich und versuche, mich an ihm vorbei in seine Wohnung zu drängeln. Aber Daniel steht fest wie ein Baum.

»Du kannst nicht reinkommen.«

»Ist Franzi da? O Gott, habe ich euch schon wieder beim Sex gestört?«, frage ich entsetzt und mustere Daniel von oben bis unten. Irgendwie kann ich mir das nicht vorstellen. Er trägt eine ausgeleierte Jeans und ein T-Shirt mit irgendeinem hässlichen Comicaufdruck. Die dunkelblonden, mal wieder zu langen Haare stehen ihm filzig vom Kopf ab.

»Nein. Franzi kommt nicht mehr her.«

»Wie meinst du das denn jetzt?«

»Sie hat Schluss gemacht.« Er seufzt.

»O nein. Daniel, das tut mir so leid!« Schlagartig vergesse ich meine eigenen Probleme und nehme meinen besten Freund in die Arme.

»Ach, schon gut«, murmelt er an meinem Ohr. »Wenn ich ehrlich bin, war das Ganze doch von vornherein zum Scheitern verurteilt.« Ich drücke ihn noch mal fest an mich.

»Vielleicht ist es wirklich besser so. Dann kann jetzt endlich die Richtige kommen.«

»Hmm.«

»Darf ich reinkommen?«

»Komm lieber in einer halben Stunde wieder. Nein, warte, in einer Stunde.«

»Aber was soll ich denn bis dahin machen?«, frage ich und Idefix, der bislang brav bei Fuß gestanden hat, winselt zustimmend. »Es ist total kalt draußen. Ich habe klatschnasse Haare, ich brauche einen Fön und außerdem brauche ich auch ein bisschen Trost!« Ich setze eine bemitleidenswerte Miene auf.

»Schon wieder?«, fragt Daniel wenig sensibel.

»Ja, schon wieder«, sage ich. »Und die einzige Ausrede, die ich zählen lasse, wäre, dass du gerade mitten in einem Schreibrausch bist.«

»Ehrlich gesagt nicht. Na gut, komm rein. Aber es ist nicht aufgeräumt.«

»Das ist es doch nie«, grinse ich.

»Hast du ne Ahnung.«

»Komm, Idefix.« Schwanzwedelnd folgt mein Hund mir in Daniels Wohnung. Ich hänge meinen Mantel an die übervolle Garderobe, betrete das große Zimmer, das gleichzeitig Wohn- und Schlafraum ist, und bleibe wie vom Donner gerührt stehen. »Um Gottes willen, was ist denn hier passiert?« Entsetzt lasse ich meinen Blick über das Chaos aus Klamottenbergen, Büchern, CDs und Computerspielen gleiten, während Idefix sich begeistert auf einen auf dem Boden liegenden Pizzakartons stürzt und dessen Inhalt in einem einzigen Bissen herunterschlingt. »Idefix, aus!«, rufen Daniel und ich wie aus einem Mund und stürzen auf ihn zu. Zu spät. Mit einem zufriedenen Gesichtsausdruck sieht mein Hund uns von unten herauf an und leckt sich genießerisch die Lippen.

»Ich weiß nicht, wie ich ihm abgewöhnen soll, jeden Mist zu fressen«, seufze ich. »Du solltest aber auch wirklich keine Essensreste auf dem Boden herumliegen lassen.«

»Das waren keine Essensreste. Das war mein Mittagessen«, sagt Daniel vorwurfsvoll und sieht betrübt auf den leeren Pizzakarton.

»Und was hatte das auf dem Teppich verloren?«, frage ich spitz. »Und überhaupt. Wie sieht es hier eigentlich aus?«

»Ich hatte ja keine Ahnung, dass du kommst. Sonst hätte ich vorher aufgeräumt«, verteidigt sich Daniel und langsam dämmert es mir.

»Willst du mir etwa sagen, dass gar nichts passiert ist? Dass du in dieser Unordnung – lebst?« Er zuckt mit den Schultern und sieht sich in seiner Behausung um.

»Macht mir nichts aus. Ich fühle mich wohl.« Ungläubig sehe ich ihn an. Ich kenne den Mann seit über sechzehn Jahren – genau genommen seit dem ersten Tag an der Uni, wo wir, zwei kopflose und überdrehte Erstsemester, in der Mensa zusammengeprallt sind – aber in diesem Zustand habe ich seine Wohnung noch nie gesehen.

»Wie bitte? Es sieht aus, als wäre eine Bombe eingeschlagen.«

»Dass du immer so übertreiben musst«, meint er gelassen. »Das ist genau der Grund, weshalb ich immer aufräume, wenn du kommst. Und weshalb ich darauf bestehe, dass du vorher anrufst«, setzt er hinzu und streicht sich gelassen über seinen Bauch. »Aber wenn du es hier nicht aushältst, dann musst du eben später wiederkommen, damit ich ein bisschen Ordnung schaffen kann.« Fragend sieht er mich an, aber ich schüttele den Kopf.

»Nein, ist schon gut.«

»Es ist ja auch nicht dreckig«, fügt er beruhigend hinzu. »Nur ein bisschen unordentlich.«

»Kann ich mich denn irgendwo hinsetzen?« Suchend sehe ich mich um und mein Blick bleibt an der hellbraunen Ledercouch unter dem hohen Fenster hängen, die unter einem Berg Wäsche verschwunden ist, den Daniel jetzt herunterfegt.

»Bitte sehr, Mylady.«

»Danke.« Aufatmend lasse ich mich auf das Sofa fallen und schnuppere misstrauisch. »Sag mal, was riecht denn hier so komisch?« Auch Daniel verzieht das Gesicht.

»Puh, das ist ja widerlich!«

»Idefix«, rufe ich tadelnd, weil mir der Gestank plötzlich unangenehm bekannt vorkommt, »kannst du dich nicht einmal benehmen?« Vergnügt tänzelt mein Hundchen auf mich zu. »Nein, du sollst nicht herkommen. Verzieh dich!« Ich knie mich auf die Couch, um das Fenster aufzureißen. »Sorry, Daniel, du weißt ja …«

»Na sicher weiß ich. Armes Scheidungskind!« Er krault Idefix im Vorbeigehen den Kopf. »Ich bestelle mir jetzt eine neue Pizza. Willst du auch eine?«

Eine halbe Stunde später sitzen wir uns kauend auf der Couch gegenüber, während sich Idefix, beleidigt, dass wir ihm nichts abgeben wollen, in den Flur verkrümelt hat.

Ich beende gerade meinen Bericht über den Kuss vor der Kirche.

»Ich hoffe, du hast dem Kerl eine geknallt?«

»Äh, nein«, gebe ich zu.

»Du hast doch nicht allen Ernstes gedacht, dass ihn dieser Kuss eines Besseren belehren und er sich Hals über Kopf in dich verlieben würde?«

»So ein Quatsch«, sage ich viel zu schnell und senke ertappt den Blick.

»Traumtänzerin«, wirft Daniel mir an den Kopf und schnappt mir das letzte Stück Pizza vor der Nase weg.

»Ich bevorzuge den Ausdruck Romantikerin«, entgegne ich würdevoll.

»Na, ich nehme mal an, deine Phantasie hat sich nicht bewahrheitet.«

»Und warum nicht?«, mache ich einen auf beleidigt. »Bin ich etwa nicht liebenswert?«

»Schneewittchen, Mia, meine liebste Freundin!« Er fasst mir mit seinen fettigen Fingern ins Gesicht und drückt mir einen nach Salami und Käse schmeckenden Kuss auf die Lippen. »Du weißt doch, wie sehr ich dich liebe.«

»Ja, ja, schon gut«, wehre ich seine Attacke ab und wische mir die Schmierspuren vom Gesicht.

»Wenn er sich in dich verliebt hätte, dann säßest du doch jetzt nicht hier bei deinem alten Freund Daniel, sondern würdest mit ihm durch die Laken turnen.«

»Sag mal, hast du gerade gesagt, dass ich eine Schlampe bin?«, frage ich, aber er schüttelt treuherzig den Kopf.

»Mitnichten, meine Schöne. Du bist nur … sehr emotional. Dazu spontan und begeisterungsfähig. Das kann dann schon mal dazu führen, dass …«

»... ich mit jedem Kerl gleich ins Bett springe«, vollende ich seinen Satz und nicke nachdenklich.

»Aber nein, nicht mit jedem Kerl. Ich meinte nur ...«

»Du hast ja Recht«, seufze ich. »Ein paarmal habe ich in meiner Begeisterung schon danebengegriffen.«

»Das ist die Untertreibung des Jahrhunderts. Wie ging es denn nun weiter mit diesem Mirko?«

»Er heißt Marko«, korrigiere ich ihn und zucke mit den Schultern. »Es ging gar nicht weiter. Er hat mir zugezwinkert und ist zurück in die Kirche gegangen. Das war's auch schon!«

»Naja. Immerhin hat er dich von deiner Begegnung mit Timo abgelenkt«, versucht Daniel mich aufzumuntern, womit er leider das Gegenteil bewirkt.

»Ja, stimmt.« Konzentriert fummle ich an meiner Nagelhaut herum.

»Schneewittchen, schau mich mal an. Du wirst doch nicht anfangen zu heulen?«

»Natürlich nicht«, sage ich entrüstet und blinzele heftig.

»Du hast dem Kerl schon so viele Tränen hinterhergeweint, und dass er keine einzige davon wert war, sollte dir spätestens heute klar geworden sein.«

»Schon, aber ...«

»Nichts aber. Er ist derjenige, der dir hätte hinterherkommen sollen, nicht dieser komische Mirko.«

»Marko.«

»Wie auch immer. Stattdessen bleibt der Feigling mit seiner neuen Schnalle in der Kirche sitzen und erzählt ihr wahrscheinlich, dass du eine Stalkerin bist, die er kaum kennt.«

»Meinst du wirklich?«, frage ich empört.

»Was weiß denn ich? Auf jeden Fall scheint er sich für

deine Gefühle nicht im Mindesten zu interessieren und das sollte dir genügen, um ihn ein für alle Mal aus deinem Herzen zu verbannen.«

»Wenn das so einfach wäre. Es war so unbeschreiblich schön mit ihm.«

»War es nicht«, unterbricht er mich. »Weißt du nicht mehr, wie oft du dich im letzten Jahr eurer Beziehung beschwert hast, dass es nicht mehr so gut läuft zwischen euch. Dass ihr nur noch nebeneinanderher lebt. Euch nichts mehr zu sagen habt.«

»Aber …«, versuche ich ihn zu unterbrechen, aber er fährt ungerührt fort.

»Dass du ihn langweilig findest und dass ihr keinen Sex mehr habt.«

»Ja, stimmt«, gebe ich zu.

»Und außerdem wollte er keine Kinder und du bist viel zu mütterlich, um keine zu haben.«

»Doch, er wollte welche. Später«, sage ich und weiß selbst, wie lahm das klingt. Dazu bräuchte ich Daniels spöttischen Gesichtsausdruck gar nicht.

»Genau. Viel später. Schneewittchen, er hat dich hingehalten.«

»Bist du jetzt fertig?«

»Ich will dir doch nichts Böses! Ich will dir nur klarmachen, dass du nicht den Traummann verloren hast, zu dem du den Blödmann mittlerweile hochstilisiert hast. Er war ein ganz normaler Kerl und du hast selber mehr als einmal darüber nachgedacht, dich von ihm zu trennen.«

»Das ist …«, … nicht wahr, will ich ausrufen, aber gerade noch rechtzeitig fällt mir auf, dass er Recht hat.

»… die reine Wahrheit und du weißt es! Ich glaube, du hast diesen ganzen Liebeskummer einfach nur deshalb bis zum Exzess ausgekostet, weil du das Drama liebst.« Offensichtlich ist mir meine Empörung deutlich anzusehen, denn schon rudert er zurück. »Das kam jetzt vielleicht ein bisschen anders raus, als ich es gemeint habe«, beeilt er sich zu sagen.

»So? Und wie hast du es gemeint?«

»Ähm. Na, eigentlich schon in etwa so«, gibt er zu und macht ein so zerknirschtes Gesicht, dass ich wider Willen lachen muss. Irgendwie hat er ja Recht. Ich haue ihm auf den Oberarm.

»Du bist doof!«

»Akzeptiert. Dafür bist du eine Dramaqueen.«

»Ebenfalls akzeptiert«, sage ich grinsend. »Ich räume dann mal schnell ab, wenn es dir recht ist!« Damit greife ich den Pizzakarton, in dem sich nur noch die abgenagten Ränder befinden, mit beiden Händen und werfe ihn auf den Fußboden. »Ist es so recht?«

»Phantastisch.« Er zieht mich in seine Arme und ich schmiege mich an ihn.

»Ach Mia. Ich wünschte, du könntest endlich einsehen, dass ich hinter meiner übergewichtigen und unordentlichen Fassade genau der Richtige für dich bin.«

»Ja«, sage ich langsam und beobachte meinen Hund dabei, wie er sich an die Pizzareste heranpirscht, »manchmal wünschte ich mir das auch.«

Das meine ich allerdings nicht so ernst wie er. Damals in der Mensa, als Daniel und ich uns zum ersten Mal gesehen haben, hat es bei ihm gefunkt. Und zwar gewaltig. Bei mir leider gar nicht. Und ich habe mehrere Monate gebraucht, um zu begreifen, dass sein ständiges Auftauchen vor meinen Vorlesungsräumen, die ausgedehnten Shoppingtouren, in denen er geduldig meine Einkaufstüten trug und ebenso geduldig am nächsten Tag mit zum Umtauschen kam, die tapsigen Sympathiebekundungen und unbeholfenen Umarmungen seine Art waren, mit mir zu flirten. Leider war Daniel so was von überhaupt nicht mein Typ, dass ich ihn, und das werde ich ihm selbstverständlich niemals erzählen, noch nicht einmal als Mann wahrgenommen habe. Eher als so etwas wie meine zweite beste Freundin. Umso überraschender kam es dann für mich, als eben diese mich eines Abends, nachdem wir gemeinsam im Kino waren, vor meiner Haustür mitten auf die Lippen küsste. Erst dachte ich an ein Versehen, es war dunkel, möglicherweise hatte ich meinen Kopf genau in dem Moment gedreht, als er meine Wange küssen wollte, aber als er dann versuchte, mir die Zunge in den Mund zu schieben, fiel es mir plötzlich wie Schuppen von den Augen. Und im selben Augenblick erfasste mich die Erkenntnis, dass ich diesem wunderbaren Menschen, meinem allerliebsten Freund, nun das Herz würde brechen müssen. Seine Zunge noch immer in meinem Mund, suchte ich fieberhaft nach einer möglichst sanften Methode, ihm einen Korb zu geben, aber mir fiel beim besten Willen keine ein. Jemandem, der das letzte halbe Jahr mein Leben geteilt hatte und alles von mir wusste, konnte ich keine Lügen erzählen. Schließlich wusste er natürlich auch, dass ich mir nichts sehnlicher wünschte als einen Freund. Also würde die Ausrede, dass ich mich im Moment lieber auf mein Studium konzentrieren wollte, nicht ziehen. Auch dass es weit und breit keinen anderen gab, an den ich mein Herz schon verschenkt haben könnte, wusste Daniel natürlich. Aber was sollte ich ihm sagen? Tut mir leid, ich stehe einfach nicht auf dich? Ich würde im Traum nicht auf die Idee kommen, mit dir etwas anzufangen? Daniels Zunge tastete sich jetzt weiter vor und auch wenn es sich nicht eklig anfühlte, so doch eindeutig falsch. Es war höchste Zeit, ihm Einhalt zu gebieten. Gerade wollte ich mich daranmachen, mich sanft aus seiner Umklammerung zu befreien, als seine Hand sich plötzlich unter meinen Pullover schob. Vor lauter Schreck vergaß ich alle Vorsätze bezüglich Sanftheit und stieß Daniel so heftig vor die Brust, dass er mehrere Schritte rückwärtstaumelte und schließlich auf dem Hosenboden landete. Entsetzt stürzte ich auf ihn zu, um ihm aufzuhelfen, aber er ignorierte meine ihm dargebotene Hand.

»Entschuldige, das wollte ich nicht, hast du dir wehgetan?«, fragte ich, aber sein verletzter Blick brachte mich zum Schweigen. Er rappelte sich auf und lief davon, ohne sich noch einmal umzudrehen. Es folgten zwei sehr traurige Wochen, in denen ich fest davon überzeugt war, ihn nie wieder zu sehen. Doch dann stand er eines Tages vor mir, ich wäre auf dem Campus beinahe mit ihm zusammengestoßen, weil es in Strömen regnete und ich mit meinem Schirm kämpfte, der sich durch den heftigen Wind umgestülpt hatte. Diesmal purzelte Daniel aber nicht nach hinten um, sondern stand unerschütterlich wie ein Baum vor mir. Unsicher blinzelte ich zu ihm hoch. Es tat so gut, ihn zu sehen, aber gleichzeitig hatte ich Angst. War er wütend? Würde er mich zur Schnecke machen, weil ich ihm falsche Hoffnungen gemacht hatte, indem ich ihn täglich angerufen und mit ihm sogar Pyjamapartys gefeiert hatte? Unter den geänderten Vorzeichen hatte ich ein ziemlich schlechtes Gewissen und Kati bestärkte mich sogar noch darin. »Mensch, Mia, glaubst du wirklich, du kannst mit 'nem Kerl in einem Bett schlafen, und er denkt nicht an Sex? In welcher Welt lebst du eigentlich?«

Ich wollte Daniel sagen, dass es mir leidtat, dass ich unsensibel war, aber bevor ich noch den Mund öffnen konnte, hob er abwehrend die Hand.

»Lass mich bitte zuerst… Offensichtlich habe ich da was missverstanden.« Ich nickte und sah ihn zerknirscht an. »Schneewittchen, jetzt mach doch nicht so ein Gesicht. Du kannst ja nichts dafür, dass du so schön und bezaubernd bist, dass man gar nicht anders kann, als sich Hals über Kopf in dich zu verlieben.« Ich spürte, wie ich rot bis unter den Haaransatz wurde und wie mein Herz vor Freude zu klopfen begann. Das ist absurd, ich weiß. Aber es tut mir so gut, zu hören, dass ich geliebt werde. Selbst wenn es der Falsche ist. »Jedenfalls, entschuldige, wenn ich das Offensichtliche jetzt noch mal abfragen muss, dir geht es nicht so, oder?« Ich schüttelte den Kopf und biss mir auf die Unterlippe. »Und du kannst dir auch nicht vorstellen, dass sich das ändern wird?« Erneutes Kopfschütteln. »Na schön«, er seufzte schwer. »Damit muss ich mich wohl abfinden. Aber es wäre so schade, wenn es jetzt zwischen uns irgendwie anders werden würde. Wo wir doch so ein gutes Team sind. Als Freunde, meine ich. Findest du nicht?«

»Doch!«, sagte ich und ein riesiger Stein fiel mir vom Herzen.

»Könnten wir dann nicht einfach so tun, als wäre das nie passiert?« Mit gespielt ernstem Gesichtsausdruck sah ich ihn an und schüttelte langsam den Kopf.

»Das wäre vielleicht keine so gute Idee.«

»Aber warum denn nicht?«

»Ganz einfach«, ich knuffte ihn in die Seite, »dann versuchst du es ja noch mal.«

»Can't blame a guy for trying«, sagte er mit einem breiten Grinsen und legte den Arm um mich. »Gehen wir in die Mensa?« Einträchtig liefen wir nebeneinanderher und ich sah ihn verstohlen von der Seite an. Kein Zweifel, meine zweitbeste Freundin nahm die Sache wie ein Mann.

Von: Timo Schweitzer <timo.schweitzer@t-online.de>
An: Mia Sommer <mia-sommer@gmail.com>
Betreff: Treffen

Hallo Mia,

nachdem unser Treffen am Samstag etwas unglücklich verlaufen ist, wollte ich mich jetzt noch einmal melden. Ich verstehe nicht, warum du mir vor allen Leuten diese Szene machen und dann weinend aus der Kirche laufen musstest. Das war weder dem Brautpaar noch meiner neuen Freundin Yvonne gegenüber sehr fair. Was hattest du auf der Hochzeit überhaupt verloren? Niemand schien dich zu kennen. Hast du mir etwa nachspioniert?

Wie auch immer, ich denke, dass diese Episode einmal mehr gezeigt hat, dass wir beide nicht zusammenpassen und wohl auch nie wirklich zusammengepasst haben.

Wir haben uns etwas vorgemacht, Mia. Deine rauschhafte Verliebtheit hat mich mitgerissen, aber mittlerweile habe ich erkannt, dass eine Frau wie Yvo einfach besser zu mir passt. Ich wünsche dir alles Gute für die Zukunft und hoffe, dass, sollten wir wieder einmal zufällig aufeinandertreffen, sich eine solche Szene nicht wiederholt.

Gruß,

Timo

Von: Mia Sommer <mia-sommer@gmail.com>
An: Timo Schweitzer <timo.schweitzer@t-online.de>
Betreff: Re: Treffen

HALLO Timo!
MEINE Verliebtheit hat dich also mitgerissen? Das ist ja hochinteressant. Bevor du dir weiter einredest, für mich nie mehr als nur lauwarme Gefühle gehabt zu haben, kann ich dich gerne daran erinnern, dass du mir nach nur einer Woche Beziehung gesagt hast, das Schlimmste für dich sei, dass wir irgendwann einmal sterben müssen und dann nicht mehr beieinander sein können. Aber bitte, wenn du das verdrängt hast, deine Sache. NEIN, ich habe dir nicht nachspioniert. Wenn du es genau wissen willst, ich war die Begleitung von Marko, einem guten Freund des Bräutigams. Das war der gut aussehende, dunkelhaarige Mann, der mir hinterhergelaufen ist, was eigentlich deine Aufgabe gewesen wäre, wenn du auch nur einen Funken Anstand im Leibe hättest. Dass das nicht der Fall ist, habe ich aber schon daran gemerkt, dass du nicht einmal die Höflichkeit besitzt, auf meine Neujahrsgrüße zu reagieren. Schöne Grüße an die liebe Yvo, freut mich, dass du dich so schnell getröstet hast!
Gruß,
Mia

Von: Timo Schweitzer <timo.schweitzer@t-online.de>
An: Mia Sommer <mia-sommer@gmail.com>
Betreff: Re: Re: Treffen

1) Du hast Recht, genau das habe ich gesagt. Ein weiteres Indiz dafür, dass ich in dieser Zeit nicht ich selber war. Ich neige nicht zu derlei überschwänglichen Gefühlsäußerungen. Es kann nicht jeder so emotional sein wie du.
2) Wieso hätte ich dir nachlaufen sollen? Du warst doch bestens versorgt.
3) Was heißt hier schnell getröstet? Mia, jetzt sei nicht albern. Wir sind seit vier Monaten nicht mehr zusammen. Und ganz offensichtlich triffst du dich ja auch wieder mit jemandem. Du solltest hier bitte nicht mit zweierlei Maß messen!
4) Auf allgemeine Rundmails antworte ich grundsätzlich nicht, das musst du nicht persönlich nehmen. Ich finde einfach, dass es unnötig ist, den Telefongesellschaften dafür sein Geld in den Rachen zu werfen.
Gruß,
Timo

Kapitel 5

Am Montagmorgen sitze ich mit meinem Laptop im Café »Unter den Weiden«, starre auf den Monitor und muss mich schwer beherrschen, nicht hier und jetzt einen Schreikrampf zu bekommen, während ich die letzte, fein durchnummerierte E-Mail von Timo lese. Idefix, sensibel wie er ist, merkt natürlich sofort, dass irgendetwas mit Frauchen nicht stimmt, und fängt an zu winseln.

»Schon gut, alles in Ordnung«, sage ich und streichle über seinen struppigen Kopf. Aber eigentlich ist nichts in Ordnung. Rein gar nichts. Die Sachlichkeit meines Exfreundes hat mich schon immer die Wände hochgetrieben. Der tut ja gerade so, als würde es sich um einen Nachbarschaftsstreit wegen eines ins Grundstück hängenden Asts handeln und nicht um die Beziehung zwischen Liebenden, um gebrochene Herzen. Andererseits muss ich zugeben, dass es sich wohl lediglich um *eine* Liebende, um *ein* gebrochenes Herz handelt. Mein Exfreund scheint die ganze Sache längst zu den Akten gelegt zu haben. Eine unbändige Wut erfasst mich und ich setze gerade an, all meine Empörung in die Tasten zu hauen, als sich plötzlich ein Schatten über meine Tastatur legt.

»Hallo, Mia«, höre ich eine Stimme, die ich nicht sofort zuzuordnen weiß. Ich drehe mich um und sehe vor mir eine kleine, faltige Frau mit durchdringend grauen Augen.

»Hilde«, sage ich erstaunt, obwohl es eigentlich nicht verwunderlich ist, dass ich sie hier treffe. Schließlich ist die »Schleuderei« direkt gegenüber.

»Störe ich?«, fragt sie gut gelaunt und beugt sich zu Idefix hinunter, der begeistert an ihr hochspringt und ihre Hände ableckt. Ohne meine Antwort abzuwarten, zieht sie sich einen Stuhl heran und setzt sich mir gegenüber an den kleinen, runden Fenstertisch.

»Ähm, nun ja.«

»Arbeitest du gerade?«, erkundigt sie sich und verrenkt sich den Hals, um auf meinen Computermonitor sehen zu können.

»Nicht direkt«, gebe ich zu.

»Sondern?« Ruhig sieht sie mich mit ihren klaren Augen an und plötzlich platzt die ganze Geschichte aus mir heraus. Die Worte sprudeln förmlich aus meinem Mund, ich erzähle ihr von meiner Beziehung mit Timo, dem Liebeskummer, meiner vergeblichen Suche nach einem neuen Partner, unserer Begegnung in der Kirche und schließlich unserem E-Mail-Wechsel. Hilde hört ruhig zu, ohne mich ein einziges Mal zu unterbrechen. Mein Redefluss wird erst gestoppt, als die Kellnerin mit den pink gefärbten Haaren an unseren Tisch tritt.

»Hallo, Hilde«, begrüßt sie meine Tischnachbarin, »wie immer?« Hilde nickt.

»Hallo, Andrea. Gerne, aber in zweifacher Ausfertigung.« Zwei Minuten später steht ein doppelter Baileys auf Eis vor mir, den ich misstrauisch betrachte, während Hilde mir auffordernd ihr Glas zum Anstoßen hinhält.

»Um diese Zeit?«, frage ich unschlüssig. »Ich muss eigentlich noch arbeiten.«

»Ein Drink wird dich nicht umbringen. Sondern beleben. Nun komm schon.« Sie strahlt mich an und ich bringe es nicht übers Herz, sie abzuweisen. Also stoßen wir an und ich nippe an dem Getränk. Plötzlich ist mir mein Ausbruch ein bisschen peinlich.

»Tut mir leid, dass ich dich so zugequasselt habe. Ich weiß gar nicht, was mit mir los ist. Dabei kennen wir uns doch kaum.«

»Mach dir keine Sorgen. Das bin ich schon gewöhnt. Irgendwas scheine ich bei meinen Mitmenschen auszulösen.«

»Ehrlich?« Neugierig sehe ich sie an und versuche zu ergründen, was es damit auf sich hat. Sie guckt freundlich zurück. »Irgendwie hast du so etwas … Vertrauenerweckendes«, versuche ich es schließlich in Worte zu fassen und sie nickt zustimmend.

»Das wird es wohl sein.«

»Und stört es dich?«

»Überhaupt nicht. Ich finde Menschen spannend und mag es, wenn sie mir von sich erzählen.«

»Und kannst du ihnen auch helfen?«, erkundige ich mich, während ich mein Glas in den Händen hin und her drehe.

»Helfen?«

»Naja, wenn sie dir ihre Probleme erzählen, weißt du dann auch immer eine Lösung dafür?« Verständnislos lächelnd schaut sie mich an. »Ich jetzt zum Beispiel«, hake ich nach, »was rätst du mir?«

»In Bezug worauf?«, fragt Hilde freundlich.

»Na, Timo.« Sie legt den Kopf schief und sieht mich

erwartungsvoll an. Ich warte. Sie schaut. Eine Minute geht das so, was mich zunehmend irritiert. Ich nehme noch einen Schluck und frage: »Äh, hast du vor, mir zu antworten?« Sie schüttelt lächelnd den Kopf.

»Ich löse keine Probleme. Ich höre nur zu.«

»Aha.«

»Die Antwort liegt in dir selbst. Du musst nur hinhören.« Ihre steingrauen Augen ruhen weiter unverwandt auf mir. Wieder wandert mein Blick zum Monitor meines Laptops. Was soll ich tun? Mein erster Impuls war, wie gesagt, Timo eine wutschnaubende Mail zurückzuschreiben. Ihm zu sagen, was ich von ihm und seiner emotionslosen, kalten Art halte. Dass er einen Eisklumpen hat, wo bei anderen Leuten das Herz schlägt. Und wie wird er darauf reagieren? Ich sehe seine Antwort förmlich vor mir.

Von: Timo Schweitzer <timo.schweitzer@t-online.de>
An: Mia Sommer <mia-sommer@gmail.com>
Betreff: Re: Re: Re: Re: Treffen

Hallo Mia,
1) Wie immer, wenn du dich aufregst, bist du auch jetzt nicht mehr in der Lage, sachlich zu argumentieren.
2) Für normale Menschen sind vier Monate ein ausreichender Zeitraum, um mit einer Beziehung abzuschließen und sich dem Leben wieder zu öffnen.
3) Auf die Sache mit dem Eisklumpen gehe ich hier gar nicht ein, das ist einfach nur eine alberne Annahme. Jeder Mensch hat ein Herz, sonst wäre er nicht lebensfähig.
Gruß,
Timo

Dann würde ich wieder Gift und Galle spucken und er würde irgendwann nicht mehr antworten und damit gewonnen haben. Ich sehe Hilde an, die mich in den letzten Minuten unverwandt betrachtet hat, ohne meine Gedanken zu unterbrechen.

»Nichts?«, frage ich unsicher und merke im selben Moment, dass das die richtige Antwort ist. »Ich mache gar nichts.«

»Na also. Es geht doch.«

»Aber ich fühle mich nicht besonders gut damit«, seufze ich und sie schüttelt den Kopf.

»Selbstverständlich nicht. Wie denn auch? Dein Herz ist gebrochen und du musst ihm noch ein bisschen Zeit geben, zu heilen.«

»Und was muss ich dafür machen?« Sie leert ihr Glas in einem Zug und lächelt geheimnisvoll. Ich warte einen Moment ab, dann begreife ich.

»Lass mich raten: Nichts?«, frage ich mit einem schiefen Grinsen und sie nickt.

»Genauso ist es. Du musst lediglich dein Leben leben und aufpassen, welche Zeichen es dir gibt.«

»Was denn für Zeichen?«, frage ich neugierig.

»Du wirst sie schon erkennen«, antwortet Hilde und hebt die Hand, um die Kellnerin zu rufen. »Entschuldige mich, ich werde jetzt mal drüben nach dem Rechten sehen. Können wir die Rechnung haben?«

»Ich mach das schon«, sage ich, »fürs Zuhören.«

»Danke sehr.«

»Dann werde ich mal versuchen, meinen Artikel zu schreiben. Und nach Zeichen Ausschau halten natürlich«, füge ich hinzu.

»Mach das«, sagt sie lächelnd, beugt sich zu mir herunter und nimmt mich fest in die Arme. »Du wirst deinen Weg finden, hab Vertrauen«, flüstert sie mir ins Ohr. Dann drückt sie einen Kuss auf meine Wange, krault Idefix hinter den Ohren und richtet sich wieder auf. »Hoffentlich sehen wir uns bald wieder.«

Als ich mich gegen Mitternacht in meinem Bett zusammenrolle, nehme ich mir ganz fest vor, der Sache mit den Zeichen eine Chance zu geben. Eigentlich bin ich nicht besonders spirituell veranlagt, aber ein Versuch schadet ganz bestimmt nicht. Ich werde also die Augen offen halten, ob der eine oder andere Wegweiser auftaucht.

Am nächsten Morgen habe ich den Zeichenhokuspokus vergessen. Aber nur ganz kurz. Denn das Leben fängt mehr oder weniger sofort an mit dem Zeichengeben. Ich bin noch keine Stunde wach, da fühle ich mich wie einer von diesen bemitleidenswerten Welpen, die zwecks Erziehung zur Stubenreinheit mit der Nase in ihre Häufchen gedrückt werden. Eine Methode, von der ich, nebenbei gesagt, überhaupt nichts halte und über die ich schon mit mehreren Hundebesitzern bis aufs Messer gestritten habe. Leider scheint das Leben nach so völlig veralteten Methoden vorzugehen. Doch der Reihe nach:

Mich weckt ein krampfartiger Schmerz im Unterleib und ich schaffe es gerade noch rechtzeitig ins Badezimmer, um ein Blutbad in meinem Bett zu verhindern und meine schöne Satinbettwäsche für immer zu ruinieren. Vielleicht könnte man darüber diskutieren, ob das Einsetzen meiner Periode wirklich als Zeichen des Lebens zu bewerten ist. Sie kommt schließlich in schöner Regelmäßigkeit alle 28 Tage. Ich nehme eine Tablette gegen die Krämpfe und will gerade unter die Dusche gehen, als ich mitten in der Bewegung innehalte. Ungläubig starre ich die Frau an, die mir aus dem Badezimmerspiegel entgegenblickt und an der ich grundsätzlich nichts auszusetzen habe. Mittelgroß, schlank, mit großen braunen Augen und Sommersprossen auf der Nase. Mit sechzehn Jahren habe ich mich gehasst, aber ich glaube, das geht jedem Teenager so. Mittlerweile habe ich mich nicht nur mit meinem Aussehen angefreundet, nein, ich glaube ehrlich, dass ich ziemliches Glück gehabt habe. Dass ich eine hübsche Frau bin. Aber all das verblasst angesichts der Entdeckung, die ich gerade gemacht habe. Ich halte den Atem an und beuge mich über das Waschbecken, um mein Spiegelbild besser sehen zu können, neige meinen Kopf ein wenig und starre auf den Punkt, an dem sich mein schwarzes, glattes Haar scheitelt. Oder besser gesagt, an dem sich mein überwiegend schwarzes, glattes Haar scheitelt. Denn dort, ganz oben auf dem Kopf, entdecke ich ein einzelnes schlohweißes Haar. Vorsichtig taste ich danach und ziehe probeweise daran. Noch hoffe ich, dass es nicht zu mir gehört. Dass eine von Hildes Strähnen sich gestern bei unserer Umarmung auf meinen Schopf gelegt und sich dort irgendwie verheddert hat. Aber das Haar sitzt bombenfest. Es hat eine ganz merkwürdige Struktur, ganz anders als seine dunklen Geschwister. Irgendwie störrisch und drahtig ist es. Mit einer Mischung aus Grauen und Faszination lasse ich es durch meine Finger gleiten und frage mich gleichzeitig, wie ein zwanzig Zentimeter langes, weißes Haar über Nacht auf meinem Kopf erscheinen konnte. Sind die Pigmente von einer Sekunde auf die andere herausgefallen und befinden sich jetzt auf meinem Kissen? Entschlossen wickele ich es um meinen Zeigefinger und reiße es mit einem Ruck heraus.

Nun mag man denken, dass ich die ganze Sache überbewerte. Da habe ich also zufällig mein erstes graues Haar entdeckt, das muss doch noch lange kein Zeichen von oben sein! Während ich mir noch einzureden versuche, dass das Leben überhaupt kein Interesse daran haben kann, mir aufzuzeigen, dass ich alt und sozusagen dem Verfall nahe bin, klingelt das Telefon. Klatschnass stolpere ich aus der Dusche, greife nach dem hellblauen Handtuch, das wie immer über der Heizung liegt, und haste ins Wohnzimmer.

»Hallo?«

»Mia, hier ist Ariane.« Auweia. Das ist die Chefredakteurin der »Femina«. Hektisch beginne ich in meinem Terminkalender zu blättern.

»Guten Morgen. Entschuldige, dass ich die Kolumne noch nicht geschickt habe, ich habe noch ein paar winzige Überarbeitungen zu machen.« Ob dieser Lüge gerate ich ins Schwitzen, denn eigentlich steht noch nicht einmal eine Zeile des Artikels. Allerdings war ich auch davon ausgegangen, dass meine Deadline erst in einer Woche wäre.

»Deshalb rufe ich gar nicht an«, erklärt Ariane mit leichter Verwunderung in der Stimme und ich entspanne mich etwas.

»Nicht?«

»Nein. Die ist doch erst Mitte des Monats fällig, wie immer.«

»Natürlich. Ich dachte nur …«

»Es geht um etwas anderes. Wäre es vielleicht möglich,

dass du diesen Monat auch den Schicksalsreport übernimmst? Corinna liegt mit Magen-Darm-Grippe flach und kann das Interview nicht machen. Und die Frau kann leider nur heute, weil sie morgen in den Urlaub fliegt. Würdest du das Interview führen, bitte? Ich weiß, es ist extrem kurzfristig, aber hier in der Redaktion ist Land unter und die anderen freien Journalisten sind alle noch mit ihren Familien im Winterurlaub.« Pling, pling, pling. Ein weiteres Zeichen?

»Kein Problem. Worum geht es denn?«

DER SCHICKSALSREPORT

Simone W.: »Ein Baby war mein größter Wunsch!«

Die zierliche Frau, die ich in der Hamburger Schanze treffe, zieht den grob gestrickten, dunkelbraunen Wollmantel fester um sich. Auf den ersten Blick wirkt sie viel jünger als ihre tatsächlichen vierunddreißig Jahre, mit den kurz gelockten, blonden Haaren und den großen blauen Augen sieht sie aus wie Mitte zwanzig. Unter ihren Augen liegen dunkle Schatten und ihre Stimme klingt brüchig, als sie stockend zu erzählen beginnt: »Eigentlich wollte ich nur zur Routineuntersuchung. Dabei habe ich meinem Gynäkologen erzählt, dass mein Zyklus immer kürzer wird. Er hat ein Hormonbild erstellen lassen.« Wechseljahre mit 33 war die niederschmetternde Diagnose, die Simone W. von ihrem Frauenarzt bekam. »Ich sah alle meine Träume zerbrechen. Es war ein Schock.« Mühsam ringt sie um Worte, man merkt ihr an, wie schwer es ihr fällt, über das Thema zu sprechen. »Ich wollte eigentlich immer Kinder haben. Ein Leben ohne eigene Familie kann ich mir einfach nicht vorstellen.« Doch sie dachte, dass dafür auch später noch Zeit genug wäre. Wenn der Kosmetiksalon, mit dem sie sich gerade erst selbstständig gemacht hatte, richtig angelaufen wäre. Sie etwas Geld gespart, sich die unstete Beziehung zu ihrem Lebensgefährten gefestigt hätte. Und dann kam die Diagnose, die all ihre Zukunftspläne mit einem Schlag zunichte gemacht hatte. Wechseljahre mit Anfang dreißig. Simone W. hat zu lange gewartet. Auf die Frage, was sie jetzt tun wird, starrt sie minutenlang reglos vor sich hin. »Ich weiß es nicht. Das Leben geht weiter. Und vielleicht werde ich es irgendwann schaffen, einen neuen Sinn zu finden. Aber das wird wohl noch dauern.«

Das Klimakterium (auch Wechseljahre genannt) bezeichnet bei der Frau die Jahre der hormonellen Umstellung vor und nach der Menopause. Im Normalfall geschieht dies zwischen dem 45. und 55. Lebensjahr. Die wichtigste hormonelle Veränderung ist der Rückgang des Östrogens. Die Blutungen werden stärker oder schwächer, die Abstände dazwischen kleiner oder größer, bis die Blutung dann ganz aufhört. Damit ist die Fruchtbarkeit der Frau beendet.

Sind Sie Opfer eines schweren Schicksalsschlages geworden? Dann melden Sie sich bei uns unter schicksal@femina.de

Das war kein Wink mit dem Zaunpfahl, nein, es war ein ganzer Wald. Geknickt mache ich mich an diesem Abend auf den Weg zu Kati, die mittlerweile glücklicherweise aus ihrem Liebesurlaub zurück ist. Paul scheint die Nachricht über seine baldige Vaterschaft gut verkraftet zu haben, denn als ich keuchend und mit brennenden Oberschenkeln den sechsten Stock erreiche, platze ich mitten in einen dramatischen Abschied hinein. Eng umschlungen stehen Kati und Paul in dem winzigen Flur, dessen Boden über und über mit Schuhen bedeckt ist. Jetzt stößt meine Freundin einen Freudenschrei aus, lässt ihren Liebsten stehen und umarmt mich stürmisch.

»Schön, dass du da bist. Hab ich dich vermisst!«

»Ich dich auch. Hallo, Paul!«

»Hallo, Mia!« Er gibt mir zwei Küsschen auf die Wange. Gerade will er sich an mir vorbeidrücken, als Kati ihn wieder einfängt.

»Kannst du nicht noch bleiben und mit uns essen«, bettelt sie und bedeckt sein Gesicht mit Dutzenden von kleinen Küssen. Der arme Paul macht ein ganz gequältes Gesicht und sagt hilflos: »Aber du weißt doch, dass ich gleich ein Geschäftsessen habe.« Ja, das sieht man. Er trägt einen dunkelgrauen Anzug nebst weißem Hemd und blau-grau gestreifter Krawatte. Paul ist nämlich ein ziemlich hohes Tier bei der Sparkasse. Irgendwas mit Firmenkunden, ein richtiger Schlipsträger. Ganz nett und süß zwar, aber eben ein Schlipsträger. Wie so einer meiner lauten, flippigen und völlig unkonventionellen Freundin passieren konnte, die am liebsten wallende Hippiekleider trägt, sieben Studiengänge begonnen und keinen beendet hat und sich ihren Lebensunterhalt als Kellnerin in einer Szenekneipe verdient, ist mir nach wie vor ein Rätsel. Und ihr selbst wahrscheinlich auch. Während ich mich an den beiden vorbeizwänge und an der übervollen Garderobe vergeblich nach einem Platz für meinen Mantel suche, versucht Paul, sich sanft aus Katis Umklammerung zu befreien.

»Komm doch einfach ein bisschen später und trink wenigstens noch ein Glas Wein mit uns«, schlägt sie vor, um sich dann hastig selbst zu verbessern, »ich meine natürlich, ein Glas Traubensaft. Oder Milch. Oder Tee. Oder was auch immer.« Sie setzt ihre Kussattacke fort, während Paul die Kinnlade herunterfällt. Ich grinse in mich hinein. Paul und Zuspätkommen …

»Ich kann doch zu einem Geschäftsessen nicht zu spät kommen«, sagt er dann auch so entgeistert, als habe sie ihm vorgeschlagen, nackt dort zu erscheinen. Kati springt Paul auf den Arm und umschlingt mit ihren schlanken Beinen seine Hüften.

»Auch nicht für mich? Bitte, bitte, bitte. Nur fünf Minuten«, bettelt sie ihn an und schenkt ihm ihren schönsten Augenaufschlag. Jetzt kommt der Mann langsam in Bedrängnis. Er hält sie so vorsichtig in seinen Armen, als habe er es mit einer zerbrechlichen Porzellanpuppe zu tun und versucht gleichzeitig, ihren Küssen zu entkommen.

»Es geht wirklich nicht, Kati. Es tut mir leid. Und könntest du bitte … ich meine, mein Anzug …« Kati springt gespielt beleidigt von ihm herunter, sieht ihn aus ihren hellblauen Augen vorwurfsvoll an und schiebt die Unterlippe vor.

»Aber ich bin doch schwanger.« Und schon klebt er wieder an ihr, fasst ihr unters Kinn und drückt einen langen Kuss auf ihre Lippen. Idefix winselt zu meinen Füßen und angesichts meiner eigenen Stimmung kann ich das

Liebesglück der beiden auch nicht besonders gut ertragen. Obwohl ich mich für sie freue. Wirklich.

»Herzlichen Glückwunsch übrigens, Paul«, sage ich deshalb laut, um darauf aufmerksam zu machen, dass ich auch noch da bin.

»Dankeschön.« Er strahlt mich an. »So, jetzt muss ich wirklich gehen.«

»Du bist ein schlimmer Spießer«, schimpft Kati.

»Ich weiß.« Mit einem letzten verliebten Blick zurück verschwindet er durch die Tür.

»Muss Liebe schön sein«, stelle ich fest und Kati macht ein schuldbewusstes Gesicht.

»Das war wohl nicht besonders sensibel von uns, hier vor deinen Augen rumzuturteln. Tut mir leid.«

»Ach, schon gut«, ich mache eine wegwerfende Handbewegung, »ich gewöhne mich langsam dran.«

»Ich kenne mich ja selbst kaum wieder. Ich bin so was von verknallt in ihn, dass ich einfach nicht die Finger von ihm lassen kann«, sagt Kati und beugt sich nun auch endlich zu Idefix hinunter, der seit geraumer Zeit an ihrem Fuß herumkaut, um ihre Aufmerksamkeit zu erregen. »Hättest du das gedacht? Dass ich mal bei einem angehenden Bankdirektor landen und eine Familie mit ihm gründen würde?«

»Nein«, sage ich stellvertretend für meinen Hund. »Aber er scheint sich ja wirklich auf das Kind zu freuen.«

»Wir freuen uns beide.« Sie streichelt versonnen über ihren noch vollkommen flachen Bauch, dann hakt sie mich unter und führt mich in ihre kleine Wohnküche, wo wir uns auf dem verschlissenen, braunen Ledersofa niederlassen, das sie schon hatte, als wir beide noch zur Schule gegangen sind. »Was essen wir denn heute? Chinesisch? Japanisch? Pizza?« Sie blättert durch den auf dem Beistelltisch liegenden Ordner, in dem mehr als fünfzig Lieferservice-Karten abgeheftet sind. Ich zucke unschlüssig mit den Schultern.

»Mir egal.«

»Ich hab Lust auf Sushi. Was hältst du davon?«

»Klar.«

»Nein, halt, warte, das darf ich ja nicht. Kein roher Fisch in der Schwangerschaft. Mist. Aber vielleicht vegetarische Sushi. Das müsste doch okay sein, oder?«

»Bestimmt«, nicke ich und betrachte meine zierliche Freundin, die jetzt unsere Bestellung aufgibt. Mit ihrer immer leicht gebräunten Haut, den haselnussfarbenen Locken und blauen Kulleraugen sieht sie aus wie ein Püppchen, und dazu noch ein ziemlich teures.

»Sag mal, was ist denn los mit dir?«, erkundigt sich Kati und legt das Handy zur Seite. »Ist alles okay bei dir?«

»Na klar.« Nichts ist okay, gar nichts. Ich bin sechsunddreißig Jahre alt und wer sagt mir eigentlich, dass bei mir die Wechseljahre nicht möglicherweise auch schon vor der Tür stehen? Aber Kati sieht so glücklich aus, dass ich ihr nicht die Stimmung verderben will. »Erzähl mir von eurem Urlaub«, fordere ich sie deshalb auf. »War es warm auf Mallorca?«

»Nicht besonders. Aber es war einfach traumhaft. Ich bin ja so verliebt.« Sie nimmt meine Hände und ihre blauen Augen glitzern.

»Und du dachtest, es gibt die große Liebe gar nicht«, kann ich mir nicht verkneifen zu sagen. Kati ist nämlich eigentlich ein ziemlich verkopfter Mensch, dazu eine Zynikerin, wie sie im Buche steht. Sie betrachtet die Welt und damit auch die Liebe immer vom wissenschaftlichen

Standpunkt aus und versucht eigentlich jedes menschliche Gefühl anthropologisch, evolutionsbiologisch oder verhaltenspsychologisch zu rationalisieren. Zumindest war das so, bis sie Paul kennengelernt hat.

»Ich muss zugeben, dass ich manchmal dachte, du übertreibst es mit deinem felsenfesten Glauben an die ganz große Liebe«, räumt sie großmütig ein. »Dass das alles nur Hirngespinste waren, genährt von deiner Vorliebe für schnulzige Filme. Oh, dabei fällt mir ein.« Sie lehnt sich über die Sofalehne und zieht ein in rosa Papier eingewickeltes Päckchen hervor. »Du bekommst ja noch dein Weihnachtsgeschenk. Bisschen verspätet, ich weiß. Aber von Herzen.«

»Dankeschön.« Eine Minute später halte ich »Die schönsten Filme von Rosamunde Pilcher« in den Händen.

»Und weißt du was? Im Moment bin ich so weichgespült, dass ich sogar einen davon mit dir gucken würde, wenn du möchtest.« Erwartungsvoll sieht sie mich an.

»Toll«, sage ich möglichst enthusiastisch, während Kati die Rückseite der DVD-Box studiert.

»Auf den Wellen der Liebe«, liest sie vor und kichert. »Mann, was für ein Kitsch.« Ah, da ist sie ja wieder, meine beste Freundin. Ich hatte sie schon verloren geglaubt. »Das ist genau der richtige Film für heute Abend.«

»Okay, warum nicht?« Das kam wohl nicht begeistert genug, denn sie sieht mich jetzt misstrauisch an.

»Du hast doch irgendwas? Ist es wegen Timo?« Natürlich habe ich ihr von unserem Treffen in der Hochzeitskirche bereits am Telefon erzählt.

»Nein, nein«, wehre ich ab. »Der hat nichts damit zu tun.« Was natürlich glatt gelogen ist. Natürlich hat der was damit zu tun. Alles sogar. Schließlich ist er dafür verantwortlich, dass ich mit meinen sechsunddreißig Jahren nun wieder alleine dastehe. Vier wertvolle Jahre hat er mir gestohlen. Vielleicht die entscheidenden Jahre. Mein Unterleib krampft sich schmerzhaft zusammen. »Ich hab bloß meine Tage«, erkläre ich Kati, die verständnisvoll nickt.

»O je. Du Arme. Ich bin richtig froh, dass ich davon für die nächsten sechs Monate verschont bleibe. Allerdings fürchte ich, das dicke Ende kommt danach.« Sie verzieht ihr Puppengesicht zu einer komischen Grimasse und rollt mit den Augen. »Dabei fällt mir ein, willst du ein Foto sehen?«

»Wovon?«

»Na, von Krümelchen.«

»Unbedingt!« Sie springt auf und pflückt ein Stück Papier vom Kühlschrank, das dort mit einem roten Herz-Magnet angepinnt war. Stolz hält sie mir das Ultraschallbild ihres Sprösslings unter die Nase. »Ist es nicht wunderschön?« Ich starre darauf und die unterschiedlichen Grautöne verschwimmen vor meinen Augen. Ich öffne den Mund, um etwas zu sagen, als Kati plötzlich hell auflacht und sich neben mich auf das Sofa schmeißt. »Jetzt hör dir bloß mal an, was ich da von mir gebe. Ist das zu fassen?« Sie schüttelt ungläubig den Kopf. »Ich frage dich allen Ernstes, ob du es schön findest.« Sie kichert in sich hinein, dann wird sie plötzlich ganz ernst und greift nach meiner Hand. »Mia, um Gottes willen, was passiert mit mir? Ich bin inzwischen eine von diesen Frauen, über die ich mich immer kaputtgelacht habe. Und dabei bin ich gerade mal Anfang des vierten Monats.« In ihre Stimme mischt sich jetzt ein Anflug von Panik und ich streichele beruhigend ihren Unterarm.

»Das sind die Hormone. Vollkommen normal.«

»Werde ich für die nächsten drei Jahre kein anderes Gesprächsthema als vollgeschissene Babywindeln und Kindergartenplätze haben?«

»Vermutlich.«

»Aber das ist ja furchtbar.« Sie lässt sich in die abgewetzten Kissen fallen und macht ein unglückliches Gesicht.

»Keine Sorge«, tröste ich sie, »ich bleibe trotzdem deine Freundin.«

»Versprochen?«

»Aber ja.« Sie nimmt mir das Ultraschallbild aus der Hand, hält es auf Armeslänge von sich weg und verengt ihre Augen zu Schlitzen. »Eigentlich ist es nichts als ein grauer Blobb in grauem Schnodder.« Ich schüttele den Kopf und nehme es ihr ab.

»Nein. Schau mal, man erkennt doch alles schon ganz deutlich. Hier der Kopf, die Arme und Beine, sogar das Profil sieht man schon. Ich glaube, es hat deine Nase.«

»Meinst du?« Sie strahlt über das ganze Gesicht und ich nicke.

»Absolut. Und weißt du was?«

»Was?«, fragt sie atemlos.

»Es ist wirklich wunderschön.«

Kapitel 6

Ich erwache mitten in der Nacht und setze mich verwirrt auf. Die rot leuchtenden Zahlen des Radioweckers auf meinem Nachttischchen zeigen 3:41 Uhr. Wovon bin ich wach geworden? Ich lausche in die Stille und plötzlich höre ich es. Leise, aber deutlich. Tick. Tack. Tick. Tack. Das gibt es doch gar nicht. Erst meine Periode, dann das graue Haar, das Schicksal von Simone W., das Ultraschallbild und jetzt auch noch das. Es reicht mir langsam mit den Zeichen. Das hier ist doch geradezu lächerlich. Tick. Tack. Tick. Tack. Unverkennbar. Ich bilde mir das nicht ein. Etwas tickt. Ja doch, Leben, ich habe es verstanden. Es ist meine biologische Uhr. Darf ich jetzt bitte weiterschlafen? Tick. Tack. Tick. Tack. Ich lasse mich in die Kissen zurücksinken. Wahrscheinlich träume ich. Natürlich. Das wird es sein. Schließlich hat man noch nie davon gehört, dass das Einsetzen der Torschlusspanik von einem tatsächlichen Ticken begleitet wird. Das mit der biologischen Uhr ist doch nur eine Redewendung. Und wenn es sich tatsächlich um einen Traum handelt, dann bin ich Herrin der Lage. Und kann dem Ticken Einhalt gebieten. Nur wie? Tick. Tack. Tick. Tack. »Aufhören«, sage ich in die Stille meines Schlafzimmers und es hört sich erschreckend real an. Genauso wie das Ticken, das sich durch meinen Befehl nicht aus der Ruhe bringen lässt. Tick. Tack. Tick. Tack. Leise, aber regelmäßig. »Ich möchte, dass es zu ticken aufhört«, formuliere ich mein Anliegen präziser. Tick. Tack. Tick. Tack. »Ich möchte aufwachen.« Tick. Tack. Tick. Tack. »Verdammt noch mal, ich habe es ja kapiert, Leben«, fluche ich unterdrückt. »Ich werde nicht jünger, die Zeit läuft ab, ich muss mir dringend einen Mann suchen.« Tick. Tack. Tick. Tack. »Ich will ein Baby«, sage ich in die Nacht hinein. Vor meinem inneren Auge erscheint das Ultraschallbild von Krümelchen. Ich fand es wirklich wunderschön. Und gar nicht albern. »Ich will ein Baby«, sage ich noch einmal, diesmal nicht zur Nacht oder zum Leben, sondern zu mir selbst. »Und jetzt muss ich aufs Klo.« Auf dem Weg ins Badezimmer merke ich, dass ich mich in keinem Traum befinde. Sonst wäre ich wohl spätestens in dem Moment aufgewacht, in dem ich mit meinem kleinen Zeh am Türrahmen hängen geblieben bin. Jaulend hüpfe ich durch meinen kleinen Flur, Idefix kommt aus dem Schlafzimmer auf mich zugestürzt und stimmt in mein Geheul ein. Stöhnend lasse ich mich auf den Laminatfußboden sinken und untersuche meinen höllisch schmerzenden Fuß, während mein Hund mir einen strafenden Blick zuwirft und zurück in sein Körbchen tapst.

»Oh, bitte entschuldige, dass ich deine Nachtruhe gestört habe«, rufe ich ihm hinterher und bewege vorsichtig die Zehen. Ich bleibe noch eine Minute so sitzen, warte darauf, dass der Schmerz nachlässt und höre meiner biologischen Uhr zu, die in meiner Küche an der Wand hängt und leise vor sich hintickt.

»Kati, ich will ein Baby«, platze ich bei meinem nächsten Telefonat mit meiner Freundin damit heraus.

»Sorry, ich kann dir meins nicht geben. Unter normalen Umständen würde ich drüber nachdenken, aber du weißt ja: die Hormone.« Ich kann ihr breites Grinsen förmlich vor mir sehen, habe jetzt aber keine Zeit für solche Witze.

»Ich meine es ernst. Ich will ein Baby«, wiederhole ich. »Und ich glaube, das Leben will auch, dass ich eins habe. Es schickt mir lauter Zeichen.«

»Tatsächlich?« Wahrscheinlich ist die nun folgende Erklärung reichlich verworren und unzusammenhängend, denn ich bin ganz furchtbar aufgeregt – von meiner Entscheidung und vom mittlerweile dritten Milchkaffee. Schließlich ist es bald vorbei mit dem Koffein und das will ich doch noch so richtig ausnützen. Allerdings rast mein Puls und das Telefon in meiner Hand zittert unkontrolliert.

»Ähm, Süße …«, sagt Kati, nachdem sie meinen Redeschwall über sich hat ergehen lassen, ohne mich nur einmal zu unterbrechen, »vergisst du nicht ein wichtiges Detail?«

»Welches denn?«

»Ich will ja kein Salz in die Wunde streuen, aber meinst du nicht, dass das Leben dir zu diesem Zweck neben den ganzen Zeichen auch einen Mann schicken sollte?«

»Brauche ich nicht«, sage ich brüsk.

»Ganz recht«, jetzt benutzt sie ihre Therapeutenstimme, die sie sich in ihrem zwei Semester währenden Psychologiestudium angewöhnt hat und die sie bei passenden Gelegenheiten hervorzukramen pflegt, »du brauchst keinen Mann. Jedenfalls nicht, um glücklich zu sein und ein erfülltes Leben zu führen. Aber um ein Baby zu machen …«

»… brauche ich auch keinen. Nur ein paar von seinen besten Schwimmern. Und deshalb gehe ich heute Nachmittag zur Samenbank.« Ohrenbetäubendes Schweigen schlägt mir vom anderen Ende der Leitung entgegen. »Bist du noch da?«

»Ja, ich bin hier. Sag mal, ist das wirklich dein Ernst?« Ich nicke heftig, was sie aber nicht sehen kann.

»Mein heiliger Ernst.«

»Was ist denn in dich gefahren?«

»Die Erkenntnis, dass ich auf keinen Fall ein Leben ohne Kind führen möchte. Und dass es irgendwann zu spät für ein Baby sein könnte. Wusstest du, dass manche Frauen schon mit Anfang dreißig in die Wechseljahre kommen?«

»So ein Quatsch.«

»Doch. Ich habe gestern so eine getroffen.«

»Aber das ist doch die absolute Ausnahme«, versucht Kati mich zu beruhigen. »Das passiert dir doch nicht.«

»Woher willst du das wissen? Was ist, wenn ich in zwei Jahren ohne ein einziges befruchtungsfähiges Ei im Leib dasitze? Nein, nein. Ich will ein Baby. Jetzt.«

»Und du hast dir das gut überlegt?«

»Ja«, sage ich schlicht und Kati antwortet im selben Tonfall: »Gut. Wo ist diese Samenbank?«

»Irgendwo in Altona.«

»Gut, ich komme natürlich mit.«

Genau das ist der Grund, warum ich Kati und niemanden sonst in meine Pläne eingeweiht habe. Weil ich mich auf ihre Unterstützung verlassen kann. Und so stehen wir ein paar Stunden später gemeinsam vor einem sehr modernen, kastenförmigen Gebäude, dessen riesige Fensterfronten in der Nachmittagssonne glitzern. Unter seinem lautstarken Protest binde ich Idefix an dem »Wir müssen leider draußen bleiben«-Schild an und streichle ihm kurz über den Kopf.

»Wir sind gleich wieder da. Mach schön Platz.«

Die automatischen Glastüren öffnen sich lautlos und wir betreten einen hohen, mit hellem Teppich ausgelegten Empfangsraum, in dessen Mitte ein geschwungener, weißer Tresen steht.

»Irgendwie hatte ich mir eine Samenbank anders vorgestellt«, wispert Kati mir zu, und ich nicke. Ich hatte auch etwas anderes erwartet, auch wenn ich nicht genau weiß, was. Wohl kaum ein mit Panzerglas umschlossenes Kassenhäuschen und einen Bankangestellten, der kleine Ampullen mit einer weißlichen Substanz herausgibt. Der Eingangsbereich des »Instituts für Samenspende« sieht jedenfalls eher aus wie eine erst kürzlich eröffnete Wellness-Oase.

»Guten Tag«, zwitschert die ganz in Weiß gekleidete Rezeptionistin mit dem blonden Pferdeschwanz. »Haben Sie einen Termin?«

»Äh, nein.« So was Blödes. Das wäre wahrscheinlich sinnvoll gewesen.

»Verstehe.«

»Ich möchte ein Kind bekommen«, sage ich hastig und ihre hochgezogenen, perfekt gezupften Augenbrauen sagen mir, dass das eine eher unnötige Information war. Erwartungsvoll sieht sie mich an und ich schaue Hilfe suchend zu Kati, die in den auf dem Tresen ausliegenden Flyern herumblättert und dabei gedankenverloren mit den großen Kugeln ihrer bunten Holzkette spielt.

»Wollen Sie einen Beratungstermin ausmachen?«, kommt mir die Rezeptionistin, auf deren Brust ich jetzt das kleine, silberne Namensschildchen entdecke, unerwartet zu Hilfe.

»Ja, Frau Baumüller«, sage ich erleichtert, »das wäre nett.«

»Hier ist erst mal unsere Visitenkarte.« Sie schiebt das Stück Hochglanzpapier über den Tresen zu mir hin. »Da steht auch unsere Telefonnummer drauf. Dann können Sie beim nächsten Mal anrufen.« Ich nicke. »Sie müssen nicht jedes Mal vorbeikommen«, fügt sie noch hinzu. Wie kann man nur so penetrant sein? Ich habe es doch schon beim ersten Mal kapiert: Spontane Besuche sind in diesem Institut ebenso unerwünscht wie in Daniels Chaos-Wohnung. »Wann würde es Ihnen und Ihrem Mann denn zeitlich am besten passen?«, beendet sie endlich ihre Sticheleien und wendet sich dem hochmodernen Computermonitor mit der blassgrünen Plexiglas-Verkleidung zu.

»Ich bin nicht verheiratet«, stelle ich klar und sehe sie ein wenig verständnislos an. Wäre ich sonst hier?

»Oh, ich verstehe.« Sie lächelt und entblößt eine Reihe klitzekleiner, perlweißer Zähne. »Nun gut, das ist Ihre Entscheidung. Ich sollte Sie allerdings darauf aufmerksam machen, dass unverheiratete Paare vor der Behandlung einen Notarvertrag aufsetzen müssen, um die rechtliche Situation zu klären.«

»Hä?« Sie greift in das Gestell aus Plexiglas, in dem sich diverse Flyer befinden und hält mir einen davon unter die Nase.

»Hier steht alles drin. Aber wenn Sie mich fragen, zu heiraten wäre sicher die simplere Lösung.«

»Hmm«, mache ich unbestimmt, weil mich das ganze Gequatsche über Männer und die Ehe ganz wirr im Kopf macht. Ich bin doch schließlich hier, weil ich von alldem Abstand nehmen will.

»Bringen Sie am besten schon zum Termin einen Nachweis über die Zeugungsunfähigkeit Ihres Mannes mit, das spart Zeit.« Jetzt fängt sie schon wieder damit an.

»Hören Sie«, sage ich, »ich habe keinen Mann. Dementsprechend wird das mit dem Nachweis seiner Zeugungsunfähigkeit etwas problematisch.« Kati gluckst, hält sich dann erschrocken die Hand vor den Mund und simuliert einen Hustenanfall.

»Sie haben keinen Mann?« Frau Baumüller mustert mich überrascht.

»Was glauben Sie, warum ich sonst Sperma brauche?«

»Eine Behandlung alleinstehender Frauen ist aus rechtlichen Gründen leider nicht möglich.« Aus hellbraunen Augen blickt sie mich mitleidig an.

»Aber ich …« Hilflos sehe ich zu Kati, die ein ganz betroffenes Gesicht macht.

»Oh, ich verstehe. Tut mir leid. Wir würden gerne allen, die es sich wünschen, zu einem Kind verhelfen.« Jetzt klingt sie, als würde sie aus einem Leitfaden zitieren. »Aber die derzeitige Rechtslage in Deutschland erlaubt es uns leider nicht, gleichgeschlechtliche Paare zu behandeln.« Sie zuckt bedauernd mit den Schultern.

»Was reden Sie da?«, frage ich ratlos. »Meine Freundin hier ist schwanger.« Jetzt zucken die hellbraunen Augen irritiert zwischen Kati und mir hin und her, die warme, ruhige Stimme wird einen Tick schriller.

»Aber, dann verstehe ich nicht, was wollen Sie denn bloß?«

»Wir sind nicht lesbisch!«, kläre ich sie auf. »Ich bin eine alleinstehende Frau. Die Zahl meiner befruchtungsfähigen Eizellen neigt sich dem Ende zu. Ich bin von meinem Freund verlassen worden und kann mich nicht mit der Suche nach einem neuen Mann aufhalten. Ich will einfach nur ein bisschen Sperma, damit ich ein Kind haben kann. Ist das denn wirklich zu viel verlangt?« Die letzten Worte schreie ich ihr förmlich ins Gesicht und sie beginnt hektisch, unter der spiegelblanken Schreibtischplatte herumzufummeln. Wahrscheinlich sucht sie nach dem Knopf, um den Sicherheitsdienst zu alarmieren. Gibt es in einer Samenbank einen Sicherheitsdienst? Bevor ich es herausfinden kann, fasst Kati mich am Arm.

»Vielen Dank für Ihre Hilfe«, sagt sie.

»Gern geschehen«, sagt Frau Baumüller erschöpft.

»Wir werden jetzt gehen.«

»Eine gute Idee.«

»Das hätte ich euch gleich sagen können«, erklärt Daniel, als wir ihn eine Stunde später im Sofa-Café im Schanzenviertel treffen. Auf dem Tisch vor uns stehen drei riesige bauchige Kaffeetassen sowie ein Teller mit überdimensionalen Erdnussbutter-Plätzchen.

»Vielen Dank, das nützt mir jetzt auch nichts mehr«, sage ich geknickt, lasse mich in der abgewetzten dunkelroten Couch nach hinten fallen und beiße herzhaft in einen Keks. Daniel schiebt sich ebenfalls einen in den Mund. Und zwar im Ganzen. Er kaut angestrengt, schluckt und sagt: »Da kann ich ja von Glück sagen, dass du hier heute nicht schwanger aufgetaucht bist.«

»Sehr witzig«, sage ich verstimmt und nehme noch einen Bissen. »Nur um dich aufzuklären: So schnell geht das alles nicht. Glaubst du, die geben einem da Sperma und zack, ist man schwanger?«

»Nein, aber du denkst das offenbar. Wie kommst du eigentlich auf eine dermaßen absurde Idee? Ein Kind kriegt man doch nicht aus einer Laune heraus.«

»Das war keine …«, setze ich zu einer Verteidigung an, aber er lässt mich nicht zu Wort kommen.

»Meine Güte, Schneewittchen, ein Baby schafft man sich doch nicht einfach so an wie einen Massagesessel.« Damit spielt er auf einen meiner mitternächtlichen Spontankäufe im Internet an, die mir dann und wann passieren und sich meistens im Nachhinein als Fehler entpuppen. Wie in dem erwähnten Fall, als das Monstrum von einem Möbelstück verhinderte, dass ich mich in meinem Wohnzimmer auch nur umdrehen konnte. Nach wenigen Wochen habe ich meinen Fehler eingesehen und das gute Stück mit einem Verlust von neunzig Prozent bei eBay wieder verkauft. »Und vor allem kannst du es nicht einfach so zurückgeben, wenn es dann doch nicht in dein Leben passt.«

»Du kannst doch ein Kind nicht mit einem Stuhl vergleichen!«

»Eben!«, sagt er nachdrücklich.

»Wo er Recht hat, hat er Recht«, meint Kati.

»Fall du mir noch in den Rücken«, sage ich gekränkt, »du bist ja schon schwanger. Und du«, damit wende ich mich an Daniel, »du kannst sowieso überhaupt nicht mitreden. Du kannst mich verurteilen, so viel du willst, du weißt einfach nicht, in was für einer Situation ich mich befinde. Du kannst das nicht nachvollziehen. Männer werden ja nicht älter, bloß interessanter. Du kannst auch mit siebzig noch ein Kind zeugen, wenn du willst. Da gab es doch gerade erst dieses Beispiel von dem Promi, wie hieß er doch gleich? Ist ja auch egal. Jedenfalls kannst du dein Leben lang Babys machen. Ich nicht. Ich habe ein Verfallsdatum. Irgendwann komme ich in die Wechseljahre und dann ist Schluss. Und ich sterbe einsam und allein.

Ich will mein Lebensglück einfach nicht davon abhängig machen, ob sich vielleicht doch irgendwann noch ein Mann dazu herablässt, mit mir zusammen sein zu wollen.« Daniels Hand bahnt sich einen Weg zu meiner und umschließt sie. Der Blick seiner warmen, braunen Augen ist jetzt voller Mitgefühl.

»Schneewittchen. Du redest wirres Zeug.«

»Ich verstehe einfach nicht, warum ich als alleinstehende Frau nicht zur Samenbank gehen kann.«

»Das geht aufgrund der Rechtslage nicht.«

»Das hat mir die Trulla dort auch gesagt. Ich versteh es nur nicht.«

»Wenn das Kind nicht in eine Ehe oder eheähnliche Gemeinschaft hineingeboren wird, kann man nicht ausschließen, dass der Spender irgendwann zur Verantwortung seiner Vaterschaft herangezogen wird.«

»Geht das auch auf Deutsch?«

»Ohne Vater gibt es von Rechts wegen auch keinen Vater, also niemanden, der die väterlichen Rechte und Pflichten gegenüber dem Kind innehat. Also könntest du irgendwann zu dem Spender gehen und ihn zum Beispiel auf Unterhalt verklagen.«

»Und das ist alles? Dann ist das doch kein Problem.« Eine leise Hoffnung keimt in mir auf. »Ich kann ja unterschreiben, dass ich das nicht tun werde.«

»So einfach ist das leider nicht.« Daniel zuckt bedauernd mit den Schultern. »Schneewittchen, ich würde dir gerne ein Versprechen abnehmen.« Misstrauisch sehe ich ihn an.

»Was denn für eins?«

»Dass du ab jetzt keiner deiner spontanen Ideen mehr folgst, ohne erstens eine Nacht darüber geschlafen und zweitens mich konsultiert zu haben. Können wir uns darauf einigen?«

»Hm«, mache ich unbestimmt, während ich darüber nachdenke. »Ich bin nun mal ein spontaner Mensch.«

»Irrtum! Du bist eine impulsive Romantikerin, der jegliche Form von Verstand abgeht, wenn sie sich auf einem ihrer Trips befindet.«

»So eine Frechheit. Nur damit du es weißt, ich wäre durchaus nicht so blauäugig in diese Sache reingerannt, wie du jetzt vielleicht denkst. Ich wünsche mir seit Jahren ein Kind. Ich hätte längst eins, wenn Timo nicht so stur gewesen wäre. Und ich habe mir schon etliche Gedanken gemacht, wie ich es als alleinerziehende, berufstätige Mutter schaffen könnte. Mit dem Elterngeld würde ich im ersten Jahr ganz gut über die Runden kommen. Und für danach habe ich Ersparnisse, die ich anzapfen kann, wenn ich nicht gleich wieder voll einsteigen kann. Außerdem schaffen andere Frauen das schließlich auch. Wieso nicht ich?« Daniel seufzt.

»Ich sage doch gar nicht, dass du es nicht schaffen kannst. Ich frage mich nur, warum plötzlich diese Eile?« Ich sehe ihn nachdenklich an und suche nach den richtigen Worten. Natürlich hat er irgendwie Recht. Von außen wirkt das Ganze wohl ziemlich überstürzt. Trotzdem war ich mir selten einer Sache so sicher.

»Das kann ein Mann wahrscheinlich auch nicht verstehen«, sage ich. »Aber wie solltest du auch? Wie solltest du nachvollziehen können, was es für ein Gefühl ist, Timo mit seiner neuen Flamme zu sehen, die wahrscheinlich gerade mal Mitte zwanzig ist? Sie kann ihm ohne Probleme zehn Kinder schenken, während ich froh sein kann, wenn ich eins bekomme.«

»Ich kenne keinen einzigen Mann, der scharf darauf wäre, zehn Kinder zu haben. Timo am allerwenigsten. Außerdem tust du ja gerade so, als hättest du die vierzig weit überschritten, und dabei bist du gerade mal sechsunddreißig. Du hast noch ewig Zeit. Schau dir Madonna an. Die hat doch mit fünfundvierzig noch ein Kind bekommen.«

»Ich bin aber nicht Madonna«, sage ich heftiger als beabsichtigt. »Ich will mir im Kindergarten nicht anhören müssen, dass mein Enkel heute seinen Spinat nicht essen wollte. Ich kann nicht mehr warten. Ich möchte ein Kind. Jetzt.«

»Dann wirst du auch eins bekommen. Ganz sicher.« Der streitlustige Ton ist aus Daniels Stimme gewichen. »Du weißt doch nicht, was passiert. Das Leben kann sich doch in jede Richtung entwickeln. Vielleicht triffst du ja morgen deinen Märchenprinzen in der U-Bahn und …«

»Märchenprinzen? Pah!«, sage ich. »Hör bloß mit dem Quatsch auf.« Überrascht sieht er mich an.

»Okay, wer bist du und was hast du mit Mia gemacht?«

Kapitel 7

An diesem Abend liege ich in meinem Bett, starre an die Decke über mir und kann nicht einschlafen. Woher nur kommt so plötzlich dieses Gefühl, mein Leben wäre sinnlos? Ich war doch eigentlich ganz zufrieden, um nicht zu sagen glücklich. Ich habe es genossen, mein eigener Herr zu sein, mir meine Zeit selbst einteilen zu können und gemeinsam mit Daniel und Kati auch mit Mitte dreißig noch so eine Art Studentenleben führen zu können. Ausschlafen, den Nachmittag im Café verbringen, wenn uns danach ist, einfach frei zu sein. Die Frage ist nur, wie alt muss man werden, damit dieses Leben sich von herrlich in tragisch verwandelt? Ich schätze, bei mir ist dieser Zeitpunkt erreicht. Das kann nicht alles gewesen sein. Andererseits war es nun auch nicht gerade mein Traum, eine alleinerziehende Mutter zu sein. Und davon mal abgesehen, wünsche ich mir das wirklich für mein Kind? Dass es ohne Vater aufwächst? Mit mir als vermutlich gestresster und ziemlich überforderter Mutter? Nein, das will ich natürlich auch nicht. Weder für mein Baby noch für mich. Ich wollte doch immer eine Familie haben. Mutter, Vater, Kind. Ich schalte die Nachttischlampe an, beuge mich über den Bettrand und ziehe meine Schatzkiste hervor, in der ich alle mir teuren Erinnerungen aufbewahre. Ein Foto meines geliebten Meerschweinchens Barnabas, Liebesbriefe, der Rosenkranz meiner Großmutter, das verfilzte, löchrige Schnuffeltuch, das ich zur Geburt geschenkt bekommen habe, Taufbesteck und noch viele andere Dinge. Schließlich finde ich, wonach ich gesucht habe. Das Blatt Papier mit der kindlichen, schon etwas verblassten Schrift steckt in einer Klarsichtfolie. Als meine Eltern vor ein paar Jahren in ihr Bauernhaus umgezogen sind, hat meine Mutter vorher radikal ausgemistet und ist dabei auf einen Schulaufsatz aus der vierten Klasse gestoßen.

WENN ICH MAL GROSS BIN!

Wenn ich groß bin, möchte ich Tierärztin werden, weil ich Tiere sehr lieb habe. Außer Spinnen, vor denen habe ich Angst, aber ich glaube auch gar nicht, dass Leute ihre Spinnen zum Arzt bringen. Vielleicht muss ich mich darüber aber noch mal erkundigen. Eines Tages wird dann ein Mann mit seinem Hund in meine Praxis kommen und wir werden uns ineinander verlieben. An unserem Hochzeitstag fahren wir in einer weißen Kutsche mit Pferden. Wir ziehen in ein gemütliches Haus mit Swimmingpool und großem Garten. Dann möchte ich ein Viertel Dutzend Hundewelpen und einen pechschwarzen Kater haben. Damit sich die Tiere vertragen, werde ich sie zusammen aufwachsen lassen. Meine Kinder werde ich daran gewöhnen, mit Tieren zusammenzuleben und sie als Freunde anzusehen. Ich möchte drei Kinder bekommen: ein Mädchenzwillingspaar und einen Jungen. Mit etwa zwei Jahren Altersunterschied müssten sie ganz gut zurechtkommen. Die Mädchen würden Michaela und Pamela heißen und der Junge Andreas. Wenn wir alt sind, sitzen mein Mann und ich gemeinsam auf der Bank vor unserem Haus und erzählen unseren Enkelkindern Geschichten.

Bedrückt lese ich den Aufsatz. Lese von meinen Hoffnungen und Träumen. Wie viel ist davon noch übrig? Ich könnte heulen. Idefix, der bisher ruhig auf dem Vorleger meines Bettes vor sich hingeschnarcht hat, springt zu mir auf die Decke und kuschelt sich an mich. Eigentlich darf er das nicht, aber ich bringe es nicht übers Herz, ihn wegzuschubsen.

»Idefix, du bist der einzige Traum, der sich erfüllt hat«, sage ich, während er mit seinen treuen, braunen Augen zu mir aufblickt. »Auch wenn du kein Welpe mehr bist.« Was auch immer das jetzt damit zu tun hat. »Es tut mir leid, dass du hier mit mir in dieser winzigen Wohnung wohnst, statt in einem Haus mit Garten«, fahre ich mit der Selbstkasteiung fort, »und dass es keine anderen Hunde gibt, die mit dir spielen. Und keine Katze, wo du die doch neuerdings so gerne magst«, füge ich hinzu, weil mir Miss Amanda Jones wieder einfällt. »Und keine Kinder, deren bester Freund du sein kannst.« Idefix leckt mir über die Hand, legt den Kopf auf meinen Bauch und schlummert friedlich ein. Offensichtlich findet er sein Leben lange nicht so schlimm wie ich meins. Vielleicht hat er sich aber auch bloß stoisch in sein Schicksal ergeben, weil er als Hund ja sowieso nur begrenzte Möglichkeiten hat, irgendetwas zu ändern. Im Gegensatz zu mir. Plötzlich beginnt mein Herz, aufgeregt zu klopfen. Offensichtlich war mein bisheriger Weg einfach der falsche. Aber das bedeutet schließlich nicht, dass ich nicht noch einen anderen einschlagen kann. Was ich brauche, ist ein Plan, der alle möglichen Störfaktoren von vornherein ausschaltet! Zum Beispiel ist es doch der helle Wahnsinn, sein Glück von etwas so Unstetem wie der Liebe abhängig zu machen, so viel steht fest. Ich werde mich jedenfalls nicht mehr verlieben.

Und auch nie wieder einer Liebeserklärung Glauben schenken.

»Das hast du beim letzten Mal auch schon gesagt!« Kati reicht mir einen Cappuccino mit perfekter Milchschaumhaube und lässt sich neben mir auf ihr Küchensofa sinken.

»Exakt, du sagst es. Und beim vorletzten und beim vorvorletzten Mal. Ich bin wie eine Laborratte mit einem sehr, sehr niedrigen Intelligenzquotienten. Wie viele Stromschläge holt sich so ein armes Tier ab, bis es versteht, an welcher Futterstelle das Unheil sitzt? Drei? Vier?«

»Äh«, kommt es zurück, aber ich lasse sie gar nicht erst zu Wort kommen.

»Bei mir waren es sieben«, sage ich und lasse die Ungeheuerlichkeit dieser Zahl ein wenig wirken, während ich einen Schluck aus meiner Kaffeetasse nehme. »Ich bin siebenmal verlassen worden. Das entspricht sieben Stromschlägen. Und die Voltzahl hat sich gefühlt bei jedem Mal verdoppelt. Aber jetzt habe ich es endlich kapiert. Ich bin geheilt.« Kati sieht eher so aus, als würde sie an meinem Gesundheitszustand zweifeln, aber das ist mir egal. Ich bin nämlich wirklich geheilt. Geheilt von den Träumen, die sich in Albträume verwandeln, von romantischen Hirngespinsten, die nur in Filmen und Liebesromanen zum Happy End führen, von dieser ganzen schwachsinnigen Idee der Liebe.

»Also gut, nehmen wir mal an, dass es die wahre Liebe wirklich nicht gibt«, sie seufzt und streichelt sich über ihren Bauch, »wobei ich wirklich hoffe, dass du Unrecht hast …«

»Bei euch wird alles gutgehen, da bin ich sicher«, beeile ich mich zu sagen, obwohl ich weiß, dass das jetzt vollkommen unlogisch klingen muss. Aber bei Kati ist das Kind ja sozusagen schon in den Brunnen gefallen, da macht es überhaupt keinen Sinn, sie zu beunruhigen.

»Wie auch immer, was gedenkst du also zu tun?«

»Ganz einfach! Ich suche mir einen Mann, der genauso denkt wie ich. Und mit dem gründe ich dann eine Familie, ohne Romantik, ohne Schnickschnack, in aller Freundschaft und ohne Erwartungen.«

»Außer der, dass ihr gemeinsam eure Kinder aufzieht.«

»Du hast es erfasst.«

»Und wo willst du so einen Mann hernehmen?« Tja, darüber habe ich mir schon die ganze Nacht den Kopf zerbrochen. »Ich dachte, ich könnte vielleicht eine Anzeige schalten«, sage ich ein wenig lahm.

»Tut mir leid, vielleicht bin ich etwas begriffsstutzig, aber warum sollte sich eigentlich irgendjemand darauf einlassen?«

»Na, aus demselben Grund wie ich. Weil er begriffen hat, dass man auf der Grundlage eines so flüchtigen Gefühls wie Verliebtheit kein stabiles Familienleben führen kann.«

»Du klingst ein bisschen wie ich. Vorher.« Wieder streichelt sie ihren Bauch.

»Vielleicht hattest du in manchen Punkten gar nicht mal so Unrecht. Also, wie gesagt, ich könnte eine Anzeige aufgeben. Oder es über Facebook versuchen. Kann ich noch einen Cappu haben? Irgendwie bin ich immer noch müde.«

»Das liegt daran, dass der koffeinfrei ist«, erklärt sie und nimmt mir die Tasse aus der Hand. »Sorry, aber ich hab keinen anderen da. Jetzt mal ganz im Ernst, Mia«, sie sieht mich streng an, »es ist ja schön und gut, dass du beschlossen hast, die ganze Beziehungskiste ein bisschen realistischer und erwachsener anzugehen. Aber musst du denn wirklich gleich ins andere Extrem umschlagen? Meinst du nicht, es gibt noch eine Zwischenlösung zwischen Rosamunde Pilcher und dem, was du jetzt vorhast?«

»Nein, das meine ich nicht.«

»Und du glaubst wirklich, dass zwei Menschen, die den Glauben an die Liebe verloren haben, ein gutes Elternpaar abgeben? Hättest du gerne solche Eltern?«

»Was hast du da gerade gesagt?« Ich setze mich kerzengerade auf und sehe sie gespannt an.

»Ob du gerne solche Eltern hättest«, antwortet sie verwirrt.

»Nein. Davor.«

»Ob du denkst, dass zwei Leute, die nicht an die Liebe glauben …« Noch bevor sie den Satz zu Ende gesprochen hat, springe ich so heftig auf, dass der Küchentisch gefährlich wackelt.

»Das ist es«, rufe ich, »Kati, du bist genial. Jetzt weiß ich, wo ich den Mann herbekomme.«

»Tatsächlich?« Irritiert sieht sie mich von unten herauf an. »Woher denn?«

»Ich muss ihn natürlich erst fragen, aber dann …« Plötzlich fügt sich meine Zukunft vor meinem inneren Auge wie ein Puzzle zusammen. Ich sehe meine kleine Familie bildlich vor mir, ein Mädchen mit dunklen Locken, einen Jungen mit stahlblauen Augen, den Augen seines Vaters. Aber erst muss ich Kontakt zu ihm aufnehmen. Ihn von meiner Idee überzeugen. »Ich habe ein gutes Gefühl bei der Sache«, verkünde ich und greife nach meiner Handtasche und der Jacke.

»Willst du schon gehen? Du bist doch gerade erst gekommen.«

»Ich weiß, tut mir leid, ich muss mich jetzt darum kümmern.«

Ich bin schon halb auf dem Flur, als sie mir hinterherruft: »Aber sag mir doch wenigstens …«

»Keine Zeit. Ich ruf dich an.« Gerade will ich die Haustür hinter mir schließen, als ich ein klägliches Jaulen vernehme. Ups. Ich öffne die Türe wieder und sehe Kati in ihrem Flur stehen, Idefix auf dem Arm. Ich weiß nicht, wer von den beiden vorwurfsvoller guckt.

»Willst du deinen Hund nicht mitnehmen?«

»Äh, doch, natürlich.« Sie lässt ihn runter, und er kommt mit leidendem Gesichtsausdruck auf mich zugehoppelt. »Sorry, Idefix.«

»Hoffentlich wirst du nicht eine von diesen Müttern, die ihr Kind im Supermarkt vergessen.«

Schon drei Tage später habe ich eine Verabredung mit dem potentiellen Vater meiner Kinder. Dem Mann, der nicht an die Liebe glaubt. Und der sofort auf meine SMS reagiert hat und bereit war, sich mit mir zu treffen. Natürlich bin ich nicht gleich mit der Tür ins Haus gefallen, deshalb ist mir durchaus klar, dass wir beide dieses Date unter vollkommen unterschiedlichen Vorzeichen sehen. Er will Sex, ich ein Kind. Aber das eine hat ja mit dem anderen ziemlich viel zu tun. Dennoch bin ich nervös, als ich um kurz vor sieben mit Idefix an der Leine durch die Hamburger Schanze stöckele. Das Treffen mit Marko habe ich zum Anlass genommen, mich seit langer Zeit mal wieder richtig aufzubretzeln. Schließlich soll er gleich sehen, dass eine Frau mit exzellentem genetischen Material vor ihm sitzt. Unter meinem Mantel trage ich ein figurbetonendes, schwarz-weißes Kleid von Vive Maria und dazu hochhackige Stiefeletten, meine kinnlangen Haare, die ich normalerweise glatt trage, habe ich nach dem Waschen auf dicke Wickler gedreht, sodass ich jetzt einen weich gelockten, strubbeligen Bubikopf habe. Dazu mehrfach getuschte, schwarze Wimpern, das lässt die Augen größer erscheinen, und ein roter Kussmund. Tatsächlich ernte ich den einen oder anderen Blick auf dem Weg zum Café »Loretta«, in dem ich mich mit Marko verabredet habe. Ich betrete das in Kerzenschein getauchte Bistro mit dem rot-goldenen Interieur und sehe mich suchend um. Das scheint ja ein echter Insider-Tipp für Pärchen zu sein. An fast jedem der runden Holztische sitzen sich ein Mann und eine Frau gegenüber, halten Händchen und sehen sich verliebt in die Augen. Ich lasse meinen Blick weiter schweifen, entdecke Marko schließlich ganz hinten in der Ecke und gehe am Tresen mit dem mich freundlich begrüßenden Barkeeper vorbei auf ihn zu. Jetzt hat er mich auch gesehen und erhebt sich.

»Hallo!« Noch während ich fieberhaft überlege, welche Art von Begrüßung wohl angebracht wäre, Handschlag, Küsschen auf die Wange, oder doch nur ein höfliches Kopfnicken, schließt er mich in seine Arme und küsst mich sanft auf die Lippen. Na schön, warum eigentlich nicht? Ich erwidere seinen Kuss, bis Idefix eifersüchtig an uns hochspringt und uns so zum Aufhören zwingt. »Nanu, wer ist denn das?«, fragt Marko und beugt sich zu ihm hinunter, während ich auf meinen hohen Absätzen gleichermaßen um mein Gleichgewicht wie meine Fassung ringe.

»Aus, Idefix«, weise ich meinen Hund zurecht, aber Marko winkt lächelnd ab.

»Er will dich bloß beschützen. Das kann ich gut verstehen.«

»Tatsächlich?« Ich werde ein bisschen rot und schäle mich umständlich aus meinem Mantel, den er mir formvollendet abnimmt und zur Garderobe trägt. Ich setze mich auf den kleinen, mit rotem Samt bezogenen Sessel, lasse Idefix Platz machen und sehe Marko lächelnd entgegen. Er sieht wirklich wahnsinnig gut aus. Groß, mit breiten Schultern und schmalen Hüften, dazu das volle, lockige Haar und die strahlend blauen Augen.

»Ich hätte ehrlich gesagt nicht erwartet, dass du dich bei mir melden wirst«, sagt er und lässt sich mir gegenüber nieder, »ich hatte sogar befürchtet, dass du meine Direktheit unverschämt und beleidigend finden könntest.« Wo er Recht hat, hat er Recht. Dennoch mache ich eine wegwerfende Handbewegung.

»Ganz im Gegenteil. Ich schätze Aufrichtigkeit«, wähle ich meine Worte mit Bedacht, »und deshalb will ich auch selber gar nicht lange um den heißen Brei herumreden.« Verdutzt sieht er mich an und lässt die in dunkelbraunes Leder gebundene Speisekarte, die er mir eben reichen wollte, sinken. Dann verzieht sich sein markantes Gesicht zu einem amüsierten Lächeln.

»Du bist nicht wie andere Frauen, hm? Du kommst gleich zur Sache. Na schön, von mir aus können wir auch gleich gehen. Zu dir oder zu mir?« Er erhebt sich halb aus seinem Sessel. Ach ja, er denkt ja, dass wir jetzt gleich miteinander vögeln werden. Fast tut es mir ein bisschen leid, seine Erwartungen enttäuschen zu müssen, aber heute wäre ein ausgesprochen ungünstiger Zeitpunkt. Aber in zwei Wochen würde es passen, da habe ich nämlich meinen nächsten Eisprung. Ich schüttele den Kopf und bedeute ihm mit einer Handbewegung, sich wieder hinzusetzen, was er mit leicht irritiertem Gesichtsausdruck auch macht.

»Tut mir leid, darum bin ich nicht hier«, sage ich und prompt entsteht zwischen seinen geraden, dunklen Augenbrauen eine tiefe Falte.

»Nicht? Warum dann?« Ach, was soll's, Angriff ist die beste Verteidigung.

»Möchtest du eigentlich Kinder haben?«

»Wie bitte?«

»Ob du Kinder haben willst.«

»Ich hatte dich schon beim ersten Mal verstanden.« Die Falte vertieft sich und er lehnt sich auf seinem Stuhl weit zurück. Die Körpersprache ist eindeutig, er versucht, so viel Raum wie möglich zwischen sich und die Verrückte zu bringen, die da vor ihm sitzt. Seine Blicke zucken zwischen mir, der Garderobe und dem Ausgang hin und her, ganz offensichtlich überlegt er gerade, ob er den Abgang in weniger als dreißig Sekunden hinkriegt. »Ich dachte, ich hätte mich klar ausgedrückt. Aber hier noch mal zum Mitschreiben: Ich glaube nicht an die Liebe, ich will nur Sex. Was bitteschön ist daran nicht zu verstehen?« Er sieht jetzt richtig übellaunig aus und wenn ich nicht aufpasse, ist er tatsächlich gleich auf und davon. Ich spüre leichte Panik in mir aufsteigen, reiße mich aber zusammen und zwinge mich zu einem überlegenen Lächeln.

»Keine Angst, ich habe dich sehr wohl verstanden.«

»Es macht aber nicht den Eindruck.« Er tut ja gerade so, als hätte ich ihm ein riesiges Lebkuchenherz mit der Aufschrift »Für immer dein Zuckerschnäuzelchen« an die Brust genagelt.

»Könntest du mir vielleicht einfach meine Frage beantworten, ohne gleich zu implizieren, dass ich irgendwelche Erwartungen habe?« Wobei ich die natürlich streng genommen durchaus habe, bloß anders, als er denkt.

»Na schön«, seine Augen fixieren mich noch immer misstrauisch, aber er entspannt sich ein wenig, »also, eigentlich hatte ich schon vor, irgendwann mal eine Familie zu gründen. Ich liebe nämlich Kinder.« Bei diesen Worten muss ich meine Mundwinkel unter Kontrolle halten. Wenn ich jetzt anfange, breit über das ganze Gesicht zu grinsen, ergreift er sofort die Flucht. Deshalb nicke ich nur knapp und warte, dass er weitererzählt. »Aber mit dem Traum von der großen Liebe habe ich auch den von einer Familie aufgegeben. Beziehungen halten heute sowieso nicht mehr. Ich sehe es ja überall um mich herum. Die meisten meiner Freunde sehen ihre Kinder höchstens jedes zweite Wochenende und zahlen sich ansonsten dumm und dusselig. Nee, das ist nicht meine Vorstellung vom Kinderhaben.«

»Sag mal, wie alt bist du eigentlich?«, erkundige ich mich.

»Achtunddreißig, wieso?« Perfekt. Ich mache einen weiteren Haken auf meiner imaginären Liste.

»Nur so. Erzähl weiter.«

»Da gibt es nicht mehr zu erzählen. Das war's.«

»Hm. Und wie lange ist deine letzte Beziehung her? Ich meine, deine letzte richtige Beziehung. In der du die Frau noch geliebt hast. Oder zu lieben glaubtest.«

»Ein knappes Jahr«, gibt er zurück, und ein Schatten huscht über sein Gesicht. Mehr will er zu dem Thema offensichtlich nicht sagen, aber das muss er auch gar nicht. Ich kann mir schon in etwa denken, was vorgefallen ist. Wahrscheinlich hat sie ihm das Herz gebrochen, ihn betrogen, vielleicht sogar mit seinem besten Freund, irgendwas in der Richtung wird es wohl gewesen sein.

»Ich verstehe. Ich möchte dir einen Vorschlag machen.«

»Doch Sex?« In seinen eben noch traurig dreinblickenden Augen blitzt es so herausfordernd auf, dass ich lachen muss.

»Nein«, antworte ich, »oder doch. Aber hör mir jetzt bitte einfach mal zu.«

Kapitel 8

»Er hat WAS?«, brüllt Kati so laut in den Hörer, dass ich mein Telefon schleunigst ein Stück vom Ohr weghalte.

»Er hat ja gesagt«, wiederhole ich und kann es nicht verhindern, dass ich dabei über das ganze Gesicht grinse.

»Einfach so? Hat der 'nen Knall?«

»Was soll das denn heißen?«

»Entschuldige. Lass mich korrigieren: Habt ihr beide 'nen Knall?«

»Kannst du dich nicht einfach für mich mitfreuen?«, frage ich beleidigt, was sie dazu verleitet, ihre Lautstärke noch um ein paar Dezibel hochzudrehen.

»Mitfreuen? Mia, du weißt doch überhaupt nichts von diesem Kerl.«

»Kannst du mal aufhören, mich so anzuschreien?«

»Sorry! Aber jetzt mal ehrlich, Süße, was ist denn bloß los mit dir? Eine Familie zu gründen, so was plant man doch nicht an einem einzigen Abend bei einem Glas Wein. Und nicht mit einem Wildfremden.«

»Wie lange kanntest du Paul noch mal, als du dich von ihm hast schwängern lassen?«, frage ich spitz.

»Okay, ein Punkt für dich. Ich gebe zu, dass das auch nicht gerade verantwortungsbewusst war. Aber ich war einfach vollkommen verrückt nach ihm. Mein Hirn war ausgeschaltet. Die Ausrede hast du nicht, schließlich bist du nicht verliebt in den Kerl. Oder?« Sie klingt plötzlich alarmiert. »O Gott, Mia, ist es das? Bist du verknallt in den Typ? Dann könnte ich dir wenigstens folgen, statt nur Bahnhof zu verstehen.«

»Natürlich nicht«, gebe ich heftig zurück. »Darum geht es doch gerade bei der ganzen Sache. Kein irrationales Geturtel, keine Projektionen. Ich habe doch gesagt, dass ich mich nicht verlieben will.«

»Als ob das immer so einfach wäre.«

»Ich habe jetzt andere Prioritäten.«

»Da bin ich aber erleichtert. Und ich hoffe, zu diesen Prioritäten gehört auch, dir nicht durch eine kopflose Aktion dein Leben zu … o Gott«, unterbricht sie sich selbst, »der Typ könnte ein Axtmörder sein.«

»Jetzt werd nicht albern. Ist er nicht.«

»Woher willst du das wissen? Du weißt nichts über ihn«, wiederholt sie.

»Ich weiß eine ganze Menge über ihn«, stelle ich klar, »wir haben bis ein Uhr in der Nacht geredet und uns einen genauen Plan gemacht, wie wir vorgehen werden. Außerdem hatte ich mir vorher eine Checkliste gemacht, die ich Punkt für Punkt mit ihm abgearbeitet habe.«

»Eine Liste? Und was stand da drauf?«

»Alles, was man so von jemandem wissen muss, mit dem man sich die nächsten achtzehn Jahre die Verantwortung für ein Kind teilen will«, antworte ich würdevoll. »Was er beruflich macht, Krankheiten, frühe Todesfälle in der Familie, Allergien, sein Verhältnis zu Ordnung, Geld und Hausarbeit, eventuelle gefährliche Hobbys, solche Sachen halt.« Kati schweigt und ich möchte wetten, dass sie jetzt doch ein bisschen beeindruckt von mir ist. »Na, das hättest du nicht erwartet, was?«

»Ehrlich gesagt nicht. Und was ist dabei herausgekommen?«

»Er ist der perfekte Genpool«, sage ich betont sachlich, obwohl ich es am liebsten laut herausjubeln würde. Denn der Mann ist einfach zu gut, um wahr zu sein. »Und das Beste ist, dass er von meiner Idee total begeistert war.«

»Na, wenigstens einer«, unkt Kati, aber ich überhöre ihren Kommentar heroisch.

»Marko ist ein echter Familienmensch, und eigentlich hat er den Traum von eigenen Kindern nur aufgegeben, weil er Angst hatte, irgendwann als Wochenendpapa zu enden, der bloß noch zahlt, seine Kinder aber nie zu Gesicht bekommt. Mit mir kann ihm das nicht passieren. Wir regeln das alles vertraglich. Bis das Kind volljährig ist, sind wir eine Familie und leben zusammen in einer Wohnung.«

»Hm.« Offensichtlich beginnt Katis Widerstand zu erlahmen. »Sag mal, habt ihr schon mal darüber gesprochen, wie ihr das Kind zeugen wollt?«, wechselt sie das Thema.

»Ganz normal eben.«

»Du willst mit ihm ins Bett?«

»Warum denn nicht? Schließlich sind wir zwei erwachsene, gesunde Menschen.«

»Und ich nehme an, er ist ziemlich gutaussehend?«

»Ja, schon.«

»Aha.«

»Was heißt denn hier aha?«

»Ach, nichts. Das hattest du bloß noch gar nicht erwähnt.«

Im Laufe der nächsten Woche treffen Marko und ich uns jeden Tag, um einander besser kennenzulernen. Ich besuche ihn in seiner perfekten Wohnung, treffe seine perfekte Familie und überzeuge mich davon, dass in seinem Immobilienbüro ebenfalls alles perfekt läuft. Wie konnte mir nur ein solcher Glücksgriff gelingen, frage ich mich, während ich am folgenden Samstag gemeinsam mit Idefix um kurz vor zwölf vor meiner Haustür stehe und auf Marko warte. Das hätte mir mal jemand erzählen sollen, als er sich in der Kirche neben mich auf die Bank gedrängelt und mir einen Vortrag über die Sinnlosigkeit der Liebe gehalten hat. Wie unsympathisch ich ihn damals noch fand! Ganz offensichtlich ist der erste Eindruck nicht immer der richtige. Marko hat sich als netter, humorvoller Mann entpuppt und ich freue mich wahnsinnig darauf, mit ihm eine Familie zu gründen. Ich werfe einen Blick auf meine Armbanduhr. Exakt in dem Moment, als sich Stunden-, Minuten- und Sekundenzeiger genau über der Zwölf befinden, biegt ein blitzsauberer, schwarzer Audi um die Ecke und hält direkt vor mir. Zwei Sekunden später steigt Marko aus und strahlt mich an.

»Guten Morgen, du zukünftige Mutter meiner Kinder.«

»Guten Morgen.« Wie das klingt. Die Mutter seiner Kinder. Marko reißt die Beifahrertür auf, um mich mit einer angedeuteten Verbeugung einsteigen zu lassen. »Komm, Idefix.« Auf der Rückbank sehe ich einen in Papier eingeschlagenen Blumenstrauß liegen.

»Für deine Mutter.« Ich schmelze dahin.

»Oh, wie nett von dir.«

Klassische Musik dudelt leise aus dem Radio, ich lehne mich entspannt zurück und blicke in den strahlend blauen Himmel, während wir aus Hamburg hinausfahren. Ich hoffe so sehr, dass Marko meine Eltern mögen wird. Und sie ihn natürlich auch. Immerhin ist noch nicht alles unter Dach und Fach. Noch bin ich nicht schwanger, sodass jeder von uns noch einen Rückzieher machen kann. Was mir im Traum nicht einfallen würde. Sicher, wir kennen uns erst seit ein paar Tagen, trotzdem bin ich mir ganz sicher, dass Marko der ideale Partner für mein Vorhaben ist. Verstohlen betrachte ich ihn von der Seite. Er schaut mich an und ich werde rot, weil er mich dabei ertappt hat, wie ich ihn anstarre.

»Ist es meine Frisur?«, fragt er und wirft einen Blick in den Rückspiegel. Erst jetzt fällt mir auf, dass er sein wildgelocktes Haar mit viel Gel gebändigt hat. »Ich wollte einen guten Eindruck bei deinen Eltern machen. Sieht es zu schleimig aus?«

»Mach dir keine Gedanken, du siehst gut aus«, beruhige ich ihn.

»Danke. Du übrigens auch.«

»Dankeschön. Da vorne müssen wir rechts.« Marko biegt in die Straße ein, an deren Ende sich der Bauernhof meiner Eltern befindet.

»Schneewittchengasse? Das ist ja süß.«

»Nicht wahr?«, freue ich mich. »Und dazu ist Schneewittchen auch noch … na ja, so was wie mein Spitzname. Also, mein bester Freund nennt mich immer so.«

»Schneewittchen. Na klar, das macht Sinn.«

Alles läuft wunderbar. Idefix ist, kaum dass ich die Autotür geöffnet habe, über den Hof davongehoppelt, wahrscheinlich, um Miss Amanda Jones zu suchen, während wir uns zum Kaffeetrinken am Kamin niedersetzen. Marko ist charmant und witzig und ich entspanne mich mehr und mehr. Bis meine Mutter mich auffordert, ihr in der Küche zur Hand zu gehen.

»Ist er nicht wunderbar?«, frage ich sie, während sie die blau gestrichene Tür sorgfältig hinter uns schließt und sich mir zuwendet. Ihr Gesichtsausdruck lässt mich verstummen. »Was ist los?« Sie schüttelt bekümmert den Kopf.

»Mia, glaub mir, ich würde es dir so wünschen, aber das da draußen ist nicht der richtige Mann für dich.«

»Wie bitte?«, frage ich verblüfft. »Wie kommst du denn darauf?«

»Ich weiß auch nicht. Es ist nur so ein Gefühl. Irgendwas stimmt da nicht.«

»Aber woher denn. Alles stimmt«, versuche ich sie zu beruhigen. »Mach dir keine Gedanken.« In diesem Moment entdecke ich Idefix und Miss Amanda Jones, die es sich vor dem Ofen gemütlich gemacht haben. »Ach, sieh mal einer an.« Ich deute auf die beiden, um meine Mutter abzulenken. »Schon irgendwie niedlich, oder?« Idefix schleckt der Katze mit seiner rosa Zunge über das Gesicht und sie schnurrt zufrieden. »Wenn auch etwas merkwürdig«, füge ich hinzu.

»Genau wie ihr beiden«, offensichtlich ist meine Mutter noch nicht bereit, das Thema fallenzulassen. »Ihr seid ein hübsches Paar, unbestritten. Aber irgendwas irritiert mich.« Sie legt die Stirn in Falten und denkt offensichtlich angestrengt nach.

»Mama, jetzt hör doch auf damit. Wieso gönnst du mir mein Glück denn nicht einfach, wie andere Mütter das bei ihren Töchtern machen?«

»Ich gönne dir dein Glück«, sagt sie heftig, »aber das da draußen ist es nicht.« Plötzlich huscht die Erkenntnis über ihr Gesicht und sie nimmt mich bei der Hand: »Dieser Mann liebt dich nicht.« Mitfühlend sieht sie mich an. Seufzend entziehe ich mich ihrem Griff. Mir bleibt wohl nichts anderes übrig, als ihr die Wahrheit zu sagen. Warum bin ausgerechnet ich mit einer hypersensiblen Mutter gesegnet?

»Ich weiß, dass er mich nicht liebt, Mama«, erkläre ich deshalb. »Und das ist auch gut so.« Sie sieht mich verständnislos an und ich erkläre ihr in wenigen Worten, was es mit meiner Beziehung zu Marko wirklich auf sich hat.

»Weißt du, wie unendlich viel schwerer es für dich wird, einen Mann zu finden, wenn du erst mal ein Kind hast?«, fragt sie, nachdem ich geendet habe. Ich unterdrücke nur mit Mühe ein Augenrollen.

»Darum geht es doch gerade. Ich will doch gar keinen Mann. Jedenfalls nicht auf diese Art und Weise. Ich will eine Familie.«

»Die kannst du doch auch haben, Schatz. Sobald du den Richtigen gefunden hast.«

»Den Richtigen? Und was ist, wenn der erst in zehn Jahren auftaucht? Oder nie?«

»Willst du etwa so eine vertrocknete alte Schachtel werden wie deine Tante Paula?«

»Mama«, sage ich so laut, dass sie ein wenig zurückzuckt, »es ist nicht so, dass ich nicht mehr an die Liebe glaube. Falls du dich erinnerst, ich war das Mädchen, das früher stundenlang auf der Schaukel saß, während die anderen Kinder Völkerball gespielt haben, und davon geträumt hat, dass der Märchenprinz auf seinem weißen Schimmel vorbeikommt. Ich habe jede Nacht mein schönstes Kleid bereitgelegt, für den Fall, dass er kommt, um mich abzuholen. Ich habe jeden Liebesfilm gesehen, der je gedreht wurde. Ich bin ein Fan von Happy Ends, ich liebe Hochzeiten, ich schwemme jeden Kinosaal, wenn Doktor Schiwago zusammenbricht. Ich bin ein durch und durch romantischer Mensch. Aber selbst ich muss doch mal der Realität ins Auge sehen. Und wenn ich über das Warten auf den Richtigen den Zeitpunkt für ein Baby verpasse, dann würde ich mir das nie verzeihen. Ich möchte einfach so gerne ein Kind haben, verstehst du das denn nicht?«

»Natürlich verstehe ich das.« Entrüstet stemmt sie die Hände in die Seiten. »Was ist denn das für eine Frage an deine eigene Mutter? Ein Kind ist das größte Geschenk, das man bekommen kann.«

»Na also. Dann weißt du ja, was ich meine.«

»Aber Schätzchen, so ein Geschenk kann man doch nicht erzwingen.«

»Das nicht. Ein bisschen nachhelfen kann man schon, finde ich.«

»Deine Mutter hat mich irgendwie so misstrauisch angeguckt«, sagt Marko besorgt, als wir am späten Nachmittag wieder Richtung Hamburg fahren. »Ich glaube, sie mag mich nicht.«

»Doch, sie mag dich schon«, sage ich seufzend, während ich mich bemühe, den jämmerlich winselnden Idefix zu trösten. »Sie ist bloß von unserer Idee nicht begeistert.«

»Unsere Idee?« Er wirft mir einen irritierten Seitenblick zu und ich hebe entschuldigend die Schultern.

»Ich musste es ihr sagen. Sie hat gemerkt, dass wir nicht verliebt ineinander sind, und hat mich zur Rede gestellt.«

»Verstehe.« Ein paar Minuten lang sagt keiner von uns ein Wort. Unsicher schiele ich zu ihm hinüber.

»Bist du sauer?«

»Nein.«

»Ich weiß, wir hatten verabredet, es unseren Eltern nicht zu sagen, aber was sollte ich denn machen?«

»Schon gut. Und? Was gedenkst du jetzt zu tun?«

»Wie meinst du das denn?«

»Na, machst du einen Rückzieher?« Er fragt scheinbar gleichgültig, aber ich kann seine Anspannung förmlich spüren. Darüber macht er sich also Sorgen? Dass ich abspringen könnte? Ich bin so erleichtert, dass ich über das ganze Gesicht grinse. »Was ist so komisch?«, fragt er und ich lege ihm die Hand auf den Arm.

»Nichts ist komisch«, beruhige ich ihn, »und natürlich mache ich keinen Rückzieher.«

»Nein?«

»Natürlich nicht.« Kurz lächeln wir einander an und mir wird ganz warm ums Herz. Wie selten in meinem Leben bin ich mir ganz sicher, das Richtige zu tun. Mein Lächeln verbreitert sich, während seines plötzlich verrutscht. Und dann rieche ich es auch. »Idefix!«

»Hoffentlich hört das auf, wenn wieder ein Mann mit euch zusammenwohnt«, ächzt Marko und betätigt die elektrischen Fensterheber. Gierig sauge ich die frische Luft ein. »Ich schicke dir gleich morgen mal eine Auswahl an Wohnungen, okay?«

»Lass uns erst mal schwanger werden«, bremse ich seinen Enthusiasmus.

»Darauf freu ich mich schon.« Er grinst mich schelmisch an und in seinen Augen funkelt es. In meinem Körper beginnt es plötzlich zu kribbeln.

»Ich mich auch.« Er legt eine Hand auf mein Bein.

»Wann wäre denn ein guter Zeitpunkt?«, erkundigt er

sich und ich reiße mich ziemlich zusammen, ganz gelassen und geschäftsmäßig zu klingen.

»Ich müsste so in neun Tagen meinen Eisprung haben«, erkläre ich, wobei diese Sachlichkeit sich nur schwer mit den Phantasien, die mir unwillkürlich durch den Kopf schießen, vereinen lässt. »Es gibt da so Tests, mit denen man das ganz genau feststellen kann.«

»Und wenn der Test positiv ist, rufst du mich an und ich eile zu dir und mach dir ein Baby?« Seine Stimme klingt rau und sexy, das Kribbeln verstärkt sich.

»Hmm.« Mehr bringe ich nicht hervor. In diesem Moment setzt Marko den Blinker, fährt von der Autobahn ab auf einen Rastplatz und hält in einer der Parkbuchten. Er löst seinen Sicherheitsgurt und schon liegt er halb auf mir, seine Lippen fordernd auf meine gepresst. Ich versuche, Idefix` empörtes Bellen zu ignorieren und den Kuss zu genießen. Nach einer Weile löst sich Marko von mir und sieht mich mit seinen wunderschönen Augen an.

»Wie wäre es mit einer Generalprobe?« Zärtlich fährt er mit der Hand meinen Oberschenkel hinauf und obwohl sich das wirklich gut anfühlt, bin ich jetzt doch etwas irritiert.

»Wie bitte?«

»Warum denn nicht?« Bevor seine Hand noch weiter wandern kann, winde ich mich unter ihm hervor.

»Lieber nicht.«

»Bist du wirklich ganz sicher?« Seine Locken kitzeln meine Wange, während er beginnt, sanft meinen Hals zu küssen. Und das macht er wirklich gut.

»Ich bin sicher«, murmele ich halbherzig, während seine Zunge an meinem Ohrläppchen spielt und mein Widerstand mehr und mehr erlahmt. Warum eigentlich nicht? Wenn wir doch sowieso zusammenleben, eine Familie gründen wollen, warum sollten wir dann nicht miteinander schlafen, wenn uns beiden gerade danach ist? In diesem Moment beschließt Idefix, dass es allerhöchste Zeit ist, die Romantik des Augenblicks zu zerstören.

»Wenn das funktionieren soll, musst du mir eins versprechen«, sagt Marko mit Galgenhumor, während wir mit offenen Fenstern über die Autobahn brausen, »der Hund darf nächste Woche nicht mit ins Schlafzimmer.«

»Versprochen«, sage ich kleinlaut, während Idefix seine Schnauze auf mein Knie legt. Wenn ich es nicht besser wüsste, würde ich schwören, dass er zufrieden lächelt.

Kapitel 9

In den nächsten Tagen verbringe ich jede freie Minute im Internet, um zu recherchieren, wie es am besten klappt mit dem Schwangerwerden. Ich schlucke täglich Folsäure, stelle auf koffeinfreien Kaffee um, achte auf gesunde Ernährung und ausreichend Bewegung. Zudem pinkele ich jeden Morgen um punkt zehn Uhr auf einen Teststreifen, der den LH-Wert in meinem Urin nachweisen soll. Kurz vor dem Eisprung steigt dieser Wert merklich an und kündigt so die hochfruchtbare Phase im Zyklus an. Wie gebannt starre ich auf den Streifen, aber leider verfärbt sich lediglich die Kontrolllinie leuchtend pink. Was ist eigentlich, wenn ich gar keinen Eisprung mehr habe? Simone W. und ihr Schicksal fällt mir wieder ein und vor Angst krampft sich mein Magen zusammen. Ich schüttele heftig den Kopf, um die düsteren Gedanken zu vertreiben. Simone war ein tragischer Ausnahmefall, es gibt überhaupt keinen Anhaltspunkt, weshalb mir dasselbe passieren sollte. Ich werfe noch einen letzten Blick auf den Teststreifen und kneife konzentriert die Augen zusammen. Mit ein bisschen gutem Willen ist vielleicht neben der Kontrolllinie eine weitere in Blassrosa zu erkennen. Dann werfe ich den Test in den blauen Plastikmülleimer unter dem Waschbecken und hoffe auf morgen.

Bevor wir das Projekt Baby jedoch ernsthaft angehen können, muss ich Marko natürlich noch zwei weiteren Personen vorstellen, und deshalb verabrede ich mich am selben Abend um sieben Uhr mit Daniel, Kati und Paul im »Bodega«, unserem Lieblings-Spanier in Eimsbüttel, der nur zwei Straßen von meiner Wohnung entfernt liegt. Der zukünftige Kindsvater soll dann gegen acht zu uns stoßen, denn mir ist plötzlich eingefallen, dass ich es in all der Aufregung komplett versäumt habe, Daniel überhaupt in meine Pläne einzuweihen.

Um kurz nach sieben stürze ich ziemlich abgehetzt in das Lokal und gehe schnurstracks auf das sogenannte Separee zu, einen kleinen, durch eine künstliche Efeuwand abgetrennten Raum, in dem sich unser Stammtisch mit der roten Samtbank befindet. Die anderen sind schon da, Paul wie immer im picobello sitzenden Anzug, Kati in einer lila-grün-gemusterten Tunika nebst passender Hose. Auf ihren rotbraunen Locken sitzt ein gelbes Tuch im Piraten-Look. Sie sind schon ein merkwürdiges Paar, die beiden, aber da sie einander fast auf dem Schoß sitzen, scheint alles in bester Ordnung zu sein. Ihnen gegenüber fläzt Daniel in einem schlabberigen Pullover und mal wieder kreuz und quer abstehenden Haaren. Im Gegensatz zu den beiden anderen sieht er nicht auf, als ich an den Tisch trete. Seine Aufmerksamkeit ist gefesselt von der dicken Scheibe Weißbrot, die er konzentriert mit Aioli bestreicht und sich dann im Ganzen in den Mund schiebt.

»Tut mir wahnsinnig leid, ich habe total den Abgabetermin für meine Kolumne verschwitzt, die musste ich jetzt noch schnell überarbeiten«, entschuldige ich mich für die Verspätung und verteile Wangenküsse. Die Begrüßung von Kati ist herzlich, die von Paul steif, aber freundlich, doch mein bester Freund, der mich sonst bei jeder sich bietenden Gelegenheit herzt und knuddelt, hebt mir nicht einmal sein Gesicht entgegen. Es fühlt sich an, als würde ich eine Wachsfigur umarmen. »Ist irgendwas?«, erkundige ich mich, während ich neben ihn auf die Sitzbank mit den abgeschabten dunkelroten Samtpolstern rutsche. Er sieht mich an wie sonst nur Idefix, wenn ich ihn ein paar Stunden im Auto habe sitzen lassen. »Daniel, was ist denn?«, frage ich besorgt und lege ihm den Arm um die Schultern.

»Nichts.« Er greift erneut in den Brotkorb.

»Ach ja? Den Eindruck machst du aber ganz und gar nicht.«

»Und? Wo ist er?«, fragt er und späht in Richtung Ausgang, ohne auf meinen Einwand einzugehen. Irritiert sehe ich von ihm zu Kati, die entschuldigend die Schultern hebt.

»Wir waren schon früher hier und ich dachte, Daniel wüsste schon alles«, beginnt sie verlegen, »und ehe ich gemerkt habe, dass er gar nichts weiß, war es zu spät und ich habe es ihm verraten.«

»Verstehe.« Ich sehe Daniel unsicher von der Seite an. Offensichtlich ist er schwer beleidigt. Und ehrlich gesagt verstehe ich selber nicht, wie ich ihn einfach so vergessen konnte. »Bitte sei nicht böse«, ich stupse ihn in die Seite, »es tut mir total leid, dass ich dir nicht früher davon erzählt habe.« Endlich ringt er sich dazu durch, mich anzuschauen, aber ob seines feindseligen Blickes hätte ich lieber darauf verzichtet.

»Ich frage mich nur, warum du es nicht getan hast«, sagt er kühl. »Ich dachte, ich bin dein bester Freund.«

»Aber das bist du doch auch«, beteuere ich, »es ging einfach alles so schnell.« Ich höre selbst, wie lahm das klingt. »Und ich weiß schon, was du sagen willst. Dass du findest, man soll nicht aus einer Laune heraus eine Familie gründen. Dass das wohlüberlegt sein will. Dass man den Mann dafür gründlich unter die Lupe nehmen sollte.«

»Ich hätte es nicht besser ausdrücken können.«

»Immerhin sitzen wir doch jetzt alle hier, oder?«, verteidige ich mich. »Damit ihr ihn kennenlernen und eure Meinung zu der Sache abgeben könnt.«

»Oh, du willst meine Meinung dazu doch noch hören? Die kannst du haben. Ich finde, dass das eine absolut schwachsinnige Idee ist. Vollkommen hirnrissig. Idiotisch!«

»Ach ja? Warum eigentlich?«, frage ich angriffslustig. »Bist du nicht derjenige, der mir immer und immer wieder erzählt hat, dass es den Märchenprinzen auf dem weißen Schimmel nicht gibt? Dass ich meine Kleinmädchenträume endlich begraben soll? Dass Romeo und Julia Idioten waren?«

»Wie bitte?«, fragt Paul dazwischen, ehe Daniel zu einer Antwort ansetzen kann.

»Er behauptet, Romeo und Julia waren Idioten«, wiederhole ich.

»Sie war vierzehn und er ein Raufbold, der sich alle drei Wochen in eine andere verknallt hat«, erklärt Daniel und leitet damit mal wieder eine meiner Lieblingsdiskussionen ein. Eine Diskussion, die wir schon tausendmal geführt haben, ohne dabei auf einen gemeinsamen Nenner zu kommen. »Die beiden kannten sich überhaupt nicht. Man kann doch nicht sein Leben wegwerfen wegen jemandem, den man gerade erst getroffen hat.« Er wirft mir einen bedeutungsschwangeren Blick zu und ich frage mich, ob er da möglicherweise gerade irgendwas durcheinanderwirft.

»Aber sie haben sich geliebt«, übernimmt Paul netterweise meinen Part, sodass ich nur noch ergänzen muss: »Und sie wollte eben lieber sterben, als jemand anderen zu heiraten.«

»Wirklich?« Daniel fixiert mich regelrecht. »Vielleicht hätte sie Kinder mit Paris haben können und ein langes und glückliches Leben.«

»Aber sie hat nun mal Romeo geliebt«, sage ich aufgebracht.

»Aha!«, ruft Daniel triumphierend.

»Was denn?«

»Für jemanden, der im Begriff ist, sich von einem Fremden schwängern zu lassen, springst du ganz schön für Julia in die Bresche.« Sprachlos sehe ich ihn an. Er hat mich reingelegt. Ich atme tief durch und sage so würdevoll wie möglich: »Weißt du, wenn ich es so recht bedenke, hast du eigentlich Recht. Das war wirklich ziemlich idiotisch von den beiden.« Daniel guckt dumm aus der Wäsche und sofort tut er mir wieder leid. Ich möchte nicht, dass er böse auf mich ist. »Daniel, es tut mir wirklich leid, dass ich dir nichts gesagt habe«, bittend sehe ich ihn an, »es ging alles ein bisschen drunter und drüber. Aber jetzt sind wir ja hier, alle zusammen, und deine Meinung ist mir wirklich wichtig.«

»Ehrlich?« Er spielt mit dem inzwischen leeren Brotkorb herum. »Das heißt, ich darf ein Veto einlegen, wenn ich den Typen nicht mag?«

»Am besten lernst du ihn erst mal kennen«, sage ich diplomatisch. »Ich bin sicher, dass du ihn magst, er ist ein netter Kerl.«

»Soso.«

»Außerdem wollte ich dich bitten, uns bei den rechtlichen Fragen zur Seite zu stehen. Würdest du das tun? Bitte, bitte, bitte!«

»Was meinst du denn damit?«

»Wir dachten, es wäre gut, wenn wir unser Zusammenleben durch einen schriftlichen Vertrag regeln.« Beifall heischend sehe ich ihn an. Damit hast du nicht gerechnet, sagt mein Blick. Du dachtest, dass ich mich da einfach in eine Idee verrenne, ohne an die Konsequenzen zu denken. Aber dem ist nicht so. Tatsächlich scheine ich ihn beeindruckt zu haben.

»Ah, Mia, bist du endlich da. Dein Freund ist schon am Verhungern.« Der Besitzer des »Bodega«, Emilio, gesellt sich zu uns und begrüßt mich so freudestrahlend, als sei ich seine verloren geglaubte Tochter. »Was kann ich euch bringen?«

»Wie immer, glaube ich.« Fragend schaue ich in die Runde. »Tapas für vier.« Vor lauter Vorfreude läuft mir schon das Wasser im Mund zusammen.

»Und ein Rindersteak mit Pommes für mich«, sagt Daniel und reicht Emilio die Karte, während ich versuche, nicht allzu kritisch zu gucken. Offenbar gelingt es mir nicht. »Ich habe Hunger«, verteidigt sich Daniel. »Außerdem habe ich heute Nachtschicht an der Tankstelle. Da braucht man Energie.«

»Ich habe doch gar nichts gesagt.«

»Aber gedacht. Ich habe dich denken hören. Nicht wahr, ihr habt es auch gehört?« Paul verzieht schmerzlich das Gesicht, ganz offensichtlich will er in diese Sache nicht mit hineingezogen werden.

»Ich habe wirklich nichts gedacht. Du kannst schließlich essen, so viel du willst … ich meine, was du willst«, korrigiere ich mich.

»Du findest mich verfressen.«

»Können wir bitte über den Vertrag reden?«, frage ich seufzend.

»Ich fange nächste Woche mit Joggen an. Da braucht man viel Eisen, sonst, äh, baut sich die Muskulatur ab.«

»Sicher«, nicke ich.

»Ehrlich.«

»Ich sage doch, sicher«, sage ich. »Hilfst du uns jetzt mit dem Vertrag oder nicht?«

»Ich würde mir den Typen gerne erst mal ansehen«, meint er übellaunig.

»Was soll denn eigentlich genau drinstehen in dem Vertrag?«, schaltet sich Kati ein.

»Wir verpflichten uns darin, die nächsten achtzehn Jahre, beziehungsweise so lange, bis unser jüngstes Kind volljährig wird, als Familie zusammenzuleben. Und …«

»Euer jüngstes Kind?«, geht Daniel dazwischen, »wie viele Kinder wollt ihr denn haben?«

»Erst mal eins.« Über die Möglichkeit eines Geschwisterchens haben Marko und ich noch nicht gesprochen, aber ich möchte das auf keinen Fall von vorneherein ausschließen. Ich habe mir früher jedenfalls immer einen Bruder gewünscht. »Wer weiß schon, was die Zukunft bringt?«

»Na, du doch offensichtlich«, sagt Daniel.

Ich ignoriere seinen Kommentar und fahre fort: »Im ersten Jahr werde ich Elterngeld beziehen und mich um das Kind kümmern. Danach hoffen wir auf einen Kita-Platz, damit wir beide arbeiten können. Jeder bekommt zwei Abende in der Woche zu seiner freien Verfügung, während der andere babysittet. Das Wochenende ist Familienzeit. Wenn es unsere finanziellen Verhältnisse zulassen, würden wir gerne jemanden einstellen, der einmal die Woche unsere Wohnung putzt. Die sonst noch anfallenden häuslichen Pflichten werden wir nach unseren Neigungen aufteilen. Ich bügele, er wäscht die Wäsche und so weiter.« An dieser Stelle möchte ich am liebsten laut jubeln. Nie wieder Waschsalon. Und Ikeataschen nur noch, um darin Kerzen, Becher und anderes aus dem Möbelhaus nach Hause zu schleppen. Kati und Daniel sehen mich aus immer runder werdenden Augen an, während Paul bei jedem meiner Worte anerkennend nickt.

»Das hört sich doch alles sehr vernünftig an«, meint er schließlich, und fährt, an Kati gewandt, fort: »Vielleicht sollten wir auch so einen Vertrag aufsetzen.« Ihr Kopf fährt herum und sie sieht ihn entsetzt an.

»Das ist doch nicht dein Ernst.«

»Nicht das mit den achtzehn Jahren natürlich«, versucht er sie zu beruhigen, »aber die anderen Sachen. Freie Abende, Hausarbeit, all die Dinge, über die man sich als Paar früher oder später in die Haare kriegt. Es ist eine kluge Idee, das von vorneherein schriftlich festzulegen, damit es später nicht zu Reibereien kommt.« Er nickt mir freundlich zu und ich lächele zurück, froh, dass ich, wenn auch von unerwarteter Seite, endlich mal so etwas wie Unterstützung in diesem Haifischbecken erhalte.

»Pah«, macht Kati. »Wollen wir vielleicht auch gleich regeln, wie oft wir Sex miteinander haben werden? Wie oft hätten Sie es denn gerne, Herr Bankdirektor?« Bevor er reagieren kann, sitzt Daniel plötzlich kerzengerade da und fixiert mich.

»Sex? Ich höre immer Sex. Du wirst doch wohl keinen

Sex mit dem Typen planen?« Ich spüre, wie mir das Blut in die Wangen schießt. »Willst du das?« Er schreit jetzt fast und ich war nie froher, Emilio zu sehen, der gerade mit einem riesigen Tablett zu uns in die Nische tritt und ein Dutzend Schälchen voller Köstlichkeiten zwischen uns verteilt. Kaum sind unsere Weingläser gefüllt, wünscht Emilio uns »Que aproveche« und verschwindet. Leider kann weder der Anblick von eingelegten, gefüllten Oliven, Bergen von Serrano-Schinken und Meeresfrüchten noch sein frisch gegrilltes Rindersteak Daniel ablenken. »Also, willst du?«, nimmt er den Faden unseres Gespräches wieder auf, während ich eine Gabel voll gehackter Kräutertomaten probiere.

»Was dachtest du denn, wie man ein Kind macht?«, frage ich unschuldig, woraufhin er hörbar nach Luft schnappt.

»Mit jemandem, der als Samenspender dient?«, fragt er aufgebracht. »Lass mich überlegen. Man geht mit ihm zu einem Arzt, da verschwindet er hinter einem Vorhang und dann überlässt man es dem Gynäkologen, das Ergebnis seines Dates mit einem Pornoheft dort zu platzieren, wo es hingehört.« Entsetzt sehe ich ihn an. Bei der Vorstellung, dass ein vollbusiges Erotikmodel mit einem Künstlernamen wie Maggy Megamöpse oder Dolly Donnerbusen auch nur in irgendeiner Weise an der Zeugung meines Babys beteiligt ist, wird mir ganz anders.

»Wir versuchen es erst mal auf die herkömmliche Art. Ist doch nichts dabei. Wir sind schließlich zwei erwachsene Menschen.«

»Du willst allen Ernstes mit diesem Typen schlafen, um ein Baby zu machen?«

»Na und? Ich habe schon aus weitaus schlechteren Gründen mit jemandem geschlafen.«

»Stimmt«, gibt Daniel mir Recht. »Zum Beispiel, weil du dich mal wieder in irgendeinen Knallkopf verliebt hast.«

»Eben«, pflichte ich ihm bei. »Genau darum geht es doch. Damit muss endlich Schluss sein.« Ich lege meinen Arm um Daniels Schultern und drücke ihn an mich. »Hör mal, ich weiß, die Idee ist etwas unkonventionell, aber du musst zugeben, ein bisschen brillant ist sie auch. Wer weiß, vielleicht wird sie sogar das Familienkonzept der Zukunft. Was meinst du, was das Gesundheitswesen an Geld sparen könnte, wenn all die Therapien für traumatisierte Scheidungskinder wegfallen würden? Mein Kind wird in einer stabilen Umgebung und mit beiden Elternteilen aufwachsen. Und mit dem coolsten Patenonkel, den man sich wünschen kann!«

»Wer? Ich?« Endlich lächelt er mal wieder. Ich nicke heftig.

»Na, selbstverständlich du. Wer denn wohl sonst? Willst du?«

»Was für eine Frage. Natürlich!« Wir besiegeln es mit einer Umarmung, als plötzlich ein dunkler Lockenkopf hinter der Efeuwand erscheint.

»Störe ich?«

»Marko, hallo!«

»Hallo!« Dem Kopf folgt nun sein langer, schlanker Körper, der in einem grauen Cordanzug steckt. Wohlwollend lasse ich meinen Blick über den zukünftigen Vater meiner Kinder gleiten, während ich alle miteinander bekannt mache.

»Das ist meine beste Freundin Kati mit ihrem Freund Paul. Und das hier neben mir ist Daniel.«

»Ihr bester Freund«, wirft der mit Betonung auf jeder einzelnen Silbe ein.

»Wenn du mich hättest ausreden lassen, wäre das sicher nicht unerwähnt geblieben. Ihr alle, das ist Marko.«

»Setz dich doch«, sagt Daniel gnädig und weist auf den freien Stuhl am Kopfende des Tisches.

»Gerne. Rückst du mal ein Stück?« Damit zwängt sich Marko neben mich auf die Bank, was von Daniel mit einem empörten Schnauben quittiert wird.

»Ach komm, ist doch genug Platz für uns alle«, beschwichtige ich ihn, auch wenn wir einander jetzt beinahe auf dem Schoß sitzen. Aber ich kann Marko nicht verübeln, dass er sich nicht unbedingt auf den Präsentierteller setzen will. Daniel neben mir ächzt, als würde er in einer Felsspalte stecken und rammt mir jedes Mal, wenn er die Gabel zum Mund führt, seinen Ellenbogen in den Oberarm.

»Aua.«

»Entschuldigung. Diese Bank ist einfach nicht für drei Personen gemacht.«

»Jetzt hör endlich auf«, zische ich ihm zu, während ich Marko ein breites Lächeln schenke. »Und, wie war dein Tag?«

»Wow, ihr klingt ja wirklich schon wie ein altes Ehepaar«, sagt Daniel, bevor ich eine Antwort bekommen kann, »Wie war dein Tag, Schatz?«

»Wieso Ehepaar?«, fragt Marko verwundert. »Wir werden doch nicht heiraten. Ich dachte, deine Freunde wissen Bescheid.«

»Ja, das tun sie auch«, beruhige ich ihn. »Daniel, jetzt hör doch bitte mal auf mit dem Quatsch. Dieser Abend soll doch dazu dienen, dass ihr euch kennenlernt. Und mögen«, füge ich nach einer winzigen Pause hinzu.

»Na schön«, seufzt Daniel ergeben, »also, was machst du denn so beruflich, Markus?«

»Ich heiße Marko.«

»Pardon, mein Fehler«, grinst er. »Also?«

»Ich bin Immobilienmakler und habe mein eigenes Maklerbüro.«

»Soso.« Das scheint ihn in den Augen von Daniel nicht unbedingt sympathischer zu machen.

»Marko«, mischt Kati sich jetzt in die Unterhaltung ein, »kann ich ganz offen sein?«

»Natürlich.«

»Ich mache mir ehrlich gesagt ein bisschen Sorgen, dass du es dir bei der nächsten langbeinigen Blondine, die dir schöne Augen macht, anders überlegst und Mia mit ihren Plänen und dem Kind hängen lässt.«

»Kati«, zische ich.

»Schon gut. Das ist eine durchaus berechtigte Frage und klar, eine Garantie gibt es nie. Allerdings haben Mia und ich gemeinsam und im Vollbesitz unserer geistigen Kräfte beschlossen …« In diesem Moment gibt Daniel ein prustendes Geräusch von sich, das sich unter meinem strafenden Blick in einen röchelnden Hustenanfall verwandelt.

»Na, konntest du den Hals mal wieder nicht voll kriegen?«, frage ich liebenswürdig und haue ihm auf den Rücken.

»Aua, lass das.«

»Ich wollte dir nur helfen.«

»Deshalb musst du mir nicht gleich das Rückgrat brechen.« Er nimmt einen großen Schluck Rotwein und wendet sich wieder Marko zu.

»Entschuldigung, was wolltest du sagen?«

»Äh, ja, also, wir haben entschieden, eine Familie zu gründen, und glauben an die Beständigkeit dieses Wunsches. Und um das Ganze abzusichern, werden wir sogar einen Vertrag dazu aufsetzen.« Er lächelt Kati stolz an, doch die scheint wenig beeindruckt von seinem Vortrag.

»Ja, so etwas hat Mia bereits angedeutet«, sagt sie skeptisch, »das überzeugt mich immer noch nicht davon, dass du in einem Jahr, wenn das Kind die Nächte durchbrüllt und Mia möglicherweise am Ende ihrer Kräfte ist, nicht doch einfach das Weite suchst.« Marko betrachtet sie aufmerksam und mit schief gelegtem Kopf.

»Könnte es sein, dass deine Ängste gar nicht so viel mit Mia und mir zu tun haben?«

»Wie bitte?«

»Ist es nicht vielmehr so, dass du dir Sorgen machst, der Herr zu deiner Linken könnte in einem Jahr das Weite suchen?«

»Wer, ich?«, fragt Paul empört, während Katis Augenbrauen sich zusammenschieben und eine tiefe Falte auf ihrer Stirn bilden. Besorgt sehe ich von einem zum anderen, das hier läuft in keine gute Richtung.

»Ich möchte hier ganz sicher niemanden angreifen oder provozieren«, sagt Marko, aber irgendwie fürchte ich, dass er genau das gleich tun wird, weshalb ich ihm zaghaft meinen Ellenbogen in die Seite stoße. Leider lässt er sich davon nicht beirren. »Es ist doch so, Kati, wenn man euch beide so ansieht, dann sieht man die Funken nur so sprühen, ihr scheint wie auf einer rosaroten Wattewolke zu schweben. Wie lange kennt ihr euch? Sechs Monate? Vielleicht neun?«

»Vier.«

»Und fast eine Woche«, fügt Paul hinzu. Ich bete im Stillen, dass Marko dazu jetzt keinen sarkastischen Spruch macht, und zum Glück nickt er tatsächlich nur knapp und wiederholt:

»Gut vier Monate. Das heißt, eure Beziehung ist ein einziger Hormonrausch und das Bild vom jeweils anderen durch eine rosarote Brille bis zur Unkenntlichkeit verzerrt.« Zeitgleich wenden Kati und Paul die Köpfe und sehen einander an. Irgendwie – misstrauisch. Höchste Zeit, dass ich dazwischengehe.

»Marko, darum geht es doch gerade gar nicht«, sage ich vorsichtig und drehe mich Hilfe suchend zu Daniel um. Doch der kaut nur stoisch auf seinem Steak herum.

»Ich will nur sagen, dass wir beide uns möglicherweise besser kennen als die zwei Frischverliebten da drüben. Weil uns keine Gefühle im Weg stehen. Wir sehen einander, wie wir wirklich sind, während den beiden möglicherweise bald eine unangenehme Überraschung ins Haus steht.«

»Okay, das reicht jetzt«, sage ich und endlich merkt auch Marko, dass er zu weit gegangen ist und hebt entschuldigend die Hände.

»Tut mir leid. Ich wollte keinem zu nahetreten. Ich bin wohl nervöser, als ich dachte.«

»Schon gut«, sagt Kati friedfertig, »ich muss zugeben, an dem, was du sagst, ist was dran. Und wenn ich nicht schwanger wäre, würde ich dir vermutlich aus vollem Herzen zustimmen. Ich war auch so zynisch wie du. Bis ich Paul getroffen habe.« Sie sieht ihren Freund verliebt an und ich muss Marko Recht geben, man kann die Funken zwischen den beiden tatsächlich sprühen sehen. Aber schließlich reißt sich Kati wieder los und fährt an Marko gewandt fort: »Und das ist es auch, was mich so besorgt sein lässt. Ich bin das beste Beispiel dafür, dass auch der größte Zyniker sich verlieben kann. Und was dann?«

»Die Gefahr besteht nicht«, erwidert Marko aufrichtig.

»Glaub mir, ich habe das hinter mir. Die ganz große Liebe. Der ganz große Albtraum. Ich bin durch mit dem Thema. Und jetzt habe ich andere Prioritäten. Ich will mit Mia eine Familie gründen.« Er legt den Arm um meine Schultern. »Und es wäre mir wirklich wichtig, dass ihr uns euren Segen gebt.«

»Ich würde ja gerne noch mal auf das Sexthema zu sprechen kommen«, sagt Daniel mit vollem Mund. Ich werfe ihm einen warnenden Blick zu, von dem er sich jedoch nicht beirren lässt. Er kaut angestrengt, schluckt und sagt dann: »Nicht das, was du denkst. Ihr könnt euer Kind natürlich zeugen, wie ihr wollt. Die Frage ist nur, wie wollt ihr das Thema danach händeln?«

»Ich verstehe nicht ganz, was du meinst«, sage ich ratlos und er lächelt süffisant.

»Das wundert mich nicht. Aber Marko, du weißt es, nicht wahr? Ich meine, komm schon, ein Mann hat nun mal so seine Bedürfnisse. Mag ja sein, dass du dich entschlossen hast, ohne Liebe zu leben, aber ohne Sex?«

»Natürlich nicht«, antwortet Marko prompt. »Jeder von uns kann weiterhin sexuelle Beziehungen haben, sofern diese nicht unser Familienleben stören. Das wird natürlich auch im Vertrag festgelegt. Jeder von uns hat zwei Abende in der Woche zu seiner freien Verfügung. Da kann er machen, was er will.« Ich nicke zustimmend.

»Ach so, und wenn Mia sich mit ihrem Liebhaber trifft, dann stillst du das Kind an dem Abend?«, erkundigt sich Daniel unschuldig, »nur, damit ich das richtig verstehe.«

»Na ja, während sie stillt, ist sie natürlich ein bisschen mehr gebunden als ich«, gibt Marko zu.

»Aber du wirst in der Zeit trotzdem mit anderen Frauen Sex haben?«

»Warum habe ich das Gefühl, dass du mich reinreiten willst, Mann?«, fragt Marko aggressiv, woraufhin Daniel nur umso freundlicher lächelt.

»Ich möchte nur die genauen Vorstellungen beider Parteien abklären, bevor ich den Vertrag aufsetze. Das ist alles. Also, wie stellt ihr euch das vor? So eine Art Kommune? Jeder bringt seinen Sexpartner mit nach Hause?«

»Nein«, sagen Marko und ich wie aus einem Munde und ich lächele ihn zufrieden an.

»Aha. Also Sex nur außerhalb der gemeinsamen Wohnung?«, fragt Daniel mit unbewegtem Gesicht und Marko nickt.

»Das würde ich vorschlagen. Zumindest ab dem Zeitpunkt, wo das Kind da ist.«

»Ich verstehe. Solange Mia hochschwanger auf der Couch sitzt, kannst du deine Gespielinnen aber noch mit nach Hause bringen, richtig?«

»Ich denke, da spricht nichts gegen. Oder, Schneewittchen?« Marko sieht mich fragend an, während Daniel auf meiner anderen Seite sich versteift. Verstohlen schiele ich zu ihm rüber, und richtig, er sieht jetzt echt sauer aus. Ich hätte Marko sagen sollen, dass er mich nicht so nennen soll.

»Willst du ihm nicht antworten? Schneewittchen?«, fragt Daniel wütend.

»Äh, doch, ich, also …«

»Umgekehrt gilt das natürlich genauso«, sagt Marko.

»Na klar, du meinst, falls Mia irgendeinen Fetischisten aufgabelt, der drauf steht, es mit einer Hochschwangeren zu treiben, die das Kind eines anderen im Bauch hat, dann darf sie den auch mit nach Hause bringen, ja?«

»Daniel, jetzt reicht's aber«, geht Kati dazwischen, während ich meinen besten Freund entsetzt ansehe. Wie kann er nur solche Sachen sagen?

»Ja, mir reicht es auch. Und zwar gründlich«, knurrt er, kramt in der Innentasche seines Jacketts nach seinem Portemonnaie und wirft einen Fünfzig-Euro-Schein auf den Tisch. »Der Wein geht auf mich. Schönen Abend noch!«

Kapitel 10

In der darauffolgenden Nacht fahre ich erschrocken aus dem Schlaf hoch, weil es an meiner Tür Sturm klingelt. Noch halb im Delirium taumele ich in meinen Flur und nehme den Hörer von der Sprechanlage.

»Wer ist da?«, frage ich und mache mich auf das Schlimmste gefasst.

»Ich bin es, Schneewittchen. Mach mal bitte die Tür auf!« In der Gegensprechanlage knackst und knistert es, eigentlich ist sie schon kaputt, seit ich hier eingezogen bin. Aber es ist unverkennbar Daniels Stimme, die mir aus dem Hörer entgegenklingt.

»Weißt du eigentlich, wie spät es ist?«

»Moment, ich guck mal schnell … es ist gleich halb sechs«, gibt er mir Auskunft.

»Das weiß ich selber«, sage ich, »du hast mich aus dem Tiefschlaf gerissen.«

»Oh, tut mir leid. Ich musste bis eben arbeiten, weißt du. Deshalb komme ich so spät. Lässt du mich bitte rein?«

»Wenn du mir was zu sagen hast, dann kannst du das genauso gut jetzt tun.«

»Aber es ist kalt hier unten. Und ich habe meine Mütze verloren. Ich habe überall gesucht, sie ist verschwunden. Und dabei bin ich ganz sicher, dass ich sie gestern Abend noch hatte.« Ich nicke, während mein Blick auf die blau-weiß-gestreifte Kopfbedeckung an meinem Garderobenhaken fällt, die Daniel gestern bei seinem überstürzten Aufbruch im »Bodega« hat liegen lassen.

»Die war sowieso hässlich«, sage ich.

»Immerhin hat sie meinen Kopf warm gehalten. Und jetzt friere ich mir die Ohren ab.«

»Dann solltest du vielleicht langsam mal zum Punkt kommen.«

»Schneewittchen …«

»Entweder du sagst jetzt, was du willst, oder ich lege auf«, drohe ich.

»Schon gut, schon gut«, sagt er hastig, »also, ich wollte mich … war wirklich … und … Kerl … viel besser …«

»Was?«, rufe ich. »Ich verstehe kein Wort.« Muss die Gegensprechanlage ausgerechnet jetzt komplett den Geist aufgeben? Ich haue den Hörer ein paar Mal gegen die Tür. »Daniel?«

»Aua, was machst … Ohren … jedenfalls …«

»Okay, so hat das keinen Zweck«, schreie ich in den Hörer.

»Aaaah! … schreist … armen …«

»Schon gut«, ich drücke auf die hellgrüne Taste mit dem Schlüssel, während ich gleichzeitig den Hörer auflege. Ein Surren ertönt und gleich darauf höre ich, wie vier Stockwerke unter mir die Haustüre aufgedrückt wird. Ich öffne meine Wohnungstür und stelle mich mit verschränkten Armen in den Rahmen. In einem für ihn ziemlich beachtlichen Tempo erklimmt Daniel die Treppen und steht nur wenige Augenblicke später keuchend vor mir.

»Mann, ist das kalt. Mann, ist das hoch«, murmelt er vor sich hin und sieht mich mitleidheischend an. Aber da kann er lange warten. Ich bedenke ihn mit meinem kühlsten Blick, während er sich vor mich hinhockt, um seine Stiefel auszuziehen.

»Kannst du mir sagen, was du da machst?«, erkundige ich mich.

»Na, ich dachte, man darf deine Wohnung nur auf Socken betreten.«

»Und wie kommst du auf die Idee, dass du meine Wohnung betreten wirst? Ob mit Socken oder ohne?« Bestürzt sieht er zu mir hoch, und schon tut er mir wieder ein kleines bisschen leid. Seine Ohren sind von der Kälte hochrot, und wenn mich nicht alles täuscht, hängt sogar etwas Raureif in seinem krausen, blonden Haar. Reumütig schaut er mich von unten herauf an, aber so einfach kommt er mir nicht davon. »Du hast dich unmöglich benommen«, werfe ich ihm vor, und er nickt zerknirscht.

»Ich weiß, Schneewittchen. Und es tut mir auch wirklich leid. Ehrlich. Deshalb bin ich doch hier. Um mich bei dir zu entschuldigen.«

»Soso.« Ich bemühe mich, möglichst streng dreinzublicken. Dummerweise macht Idefix, der sich bisher nicht in seiner Nachtruhe hat stören lassen, mir einen Strich durch die Rechnung. Laut bellend kommt er um die Ecke gestürmt, huscht zwischen meinen Beinen hindurch und springt freudig kläffend an Daniel hoch. »Idefix, ruhig jetzt. Du weckst noch das ganze Haus auf.« Besorgt schiele ich zur gegenüberliegenden Wohnungstür, hinter der meine geräuschempfindliche Nachbarin Frau Koltermann wohnt. Aber mein Hund ist völlig außer Rand und Band, und dass Daniel ihn jetzt auch noch die Schnürsenkel seiner Stiefel jagen lässt, trägt nicht unbedingt dazu bei, ihn zu beruhigen. »Schluss jetzt«, sage ich ergeben, »dann komm halt rein.«

Kurz darauf sitzen wir uns auf meinem kleinen, verschlissenen Ledersofa gegenüber. Ich habe mir mittlerweile meinen hellblauen Frotteebademantel und Hausschuhe angezogen, Idefix liegt friedlich zwischen uns, den Kopf auf Daniels Oberschenkel gebettet. Ich unterdrücke ein Gähnen und sehe meinen besten Freund auffordernd an.

»Also?«

»Also.« Er setzt sich umständlich zurecht. »Ich habe mich wohl gestern ziemlich danebenbenommen.«

»Allerdings.«

»Tut mir leid.«

»Wie konntest du nur? Wolltest du meine Pläne sabotieren? So wie du dich aufgeführt hast, hätte es gut sein können, dass Marko einen Rückzieher macht. Man sagt schließlich nicht umsonst: Deine Freunde zeigen, wer du wirklich bist.«

»Genau genommen heißt es: Zeige mir deine Freunde und ich sage dir, wer du bist.«

»Das ist jetzt wirklich nicht der Zeitpunkt für Klugscheißereien«, fahre ich ihn an, was Idefix im Schlaf wimmern lässt. »Jedenfalls könnte ich es Marko nicht mal übelnehmen, wenn er sich die Sache nach deinem Auftritt gestern noch mal überlegt.«

»Tut er das?«, fragt Daniel und macht sich nicht einmal die Mühe, den hoffnungsvollen Unterton in seiner Stimme zu unterdrücken.

»Nein, zum Glück nicht«, sage ich und mein Gegenüber fällt in sich zusammen wie ein angepiekster Luftballon. »Er hat das Ganze mit Humor genommen und wir hatten sogar noch einen richtig netten Abend mit Kati und Paul.«

»Wie schön für euch.«

»Ach ja, und danke für den Wein.«

»Gern geschehen«, sagt Daniel leise und schaut angestrengt auf seine Socken hinunter, am linken großen Zeh ist ein Loch. Aber wie ich meinen besten Freund kenne, ist es nicht wirklich das, was seine Aufmerksamkeit fesselt.

»Daniel?«, frage ich vorsichtig, nachdem wir eine ganze Weile geschwiegen und den gleichmäßigen Atemzügen meines Hundes gelauscht haben. »Was ist denn los?« Er sieht mich mit seinen treuen, braunen Augen an und zuckt unbestimmt mit den Schultern.

»Ich mag den Kerl einfach nicht.«

»Du müsstest ihm nur eine Chance geben. Er ist wirklich nett.«

»Kann sein.«

»Das kann nicht nur sein, das ist so. Es ist mir unheimlich wichtig, dass ihr euch gut versteht. Schließlich bist du ein wesentlicher Teil meines Lebens. Und er wird bald einer sein. Und du sollst doch Patenonkel werden. Würdest du ihn noch mal treffen? Für mich? Bitte.« Er seufzt.

»Wenn es dich glücklich macht.«

»Das tut es.«

»Okay.«

»Danke.« Erleichterung macht sich in mir breit und ganz plötzlich übermannt mich auch wieder die Müdigkeit. Kein Wunder. Ein Blick auf die Uhr zeigt mir, dass es mittlerweile Viertel vor sechs ist. Gähnend erhebe ich mich vom Sofa.

»Ich muss echt ins Bett. Bleibst du hier oder fährst du nach Hause?«

»Keine zehn Pferde bringen mich noch mal raus in diese Kälte«, erklärt Daniel und folgt mir ins Schlafzimmer. Auf dem Weg dorthin hält er vor der Garderobe inne und stutzt. »Hey, ist das nicht meine Mütze?« Grinsend drehe ich mich zu ihm um.

»Natürlich ist das deine Mütze. Oder glaubst du wirklich, ich hätte mir das Ding nachgekauft, weil ich es so hübsch finde? Du hast sie gestern im »Bodega« liegen lassen.« Mit einem glücklichen Lächeln greift Daniel nach der Scheußlichkeit und zieht sie sich bis über die Ohren.

»Danke, dass du sie mitgenommen hast.« Kopfschüttelnd betrachte ich ihn.

»Du siehst wirklich so was von bescheuert damit aus. Die willst du doch jetzt nicht etwa auflassen?«

»Mein Kopf ist kalt«, erklärt er und streicht zufrieden über seinen wollverpackten Schädel.

»Na, wenn du meinst.« Ich krame in meiner Kommode nach dem Schlafanzug, den Daniel hier gelagert hat, und reiche ihm das dunkelblaue Ungetüm mit dem Snoopy-Sticker auf der Brusttasche. Eine Minute später liegen wir nebeneinander in meinem Bett. Weil Daniel immer noch friert, habe ich auch noch die Tagesdecke auf ihn gepackt. Ich kuschele mich an ihn, während er noch ein letztes Mal den Sitz seiner Mütze prüft.

»Ist wirklich nett, dass du sie mitgenommen hast«, wiederholt er, »vor allem, weil du sie nicht magst.«

»Du magst sie, das muss reichen«, sage ich und komme mir dabei sehr geschickt vor. Und tatsächlich, Daniel versteht den Wink mit dem Zaunpfahl.

»Schon klar«, sagt er und ich kann sein Grinsen spüren,

ohne es zu sehen, »dann habe ich es also Marko zu verdanken, dass die Mütze nicht auf alle Ewigkeit im Mülleimer verschwunden ist.«

»Ich habe keine Ahnung, was du meinst«, sage ich unschuldig.

»Natürlich nicht. Gute Nacht, Schneewittchen.«

»Gute Nacht, Daniel.«

»Eins noch.«

»Was denn?«, frage ich schläfrig.

»Er muss sich einen anderen Spitznamen für dich ausdenken.«

»Okay. Das habe ich ihm auch schon gesagt.«

»Was zu weit geht, geht zu weit«, murmelt Daniel und beginnt zwei Atemzüge später, laut zu schnarchen. Seufzend richte ich mich auf und lange über ihn hinweg in die Nachttischschublade, stopfe mir Stöpsel in die Ohren und schmiege mich an Daniels Rücken. Ich bin so froh, dass alles wieder gut ist zwischen uns.

Jemand rüttelt an meiner Schulter, erst sanft, dann heftiger. Grunzend drehe ich mich auf die Seite und drücke mein Gesicht ins Kopfkissen. Ich mag noch nicht aufstehen. Jemand zieht an meiner Decke, kalte Luft trifft meine nackten Beine und ich stoße einen empörten Schrei aus. Einen sehr dumpfen Schrei. Ach so, die Ohrstöpsel. Während ich noch immer den letzten Zipfel meiner Decke umklammert halte, öffne ich widerwillig die Augen einen Spaltbreit und sehe Daniel, der am anderen Ende zerrt, schläfrig an.

»Du hast das letzte Mal hier übernachtet«, sage ich und wieder höre ich die Worte nur in meinem eigenen Kopf. »Lass meine Decke los.« Endlich hört er auf zu ziehen, doch sein Mund klappt in schneller Folge auf und zu. Offensichtlich redet er auf mich ein, ohne zu begreifen, dass ich ihn nicht hören kann. Ergeben nehme ich die Stöpsel aus den Ohren.

»... gesagt, ihr seid verabredet. Ach so, du hörst gar nichts.«

»Erraten«, sage ich trocken. »Guten Morgen.«

»Guten Morgen.«

»Vielen Dank für diesen überaus sanften Weckruf.«

»Ich habe zehn Minuten damit zugebracht, dich wachzustreicheln. Aber du hast dich nicht gerührt.«

»Warum hast du mich dann nicht einfach schlafen lassen?« Ich breite die Decke wieder sorgfältig über mir aus und lasse mich in die Kissen zurückfallen. »Wie spät ist es überhaupt?« Durch das Schlafzimmerfenster fällt helles Sonnenlicht herein. »Zehn?«

»Zwölf.«

»Ups. Na, kein Wunder, wenn du mich mitten in der Nacht überfällst und mir meinen wohlverdienten Schlaf raubst.«

»Schneewittchen ...«

»Und mich dann nicht mal ausschlafen lässt.«

»Äh, Schnee...«

»Außerdem hast du geschnarcht. Sehr laut geschnarcht.«

»Mia!«

»Was denn?«

»Du hast Besuch.« Ich setze mich kerzengerade auf und bin mit einem Mal hellwach. Und da steckt er auch schon seinen Kopf zur Tür herein, mein Besuch.

»Guten Morgen!« Mit einem Satz bin ich aus dem Bett.

»Wohl eher guten Tag«, sage ich verlegen.

»Wenn ich ungelegen komme ...« Marko blickt von mir zu Daniel und zurück.

»Nein, nein, überhaupt nicht«, sage ich hastig und stürze zu meinem Kleiderschrank, öffne eine der Türen und gehe dahinter in Deckung. Obwohl ich befürchte, dass Marko mein ausgeleiertes, verwaschenes Hello-Kitty-Nachthemd schon gesehen hat.

»Ich hatte aber gesagt, dass ich vorbeikomme, oder?«

»Ja, ja, natürlich«, bestätige ich und begebe mich hektisch auf die Suche nach einem halbwegs kleidsamen Outfit. »Ich bin gleich da. Aber … Daniel wollte dir sowieso noch was sagen.«

»Wer, ich?«

Ich stecke meinen Kopf hinter der schützenden Schranktür hervor und sehe ihn durchdringend an.

»Ja, du.«

»Ah, ich. Ja, stimmt!« Er wendet sich Marko und ich mich wieder der Kleiderfrage zu. »Marko, wegen gestern, kann sein, dass ich da etwas unhöflich war. Tut mir leid.«

»Kein Problem.« Ich atme erleichtert aus, während ich in meine Lieblingsjeans schlüpfe. »Jetzt kapiere ich ja auch so langsam, was es damit auf sich hatte. Wie gesagt, Kumpel, ich hab überhaupt nichts dagegen, wenn ihr Sex habt.« Wie bitte? Ich kämpfe mit meinem Pullover, dem plötzlich die Öffnung für den Kopf zu fehlen scheint und stürze blind hinter meinem Sichtschutz hervor.

»Moment mal.«

»Allerdings würde ich euch schon bitten, das zu unterlassen, während wir versuchen, schwanger zu werden.«

»Warte, warte«, ich hüpfe im Kampf mit dem Kleidungsstück auf und nieder wie Rumpelstilzchen. Offensichtlich bin ich mit meinem Kopf in einem der Ärmel gelandet, also reiße ich mir den Pullover kurz entschlossen wieder runter, auch wenn ich dann im BH vor den beiden

Herren stehe. Daniels Blick scannt meinen Körper von oben bis unten, während Marko mir ruhig in die Augen schaut.

»Das musst du verstehen. Ich will schon sicher sein können, dass das Kind von mir ist.«

»Was denkst du denn von mir?«, frage ich empört. »Daniel und ich, wir haben keinen Sex miteinander.«

»Nicht?« Marko schaut ein wenig ungläubig, was mich dazu veranlasst, meine Aussage zu bekräftigen.

»Wir hatten nie welchen und werden nie welchen haben«, sage ich bestimmt.

»Moment mal!«, unterbricht mich Daniel, »man soll nie nie sagen!«

»Lass die dummen Witze, du bist keine große Hilfe!«

»Reg dich ab. Du tust ja so, als hätte dein Freund dich gerade beim Fremdgehen erwischt.«

»Wir haben nichts miteinander«, wiederhole ich an Marko gerichtet.

»Und selbst wenn, dann wäre ihm das doch sowieso egal. Richtig, Marko?«, sagt Daniel und Marko wiegt ein wenig unschlüssig den Kopf hin und her.

»Eigentlich schon, ja, aber wie ich bereits sagte …«

»Hört auf mit dem Quatsch«, gehe ich dazwischen. »Marko, selbstverständlich werde ich mit niemandem schlafen, solange wir versuchen, ein Kind zu zeugen. Mir ist schon klar, dass du dir deiner Vaterschaft sicher sein willst. Und was Daniel betrifft: Wir sind Freunde und er übernachtet manchmal bei mir. Das ist alles.« Marko entspannt sich und mir gelingt es endlich, meinen Pullover anzuziehen.

»Ach ja, sind in eurer gemeinsamen Wohnung Übernachtungsbesuche ohne Sex eigentlich auch nach der Geburt gestattet?«, erkundigt sich Daniel und Marko zuckt mit den Schultern.

»Spricht nichts dagegen. Also, Mia, sollen wir jetzt Kaffee trinken gehen?« Ich zögere. Der Gedanke, ungeschminkt und mit wirren Haaren mit Marko loszuziehen, behagt mir nicht. Andererseits ist es vermutlich auch keine gute Idee, im Badezimmer zu verschwinden und ihn mit Daniel allein zu lassen.

»Ich hab gerade die Espressomaschine angeworfen«, meldet sich dieser jetzt zu Wort. »Warum trinkt ihr nicht einfach hier 'nen Cappuccino?«

»Gute Idee«, stimmt Marko zu und marschiert schnurstracks in die Küche, ohne meine Antwort abzuwarten. Eine Sekunde stehe ich unter Daniels prüfendem Blick da, dann hebe ich resigniert die Schultern.

»Von mir aus.«

»Sehr gut.« Daniel geht voran, ich tapere hinter ihm her.

»Hast du nicht was vor? Musst du nicht dringend irgendwo hin?«, winke ich mit dem Zaunpfahl, während er wie selbstverständlich den Milchtopf, den ich aus Platzmangel im Ofen aufbewahre, hervorzieht und auf die Kochplatte stellt.

»Nein, nein. Setz dich nur. Ich mache das schon.« Er deutet auf meinen kleinen, runden Küchentisch, an dem sich Marko schon niedergelassen hat, und ich setze mich ebenfalls.

»Wäre das nicht ein großartiger Zeitpunkt, um zu schreiben?«, nehme ich einen erneuten Anlauf, ihn aus meiner Wohnung zu vertreiben. Er sieht mich kurz über die Schulter hinweg an, überlegt eine Sekunde und schüttelt dann den Kopf.

»Nein. Ich fühle keine Inspiration.«

»Soso. Weißt du, Daniel schreibt nämlich einen Roman.«

»Tatsächlich? Worüber denn?«

»Es ist ein Juristen-Thriller«, erkläre ich ihm.

»Verstehe. So was wie John Grisham?« Daniel rührt übereifrig in der vor sich hindampfenden Milch.

»So ähnlich. Hab nur gerade 'ne Schreibblockade.«

»Aber erst seit ein paar Jahren«, flöte ich, was mir einen bösen Blick einbringt. »'tschuldigung.« Ich weiß, ich bin gemein, aber wieso kann er nicht einfach gehen? Er hat doch gemerkt, dass er stört. Dann muss ich eben ekelhaft werden, so leid es mir tut.

»Warum so biestig heute Morgen? Bekommst du etwa deine Tage?« Daniel lässt sich ganz offensichtlich nicht aus der Ruhe bringen.

»Im Gegenteil«, platzt es aus mir heraus, »ich stehe kurz vor dem Eisprung und Marko ist hier, weil wir diesbezüglich noch einiges besprechen wollen. Würdest du also jetzt bitte gehen?«

»Ach so, ihr wollt die Nacht der Nächte planen. Ich verstehe. Das nennt man dann wohl Geschlechtsverkehrs-Regelung.« Seelenruhig schöpft er geschäumte Milch in eine Tasse und reicht sie mir. »Hier, mit koffeinfreiem Espresso natürlich. Gut für die Fruchtbarkeit. Und für dich tatsächlich auch«, fährt er an Marko gewandt fort, »Koffein kann die Beweglichkeit der Spermien beeinträchtigen, und das wollen wir ja nicht, oder?« Peinlich berührt starre ich in meinen Milchkaffee, dessen Schaum unter dem Kakaopulver langsam zu schmelzen beginnt. Wenn er doch endlich abhauen würde. Was kann ich denn noch machen, als ihn quasi rauszuschmeißen?

Aber Marko nimmt ihm seinen Becher ab und das Ganze gelassen.

»Danke, dass du mitdenkst.« Er grinst und auch ich wage jetzt ein zaghaftes Lächeln.

»Ja, wirklich lieb von dir. Danke fürs Kaffeemachen.«

»Keine Ursache. Wozu sind denn Freunde da?« Damit nimmt er einen weiteren der bunten Becher vom Küchenregal und stellt ihn unter die Espressomaschine.

»He, Moment mal ...«

»Nur ein schneller Kaffee, dann verschwinde ich. Du weißt doch, ohne meinen Kaffee am Morgen komme ich einfach nicht in die Gänge.«

»Es ist schon Mittag. Und außerdem ist da doch gar kein Koffein drin.«

»Ach ja.« Daniel stutzt einen Moment lang, zuckt aber dann mit den Schultern. »Umso besser. Besonders für meine Spermien.« Ich sehe ihm dabei zu, wie er seinen Kaffee zubereitet und sich dann auf den kleinen Schemel hockt, der in Ermangelung eines dritten Stuhls am Tisch steht.

»Deine Spermien interessieren mich überhaupt nicht«, sage ich. Er nimmt einen tiefen Schluck, strahlt mich an und ist offensichtlich nicht im Geringsten beleidigt.

»Vielleicht sollten sie das aber, Schneewittchen.« Der Mann spricht in Rätseln. »Ich habe nämlich nachgedacht.«

Kapitel 11

»Du willst was?« Ungläubig starre ich Daniel an, nachdem er mit seinem Vorschlag herausgerückt ist. Das muss ich erst mal verdauen.

»Dass du mich als weiteren Kandidat für deine Familienplanung in Erwägung ziehst«, wiederholt er brav und sieht sehr erleichtert aus. Er nimmt einen zufriedenen Schluck aus seinem Kaffeebecher und lehnt sich entspannt zurück, ohne daran zu denken, dass ein Hocker üblicherweise keine Rückenlehne besitzt. Mit einem Aufschrei kippt er nach hinten und reißt bei seinem Sturz noch den bis zum Rand gefüllten Mülleimer um. Cappuccino spritzt durch die Küche und Daniel verschwindet unter einem Berg übel riechender Küchenabfälle. »Aua, heiß«, jammert er und fasst sich an den Bauch, auf dem der größte Teil des Kaffees gelandet ist. Kläglich schaut er zu mir auf.

»Hast du dir wehgetan?«, frage ich besorgt.

»Nein, schon gut.« Er rappelt sich mühsam vom Boden auf und zerquetscht dabei eine schimmelige Tomate mit der rechten Hand. »Iiiiih!«

»Hier!« Ich reiche ihm einen feuchten Lappen und kann mir nur mit Mühe das Lachen verkneifen. Marko ist da nicht so zurückhaltend, er grinst vor sich hin, während er eine Kartoffelschale von Daniels Schulter pflückt.

»Was ist so komisch?«, fragt der.

»Nichts. Du würdest bestimmt einen tollen Vater abgeben.« Ach ja, richtig. Das hatte ich über der ganzen Aufregung kurzzeitig vergessen. Vielleicht auch verdrängt. Daniel wird hochrot im Gesicht, ich bin nicht sicher, ob vor Wut oder Scham.

»Das würde ich auch«, sagt er. »Einen besseren als du allemal.«

»Ach ja?« Jetzt erhebt sich auch Marko, feindselig stehen sie voreinander und sehen sich direkt in die Augen. Dabei muss Daniel den Kopf ein wenig in den Nacken legen, weil er gut zwanzig Zentimeter kleiner ist.

»Allerdings. Du willst einer Frau ein Kind machen, die du gar nicht kennst. Das ist doch total verantwortungslos.«

»Immerhin bin ich in der Lage, ein Kind zu ernähren. Ich bin nicht sicher, ob dir das mit deinem Tankstellenjob gelingen würde.« Daniel ist zu geschockt, um zu antworten. Diesen Moment nutze ich, um zwischen die Kampfhähne zu treten, auch wenn mir, ich gebe es nur ungern zu, ihr Rüdengehabe irgendwie guttut.

»Schluss jetzt, ihr beiden«, sage ich mit fester Stimme, und zwei Augenpaare wenden sich mir zu. Das eine sieht ziemlich wütend aus.

»Woher weiß der, wo ich arbeite?«

»Ich hab's wohl mal erwähnt«, sage ich halb entschuldigend.

»Verstehe. Wahrscheinlich habt ihr euch vorgestern noch schön das Maul über deinen Loserfreund Daniel zerrissen.« Schockiert sehe ich ihn an.

»Wie kommst du denn auf die Idee?«

»Na, da wart ihr doch in der richtigen Runde. Der Herr

Immobilienmakler und der Herr Bankdirektor. Die haben es wenigstens zu was gebracht im Leben. Die können eine Familie ernähren. Während Daniel durch die Gegend jobbt und seit Jahren an einem Roman schreibt, der nie fertig werden wird.«

»Daniel«, ich will ihm beruhigend meine Hand auf den Arm legen, aber er entzieht sich mir. »Jetzt reg dich doch nicht so auf«, verlege ich mich aufs Bitten, »niemand von uns würde jemals so etwas über dich sagen.«

»Also, ich …«, grinst Marko, der anscheinend glaubt, dies sei der richtige Zeitpunkt für dumme Scherze. Ich sehe ihn so wütend an, dass er verstummt.

»Wenn du wirklich der Vater meines Kindes werden willst, dann hältst du jetzt die Klappe«, sage ich drohend. Eine Sekunde lang herrscht bedrücktes Schweigen, dann nickt Marko.

»Das will ich. Daniel, entschuldige, dass ich das gesagt habe. Es war dämlich von mir.« Er hält seinem Kontrahenten die Hand hin, auf die Daniel in einer Mischung aus Abscheu und Überraschung schaut. Damit hat er wohl nicht gerechnet. Ich übrigens auch nicht. Weil er keine Anstalten macht, die Hand zu ergreifen, lässt Marko sie sinken und fährt fort: »Ich kann dir versichern, dass keiner von deinen Freunden irgendetwas in der Richtung gesagt hat.« Ich nicke vehement. »Ich war nur nicht darauf vorbereitet, auf den letzten Metern noch einen Konkurrenten zu bekommen. Aber natürlich ist es dein gutes Recht, ebenfalls ins Rennen zu gehen. Die Entscheidung liegt ja sowieso nicht bei mir.« Jetzt sehen beide wieder mich an, und auf einmal wird mir klar, was er damit meint. Nämlich, dass ich entscheiden muss. Hilflos sehe ich von einem zum anderen. Auf der einen Seite Marko, dieser schöne

Mann, groß, gut gebaut und mit unglaublich blauen Augen. Und auf der anderen Seite Daniel. Mein bester Freund. Ratlos hebe ich die Schultern.

»Du musst dich ja nicht gleich entscheiden«, sagt Daniel sanft und ich atme erleichtert aus.

»Aber am besten innerhalb der nächsten paar Tage, wenn ich das richtig sehe?« Fragend sieht Marko mich an und ich nicke schwach.

»Jetzt hetz sie doch nicht. So etwas will wohlüberlegt sein. Dann warten wir eben noch einen Monat.«

»Mal sehen. Aber es wäre schon gut, wenn wir bald loslegen könnten«, sage ich. »Ich will nicht mehr allzu lange warten. Wer weiß, wie lange es dauert, bis ich schwanger werde. Es würde glatt an ein Wunder grenzen, wenn es sofort beim ersten Mal klappt.« Plötzlich schauen beide Herren sehr selbstbewusst und zuversichtlich drein. Na klar, jeder von ihnen glaubt natürlich, dass er Turbo-Spermien besitzt, die ihr Ziel gar nicht verfehlen können. Offensichtlich haben sie sich nicht, wie ich, nächtelang in irgendwelchen Internetforen herumgetrieben, in denen unerfüllter Kinderwunsch diskutiert wird.

»Ich schlage vor, du schläfst eine Nacht drüber, und morgen Abend treffen wir uns noch einmal. Dann bekommt jeder von uns zehn Minuten Zeit, um dich von sich zu überzeugen. Und dann entscheidest du.« Marko sieht jetzt richtig unternehmungslustig aus. Offensichtlich belebt auch in diesem Fall Konkurrenz das Geschäft. Unschlüssig sehe ich Daniel an, der entschlossen nickt.

»Na gut«, sage ich gedehnt. »Wenn ihr meint.« Erneut hält Marko Daniel die Hand hin, die dieser jetzt ergreift. Stumm sehen die beiden einander an, ich bilde mir ein, Knochen knacken und Kiefermuskeln hervortreten zu sehen.

»Möge der Bessere gewinnen«, sagt Marko und Daniel nickt.

Auf meinen telefonischen Hilferuf reagiert Kati unerwartet gelassen, und selbst als sie an diesem Nachmittag bei mir auf der Couch sitzt, scheint ihr die Dramatik der Situation noch immer nicht bewusst zu sein.

»Ich weiß wirklich nicht, warum du dich so aufregst. Vor drei Wochen dachtest du noch, du findest nie einen Mann, der mit dir eine Familie gründen will, und jetzt hast du sogar zwei zur Auswahl. Freu dich doch.«

»Freuen? Soll das ein Witz sein?«, frage ich. »Das ist eine Katastrophe.« Sie schüttelt lächelnd den Kopf.

»Überhaupt nicht. Im Gegenteil. Lass es dir von einer Anthropologin sagen: Es läuft genauso ab, wie die Natur das vorgesehen hat. Die Männchen plustern sich auf und werben, und das Weibchen erwählt schließlich denjenigen mit der besten genetischen Fitness.«

»Das klingt furchtbar«, sage ich inbrünstig.

»So ist es aber. Und falls du dir Sorgen um das abgewiesene Männchen machst, dann kann ich dich beruhigen. Es wird nicht daran sterben. Männer können eine Abfuhr viel besser verkraften, als wir allgemein annehmen. Denn es gehört einfach zu ihrem Leben dazu. Verstehst du? Die Männer werben, die Frauen wählen, so ist es immer schon gewesen.«

»Ach ja?«, frage ich und denke an die zahlreichen Male, in denen ich Männern hinterhergelaufen bin. »Ist mir noch gar nicht aufgefallen.«

»Das liegt daran, dass du dich auf Männer spezialisiert hattest, die dich nicht wollten. Die du erst überzeugen musstest!«

»Hmm.« Etwas Intelligenteres fällt mir dazu leider nicht ein.

»Das hat oft tiefenpsychologische Hintergründe, die wahnsinnig kompliziert sind. Aber auf die Urinstinkte zurückgerechnet ist es so: Der Mann trifft eine Vorauswahl und die Frau dann die endgültige Entscheidung.«

»Und für wen soll ich mich entscheiden?« Sie zuckt mit den Schultern.

»Das kann dir nun wirklich keiner abnehmen.«

»Wen würdest du denn nehmen?«, versuche ich es anders. Sie stützt den Kopf in die Hände, denkt einen Augenblick angestrengt nach und sagt dann: »Paul.«

»Witzig.«

»Nicht wahr? Hast du eigentlich schon mal was von Killerspermien gehört?«

»Wovon?«

»Killerspermien. Das sind Spermien, die giftige Substanzen absondern, und zwar einzig und allein zu dem Zweck, die Spermien anderer Männer in den weiblichen Fortpflanzungsorganen zu zerstören.« Sie grinst breit. »Cool, was?«

»Bitte sag, dass das nicht dein Ernst ist«, flehe ich. »Du schlägst nicht wirklich vor, dass ich mit beiden schlafen und abwarten soll, wessen Sperma sich durchsetzt?« Alleine bei dem Gedanken schüttelt es mich innerlich und ich bin sehr erleichtert, als Kati abwinkt.

»Natürlich nicht. Darauf würden sich die beiden vermutlich auch gar nicht einlassen.«

»*Ich* würde mich nicht darauf einlassen«, betone ich.

»Die Existenz von Killerspermien ist lediglich ein weiterer Beweis dafür, dass Männer mit Rivalität durchaus umgehen können. Dass sie ein Teil ihres Daseins ist. Und dass du jetzt aufhören solltest, dir um den Verlierer Sorgen zu machen.« Ihre klaren, blauen Augen mustern mich eindringlich. »Viel wichtiger ist, dass du einen Gewinner wählst.«

In dieser Nacht bekomme ich kaum ein Auge zu. Mein Eisprung rückt plötzlich in geradezu bedrohlichem Tempo näher, meinen Berechnungen nach müsste es in wenigen Tagen so weit sein. Und bis dahin will ich eine Entscheidung gefällt haben. Aber wie? Immer wieder nehme ich ein Stück Papier zur Hand, um darauf die Fürs und Widers der beiden Kandidaten aufzulisten, wie Kati es mir geraten hat. Aber sobald ich die Namen oben auf den Zettel geschrieben habe, lasse ich den Stift sinken.

»Du musst dich nicht schlecht fühlen«, hat Kati mir beim Gehen versichert, »wenn du dir nun mal in den Kopf gesetzt hast, deine Familienplanung rational zu entscheiden, ist es nur konsequent, die beiden auf Herz und Nieren zu prüfen.« Doch irgendwie überzeugt mich diese Argumentation nicht, schließlich handelt es sich bei Marko und Daniel um Menschen und nicht um Mobilfunkgeräte unterschiedlicher Hersteller. Und selbst bei diesen würde ich eher aus dem Bauch heraus entscheiden, als eine Pro-und-Contra-Liste zu verfassen.

Am folgenden Tag sitze ich vor meinem Laptop und versuche mich an der Kolumne »Entrümpeln bis der Arzt kommt« für die »Femina«, aber wie zu erwarten war, bringe ich nicht einen einzigen vernünftigen Satz zustande. Nach zwei Stunden, die ich mehr oder weniger damit verbracht habe, grübelnd auf den Bildschirm zu starren, gebe ich auf und beschließe, stattdessen in die »Schleuderei« zu gehen. Lange stehe ich vor meinem Kleiderschrank und überlege, welches die perfekte Bettwäsche wäre, um darin ein Baby zu zeugen. Unschuldige rosa Baumwolle? Verruchter schwarzer Satin? Verspieltes Blumenmuster? Ich entscheide mich schließlich für rote Rosen auf weißem Grund und ziehe mit meiner Ikea-Tasche los.

Im Waschsalon riecht es nach Zitronen und Seife, auf einer der roten Plastikbänke sitzt Kaugummi kauend und lautstark telefonierend ein junges Mädchen mit grünen Haaren. Ich nicke ihr zu und schleppe meine Wäsche zur Maschine mit der Nummer 13.

»Hallo«, sagt eine Stimme hinter mir und ich mache einen erschrockenen Satz nach vorne. Hilde lächelt mich an.

»Ach, hallo!«

»Nanu, was machst denn du für ein Gesicht? Ist was nicht in Ordnung?«, fragt sie und sieht mich forschend an.

»Kann man so sagen.« Ich nicke und warte darauf, dass sie etwas sagt. Mich zum Beispiel auffordert, zu erzählen, was mich bedrückt. Aber sie steht nur stumm da in ihrem blauen Overall, das Kinn auf das obere Ende ihres Feudels gestützt, mit dem sie gerade noch den Boden gewischt hat. Ich beiße mir auf die Unterlippe, weil ich die Worte in mir aufsteigen spüre. Aber dieses Mal werde ich nicht wieder ungefragt meine Lebensgeschichte vor ihr ausbreiten. Die arme Frau! Das muss doch wahnsinnig anstrengend für sie sein, wenn jeder sie immer sofort mit seinen Problemen überschüttet. Ich stopfe den letzten Kissenbezug in die volle Waschmaschine. Nein. Ich werde hübsch meinen Mund halten, sie vielleicht lieber mal fragen, wie es ihr eigentlich so geht.

»Wie geht es dir denn so, Hilde?«

»Danke. Sehr gut!«

»Das freut mich.«

»Na komm schon. Raus damit.« Auffordernd nickt sie mir zu.

»Ich weiß einfach nicht, was ich machen soll«, platze ich heraus und Hilde lächelt mich an.

»Luke schließen, Waschpulver einfüllen, Programm wählen, Maschine starten.« Verwirrt sehe ich sie an.

»Ja, das weiß ich doch.«

»Gut für dich.« Sie beginnt, wieder den Boden zu wischen. Irritiert sehe ich auf den mir zugewandten, schmalen Rücken, die knochigen Schultern. Sie summt leise vor sich hin und ich gehe zum Automaten, um Waschpulver und Weichspüler zu holen. Während ich auf den Knöpfen herumdrücke, feudelt Hilde um meine Füße herum.

»Zwei Männer wollen ein Kind mit mir machen und ich weiß nicht, für welchen ich mich entscheiden soll«, sprudelt es aus mir heraus. Hilde blickt auf und ihre rechte Augenbraue hebt sich einen Millimeter, was ihr einen milde erstaunten Ausdruck verleiht. Sie pustet sich eine Strähne aus der Stirn und nickt, was ich als Aufforderung sehe, mit meiner Geschichte fortzufahren. Als ich geendet habe, ruhen diese unheimlichen, grauen Augen noch immer auf mir. »Das war alles«, sage ich. »Was soll ich tun?« Hoffnungsvoll sehe ich sie an. »Und bitte sag jetzt nicht, nichts.«

»Tja.«

Tja? Das ist alles? Plötzlich komme ich mir albern vor. Was habe ich denn erwartet? Dass sie mir einen Namen nennt und damit mein Problem gelöst ist? »Natürlich kann ich dir diese Entscheidung nicht abnehmen«, sagt sie langsam. »Aber ich kann dir sagen, was ich tue, wenn ich in einer Situation wie deiner stecke und nicht weiterweiß.«

»Ehrlich?« Ich hätte nicht geglaubt, dass auf der ganzen Welt jemals irgendeine Frau sich in eine Situation manövriert hätte, die mit meiner vergleichbar wäre.

»Ich nenne es die Waschmaschinen-Meditation.« Hilde öffnet die Luke meiner Waschmaschine, greift hinein und zieht ein rot-grün gestreiftes Ringelsöckchen hervor. Sie hält es mir hin und ich nehme es in die Hand, weil ich nicht weiß, was ich sonst machen soll.

»Nehmen wir mal an, das bist du.«

»Die Socke?«

»Genau. Die Socke. Jetzt steck sie wieder rein.«

»Aber du hast sie doch eben erst rausgeholt.«

»Genau. Und du steckst sie wieder rein.«

»Von mir aus.« Ich zucke mit den Schultern und stopfe den Strumpf zurück zwischen Bettlaken, Unterwäsche und Handtücher.

»Vierzig Grad?«

»Äh, okay.« Hilde drückt ein paar Knöpfe und schon beginnt das Wasser gluckernd in die Maschine zu laufen.

»Setz dich dort hin«, befiehlt Hilde und weist auf den Plastiksessel gegenüber. Gehorsam setze ich mich hin. »Nicht mich ansehen. Dorthin.« Ihr knochiger Zeigefinger weist auf das runde Bullauge, in dem das Wasser höher und höher steigt. Das Ringelsöckchen saugt sich damit voll und liegt nass und schwer zwischen den anderen Wäschestücken.

»Und jetzt?«

»Schau hin!« Das Rauschen endet abrupt und die Trommel beginnt schwerfällig, sich zu drehen. Gemächlich dümpelt die nasse Wäsche in der Schaumkronen bildenden Seifenlauge vor sich hin. Ich verliere den Socken aus den Augen, dann taucht er plötzlich wieder auf, wird gegen die Glaswand gepresst, um gleich darauf wieder in strudelnden Fluten zu versinken. Fragend sehe ich zu Hilde hoch, die mit halb geschlossenen Augen andächtig in die Waschmaschine starrt. »Ach, herrlich«, sagt sie schließlich seufzend und scheint sich nur mit Mühe losreißen zu können. »Leider habe ich zu tun. Aber viel Spaß noch.« Gerüstet mit ihrem Wischmopp feudelt sie von dannen.

Am selben Abend holt Kati mich gegen sieben ab, und gemeinsam schlendern wir in Richtung »Bodega«, wo das Treffen mit Marko und Daniel stattfinden soll. Meine beste Freundin hat sich bereit erklärt, als neutraler Vermittler zu fungieren und »die Verhandlung«, wie sie es nennt, zu leiten. Ich bin mittlerweile wirklich ziemlich nervös, mein Herz hämmert in meiner Brust und ich weiß überhaupt nichts mehr. In wenigen Stunden soll ich eine Entscheidung treffen, die mein gesamtes Leben beeinflussen wird.

»Diese Entscheidung hast du doch schon vor Wochen getroffen«, meint Kati kopfschüttelnd. »Ich kann durchaus verstehen, dass dich diese zusätzliche Option nervös macht, aber denk doch mal drüber nach. Der Entschluss, ein Kind zu bekommen, unter welchen Umständen auch immer, ist riesig. Heute entscheidest du doch eigentlich nur noch über die Haarfarbe.« Überrascht schaue ich sie an.

»Siehst du das wirklich so?«

»Das ist jetzt vielleicht sehr stark vereinfacht, aber im Grunde schon, ja. Es geht dir nicht um die große Liebe. Sondern einfach um einen Erzeuger.«

Einfach ist gut. Im Separee des »Bodega« sitzen Marko und Daniel sich in größtmöglichem Abstand gegenüber und fixieren einander mit ernstem Gesichtsausdruck. Als Kati und ich hereinkommen, springen sie synchron auf und stürzen auf mich zu.

»Hallo, Schneewittchen!«

»Hallo … Mia.« Daniel lächelt zufrieden und wertet das offensichtlich als Punkt für sich. Gleichzeitig fassen die beiden nach dem Kragen meines Mantels und beginnen, daran zu ziehen.

»Ich nehme deine Jacke.«

»Komm, ich helfe dir.«

»Ich mache das schon.«

»Das hättest du wohl gerne.«

»Jungs, würdet ihr bitte meinen Mantel ganz lassen?« Ich verdrehe die Augen in Katis Richtung, die sich ihres meterlangen Schals entledigt und dann Anstalten macht, sich aus ihrer Jacke zu pellen. Daniel folgt meinem Blick und lässt von mir ab, was Marko kurzzeitig triumphieren lässt. Formvollendet hilft er mir aus dem Mantel, doch sein Lächeln gefriert, als Daniel seinerseits Katis Jacke nimmt und ich ihn dankbar anlächele.

»Entschuldige, Kati, ich hätte deine Jacke natürlich auch noch genommen.«

»Nicht nötig. Ihr seid ja zu zweit.« Dann traben die beiden Männer nebeneinander zur Garderobe, während Kati sich grinsend am Kopfende des Tisches niederlässt. »Das verspricht ja ein spaßiger Abend zu werden.« Ich bin mir da nicht so sicher.

»Entspann dich einfach und genieße es ein bisschen. Und vergiss nicht, kein Mensch zwingt dich zu einer sofortigen Entscheidung. Nimm dir alle Zeit der Welt«, flüstert sie mir zu und sieht den zurückkehrenden Männern strahlend entgegen.

»Ich schlage vor, wir bestellen erst mal und dann …«

»Schon erledigt«, unterbricht Daniel sie prompt. »All eure Lieblingsspeisen!« Wie auf Kommando erscheint in diesem Moment Emilio mit einer großen Platte Antipasti sowie einer Karaffe mit Wein.

»So, ihr Lieben, Oliven, Serranoschinken, Garnelen in Knoblauch«, zählt Emilio gut gelaunt auf, während er die Köstlichkeiten vor uns ausbreitet.

»Kati sollte aber keinen Wein trinken«, platzt Marko heraus und sieht mit einem Mal sehr zufrieden aus. »Und Mia am besten auch nicht.«

»Da hast du Recht«, nicke ich, während Daniel völlig ungerührt wartet, bis der Tisch fertig gedeckt ist und Emilio mit Schwung unsere Gläser füllt.

»Traubensaft für die Damen«, erklärt er dabei und verschwindet, nicht ohne Daniel noch einmal verschwörerisch zugezwinkert zu haben. Marko stößt einen verärgerten Laut aus, während Daniel selbstzufrieden vor sich hinstrahlt.

»Na, dann Prost.« Kati hebt ihr Glas. »Auf einen fairen Kampf!« Wir stoßen an und ich nehme einen Schluck der süßen Flüssigkeit. »Wer möchte anfangen?«, fragt Kati.

»Ich«, sagt Marko schnell und Daniel nickt.

»Ist mir recht.«

»Sehr schön. Nur einen kleinen Moment noch.« Kati beginnt, in ihrem Monstrum von einer Handtasche herumzukramen und zieht schließlich eine Eieruhr in Form eines Huhns sowie einen großen Hammer aus knallgrünem Plastik hervor. Verwirrt sehe ich auf das Spielzeug. »Den habe ich vorhin zufällig in einem Schaufenster entdeckt.«

Vergnügt hebt sie den Hammer und lässt ihn dreimal auf die Tischplatte knallen. »Ich erkläre die Verhandlung für eröffnet.«

»Ich glaube, du nimmst die ganze Sache nicht wirklich ernst«, sage ich etwas verstimmt.

»Ich nehme die Sache sehr ernst. Aber das heißt nicht, dass wir nicht auch ein bisschen Spaß haben können.«

»Das nicht, aber …«

»Ruhe im Gerichtssaal«, herrscht sie mich an und wieder knallt das Plastikding auf den Tisch. Offensichtlich bereitet ihr diese Rolle ein unbändiges Vergnügen.

»Verzeihung, Frau Vorsitzende«, gehe ich deshalb auf ihr Spiel ein und sie nickt gnädig. Dann piekst sie zielsicher einen Zahnstocher in eine große, gefüllte Olive und steckt sie sich in den Mund. »Also, Herr Graf, bereit, wenn Sie es sind«, nuschelt sie mit vollem Mund. Marko starrt sie ungläubig und ein wenig hilflos an, doch ich lächele ihm ermutigend zu. Er zuckt mit den Schultern und zieht aus seiner Aktentasche einen schwarzen Schnellhefter hervor, den er mit wichtiger Miene aufschlägt.

»Ich spreche im Fall Graf gegen Puck zur Frage der anstehenden Vaterschaft des Kindes von der hier anwesenden Mia Sommer.« Er räuspert sich und Kati nickt begeistert, weil er so bereitwillig in das Spiel einsteigt. Ich dagegen bin immer noch abgelenkt von der Mappe, in der sich offensichtlich so etwas wie eine Präsentation befindet. Da die Schrift von mir aus gesehen auf dem Kopf steht, kann ich zwar nichts lesen, aber offensichtlich hat Marko sogar diverse Graphiken erstellt. Davon bin ich dann doch schwer beeindruckt, jetzt schon.

»Sie haben das Wort«, erklärt Kati und greift nach der Eieruhr. »Zehn Minuten.«

»Danke. Zunächst möchte ich einen kurzen Überblick über meine finanziellen Verhältnisse und bisherige Karriere geben, denn ich denke, dass der Aspekt der Versorgung ein wichtiger ist. Mein Maklerbüro wurde vor sechs Jahren von mir gegründet und verzeichnet seit fünf Jahren stetigen Gewinnzuwachs. Ich beschäftige drei Angestellte und habe beträchtliche Ersparnisse, die ich in dieser Liste zusammengetragen habe. Wenn ich sie Ihnen vorlegen dürfte?«

»Selbstverständlich.« Marko entnimmt seinem Schnellhefter ein Blatt Papier und reicht es ihr.

»Wow! Ich meine, hm, interessant.« Sie bringt ihren Gesichtsausdruck wieder unter Kontrolle und reicht mir den Zettel, der sich als Vermögensaufstellung von Markos Bank entpuppt und ein dickes Depot sowie mehrere Festgeldkonten ausweist. Kati hat Recht. Wow! Eine rasche Abfolge von Bildern fährt durch meinen Kopf, ohne dass ich es verhindern könnte. Meine Tochter in einem riesigen Kinderzimmer voller Spielsachen, beim Klavierunterricht, Ballett, Schüleraustausch. Ich rufe mich zur Ordnung. Geld ist nicht alles. Mir fällt die Super-Luxus-Version des Maxi-Cosi ein, den Kati und ich uns letztens mit vor Begeisterung feuchten Augen angesehen haben. Beim Blick auf das Preisschild ist mir dann doch ein bisschen schlecht geworden. Na gut, es muss ja nicht von allem das Beste sein, aber unbestritten kostet ein Kind Geld. Ich hebe den Blick und treffe den von Daniel, der versucht, unauffällig auf das Papier in meiner Hand zu schielen.

»Darf ich die Aufstellung zurückhaben?«, fragt Marko in diesem Moment. »Sie verstehen sicher, dass es mir lieber wäre, wenn lediglich Mia meine finanziellen Verhältnisse kennt. Von Ihnen natürlich einmal abgesehen, Frau

Vorsitzende.« Er deutet eine kleine Verbeugung an und Kati kichert vergnügt.

»Das ist doch selbstverständlich. Seien Sie versichert, dass sämtliche Ihrer Angaben streng vertraulich behandelt werden.« Damit entreißt sie mir das Papier und reicht es Marko zurück. »Ist dieser Punkt Ihres Vortrags abgeschlossen?«

»Ja.«

»Gibt es Fragen oder Anmerkungen?« Fragend sieht sie Daniel an, der düster den Kopf schüttelt.

»Ich möchte etwas anmerken«, sage ich schnell.

»Geht das von meiner Zeit ab?«, fragt Marko und beginnt, mit den Zetteln vor sich zu rascheln. »Es kommt noch eine ganze Menge.«

»Die Zeit wird Ihnen gutgeschrieben.«

»Okay. Super. Was wolltest du sagen?«

»Ich wollte nur sagen, dass ich meinen Teil zur Versorgung des Kindes beitragen will und werde. Ich möchte nicht, dass hier der Eindruck entsteht, dass ich dir das Geld aus der Tasche ziehen will.«

»Aber das denke ich doch gar nicht«, sagt Marko, während sich Daniels Gesicht ein wenig aufhellt. »Ich will dich ganz sicher nicht gegen deinen Willen zur Hausfrau machen. Ich wollte nur klarstellen, dass ich dir und unserem Kind gewisse Sicherheiten bieten kann.«

»Das ist ja auch toll«, beteuere ich, »ich möchte nur nicht, dass du denkst, dass es wegen des Geldes ist …«

»… wenn du dich für mich entscheidest?« Er grinst.

»Äh, na ja …«

»Diese Entscheidung wird erst am Ende des Abends getroffen«, erinnert Kati uns streng. »War es das von deiner Seite?« Ich nicke. »Gut, dann fahren Sie fort.«

»Durch meinen Beruf habe ich natürlich ganz andere Möglichkeiten als mein Konkurrent, eine geeignete Wohnung für mich und meine Familie zu finden. Ich glaube, jedem hier ist klar, dass die Lage im Hamburger Wohnungsmarkt geradezu dramatisch ist und dass die besten Wohnungen unter der Hand weggehen. Ich habe jedoch schon mehrere Objekte in guter Lage im Auge, die sowohl hübsch als auch bezahlbar wären. Das hier«, er hebt mehrere Zettel in die Höhe, »ist also quasi Beweisstück B.« Ich vertiefe mich in die Immobilienangebote und stutze, als ich auf mehrere Fotos stoße, die die heruntergekommenen Räume einer Altbauwohnung zeigen. »Die Mieten sind niedrig, im Gegenzug muss der Mieter renovieren, und dafür bin ich Spezialist.«

»Wirklich?«

»Keine Sorge, du wirst damit nichts zu tun haben.« Gott sei Dank. Ich sah mich schon im Blaumann Tapeten von Wänden abreißen.

»Punkt drei: Meine Eltern, also die Großeltern des Kindes, leben ebenfalls in Hamburg und sind ganz wild auf ihre Großelternpflichten. Das heißt, wir haben einen Babysitter, wann immer wir wollen. Punkt vier: Ich kann sehr gut mit Kleinkindern umgehen und habe mir von meiner Schwester ein diesbezügliches Empfehlungsschreiben ausstellen lassen.« Er zieht ein von Hand beschriebenes Blatt Papier hervor und reicht es uns. »Ich habe schon des Öfteren auf meine Nichten und Neffen aufgepasst und wir sind immer prima miteinander ausgekommen. Punkt fünf: Ich habe mit romantischen Beziehungen abgeschlossen und bin daher mit Mia auf einer Wellenlänge, der es ebenso geht.« Daniel stößt einen Laut aus, der verdächtig nach »pffff« klingt. »Wir beide starten mit denselben Voraussetzungen in dieses Familienprojekt und aus diesem Grund wird es auch keine unliebsamen Überraschungen irgendwelcher Art geben.«

Rrrrrrrrrring. Rasselnd und bebend verkündet das Eieruhr-Huhn das Ende der zehn Minuten. Marko verzieht das Gesicht und sieht auf seine Unterlagen hinunter.

»Aber ich bin noch gar nicht fertig.«

»Wirklich nicht?« Der Spott in Daniels Stimme ist nicht zu überhören. »Willst du sagen, dass du hier aufgetaucht bist, ohne diesen beeindruckenden Vortrag zu Hause mit der Stoppuhr geprobt zu haben? Tsetsetse. Das war aber nachlässig von dir.«

»Eine Minute Nachspielzeit«, verkündet Kati ungerührt. »Also hast du noch Zeit für einen weiteren Punkt.«

»Aber ich habe noch mindestens fünf …«

»Fünfundfünfzig Sekunden.«

»Na schön.« Marko wühlt in seinen Aufzeichnungen und rauft sich die Haare. Richtig niedlich sieht er aus, so verstrubbelt. »Also, dann eben Punkt sieben: Graf ist ein sehr viel schönerer Nachname als Puck.«

»Das kann ich nun überhaupt nicht finden«, sagt Daniel gelassen. »Du etwa? Schneewittchen?«

»Ich …«

»Darauf musst du nicht antworten«, kommt Kati mir zur Hilfe.

»Natürlich musst du das nicht«, nickt Daniel. »Bin ich jetzt dran? Also dann …« Gespannt sehe ich meinen besten Freund an, der eine Olive runterschluckt und sich mit einer Serviette über den Mund wischt.

»Halt! Noch nicht!« Kati greift nach der Eieruhr und stellt penibel zehn Minuten darauf ein, was Daniel mit einem amüsierten Lächeln beobachtet. »So, jetzt darfst du.«

»Okay, also. Ach, Moment mal, meine Aufzeichnungen …« Damit beugt er sich unter den Tisch und beginnt, in seinem ranzigen, grauen Rucksack, den er überall mit hinschleppt, zu kramen. Kati und ich wechseln einen erstaunten Blick. Aufzeichnungen? Daniel?

»Ähm, Daniel, deine Zeit läuft«, erinnert ihn Kati, da taucht sein dunkelblonder Haarschopf wieder auf und er streckt mir grinsend seine leeren Hände entgegen.

»Na, so was. Ich habe gar keine gemacht.« Ich kichere. »Was ich zu sagen habe, kann ich mir nämlich auch so merken.« Er holt tief Luft, sieht mir tief in die Augen und sagt: »Schneewittchen, ich bin seit sechzehn Jahren dein allerbester Freund. Ich liebe dich. Und ich werde unsere Kinder lieben.«

»Das werde ich natürlich auch, das versteht sich doch von selbst«, geht Marko dazwischen, was Kati veranlasst, wieder den Monsterhammer zu schwingen.

»Ruhe. Keine Unterbrechungen bitte.«

»Aber ich werde das Kind auch lieben.«

»Tja, nur war es dir offensichtlich nicht wichtig genug, das zu erwähnen.« Daniels sonst so sanfte braune Augen blitzen streitlustig.

»Ich wäre noch dazu gekommen …«

»Das ist doch gelogen.«

»Nein, ich …« Wieder knallt es ohrenbetäubend.

»Ruhe jetzt«, befiehlt Kati herrisch. »Marko, du hattest deine Chance. Daniel, du kannst fortfahren.«

»Danke, das war es schon.«

»Aber du hast noch siebeneinhalb Minuten Zeit.«

»Ich weiß, aber ich glaube, dass ich alles gesagt habe, was mich gegenüber meinem Konkurrenten zur besseren Wahl macht. Wir halten es seit sechzehn Jahren miteinander aus und haben eine Menge Spaß zusammen. Ich versichere dir, die nächsten achtzehn werden mit mir um einiges amüsanter als mit dem da.« Er lehnt sich auf seinem Stuhl zurück und verschränkt die Arme vor der Brust. Alle sehen mich an und ich fühle mich schrecklich unbehaglich. Ich will diese Entscheidung nicht fällen. Wie habe ich nur in diese Situation geraten können? Ich wünschte, Daniel wäre nie auf die Idee gekommen, sich ebenfalls als Vater meiner Kinder anzubieten. Dann wäre jetzt alles ganz unkompliziert und Marko und ich könnten unsere Pläne verfolgen, so, wie wir uns das vorgestellt haben. Ich sehe meinem besten Freund in die sanften, braunen Augen und auf einmal ist mir alles sonnenklar. Er hat es ja sogar gesagt: Er liebt mich. Immer noch. Nach sechzehn Jahren, in denen er den guten Kumpel gegeben hat, die Schulter zum Ausweinen, den asexuellen Kuschelbär, ist Daniel noch immer verliebt in mich. Er sieht mich an und lächelt. Ich lächele schief zurück, mein Blick wandert weiter zu Marko, der viel weniger selbstbewusst wirkt als sonst. Immer wieder fährt er sich mit den Händen durch das volle, braune Haar, seine strahlend blauen Augen suchen meine. Wie kann ein Mensch nur solche Augen haben? Ein Kribbeln läuft durch meinen ganzen Körper und mein Herz beginnt schneller zu schlagen. Ein Gedanke fährt mir durch den Kopf, und er ist so eindeutig, so unumstößlich und dabei gleichzeitig so oberflächlich und furchtbar, dass ich erschrecke: Ich will Kinder mit solchen Augen!

Kapitel 12

»Brauchst du vielleicht noch ein wenig Bedenkzeit«, erkundigt sich Kati sanft, »willst du drüber schlafen? Oder sollen die beiden wenigstens eine Runde um den Block gehen?« Ich schüttele entschlossen den Kopf. Die Spannung steigt ins Unermessliche. Wieder sehe ich Daniel an, der nervös eine rote Papierserviette in dünne Streifen zerlegt, und mit einem Mal wird mir wahnsinnig schlecht. Ich werde meinem besten Freund das Herz brechen. Schon wieder. »Ähm, Mia, bist du noch da?« Kati stupst mir leicht den Plastikhammer in die Rippen.

»Ja, ich bin da.« Ich hole tief Luft, fixiere eine einzelne, schwarze Olive, die einsam in einem der tönernen Schälchen liegt und sage schnell: »Ich entscheide mich für Marko.« Zwei Menschen stoßen hörbar die Luft aus. Ich hebe den Blick und sehe in Markos strahlendes Gesicht. Das Blau seiner Augen leuchtet vor Freude noch stärker als sonst, er springt auf und schließt mich in die Arme. Ich vergrabe meine Nase an seinem Hals und möchte, dass die Zeit stillsteht. Ich möchte einfach hier verharren, in Markos Armen, deren Muskeln ich durch seinen braunen Kaschmirpullover spüren kann. Ich will nie mehr aus dieser Umarmung auftauchen und den Blick nach rechts wenden, Daniel in die Augen schauen müssen. Jemand räuspert sich. Ich rühre mich nicht von der Stelle.

»Na, dann kann ich jetzt wohl gehen.« Endlich löse ich mich von Marko und wende mich Daniel zu, der Anstalten macht, sich zu erheben.

»Nein, Daniel, geh noch nicht. Lass uns … darüber reden.« Ich merke selbst, wie lahm das klingt, aber ich kann ihn doch jetzt nicht einfach gehen lassen.

»Was gibt es da noch zu reden? Herzlichen Glückwunsch.«

»Daniel, es tut mir leid.«

»Das muss es nicht. Schließlich war es so abgemacht. Der Bessere sollte gewinnen. Mir war nur nicht klar, dass in deinen Augen der Bessere der mit dem dickeren Bankkonto sein würde.«

»Das hat damit überhaupt nichts zu tun«, begehre ich auf.

»Ach nein? Womit denn dann?«

»Mit, also … es ist …«

»Ja? Ich bin ganz Ohr.«

»Natürlich ist es gut zu wissen, dass Marko dem Kind eine gewisse materielle Sicherheit bieten kann, aber das ist nicht der Grund, weshalb ich mich gegen dich entschieden habe.«

»Sondern? Was ist der Grund? Sag schon!«

»Die ganze Sache basiert auf der Idee von Eltern, die in Freundschaft miteinander leben.«

»Ich verstehe! Zu diesem Zweck ist dein langjähriger bester Freund natürlich absolut ungeeignet. Da nimmst du dir lieber irgendeinen Fremden, von dem du nicht das Geringste weißt. Das ist ja wirklich sehr überzeugend.«

»Aber du bist verliebt in mich«, platze ich damit heraus

und plötzlich ist es so still am Tisch, dass man eine Stecknadel fallen hören könnte. Daniel läuft dunkelrot an und ich bemerke leider zu spät, dass ich das vor Marko nun wirklich nicht hätte sagen dürfen. »Tut mir leid«, flüstere ich. »Ähm, Marko, hättest du was dagegen, uns kurz allein …«

»Ach was, er kann ruhig hierbleiben«, unterbricht mich Daniel. »Da dir meine Privatsphäre ja offensichtlich sowieso vollkommen egal ist.«

»Entschuldige, ich wollte nicht …«, setze ich an, aber er lässt mich nicht zu Wort kommen.

»Ach, schon gut. Marko gehört jetzt schließlich zur Familie! Da darf er ruhig wissen, dass dein bester Freund, den du immer als so eine Art Neutrum betrachtet hast, seit mehr als einem Jahrzehnt unglücklich in dich verliebt ist.«

»Daniel!« Schockiert sehe ich ihn an.

»Und nicht nur, dass ich dir als Partner nie gut genug war, jetzt bin ich es nicht mal wert, für deine schwachsinnigen Familienpläne in Betracht gezogen zu werden. Obwohl es dir da doch angeblich um eine, ich zitiere, platonische Beziehung geht.«

»Wenn du die Idee so schwachsinnig findest, was machst du dann überhaupt hier?«, mischt Marko sich ein, was ich in diesem Moment wirklich total daneben finde.

»Halt die Klappe«, herrsche ich ihn an. »Daniel, es ist doch nur … Ich kann doch nicht mit dir eine Familie gründen, wenn ich weiß, dass du eigentlich in mich verliebt bist.«

»Warum denn nicht?« Er sieht jetzt nicht mehr wütend aus. Aber traurig. »Schneewittchen, warum nicht?«

»Weil …«, ich hebe hilflos die Schultern, »weil das total

unfair wäre. Wenn du Gefühle für mich hast, die ich aber nicht erwidere.«

»Ich verstehe.« Er nickt und erhebt sich langsam. »Nur eins musst du mir noch erklären.«

»Ja?«

»Inwieweit würde sich das von deinem jetzigen Arrangement unterscheiden?«

»Wie meinst du das?«

»Du bist bis über beide Ohren verknallt in den Typen. Er aber leider nicht in dich!« Mit einer für seine Verhältnisse geradezu eleganten Bewegung dreht er sich auf dem Absatz um, schnappt seinen Rucksack und seinen Mantel und rauscht ohne ein weiteres Wort von dannen. Sprachlos sehe ich ihm hinterher. Mühsam um meine Fassung ringend wende ich mich schließlich an Marko.

»Das ist nicht wahr«, beteuere ich. »Ich bin nicht in dich verliebt.«

»Ich weiß. Ich auch nicht in dich.« Stumm sitzen wir vor den Resten unseres Essens, der Appetit ist mir gründlich vergangen. Kati spielt mit dem Plastikhammer herum.

»Ich hatte mir das alles irgendwie lustiger vorgestellt«, erklärt sie bedrückt.

»Lustiger?«

»Jedenfalls bin ich jetzt deprimiert.«

»Frag mich mal.« Ich widerstehe nur mühsam der Versuchung, Daniel hinterherzulaufen. Aber wahrscheinlich würde das sowieso nichts bringen, so wütend, wie er im Moment ist.

»Möchtet ihr vielleicht noch ein Dessert?«, schlägt Marko ein wenig hilflos vor und hält uns die Speisekarte entgegen. Kati wiegt unschlüssig den Kopf und nickt schließlich.

»Warum nicht?«

Nachdem wir bestellt haben, begleicht Marko die gesamte Rechnung und steht auf. »Ich lasse euch dann mal allein. Ruf mich an, wenn das Ei springt, okay?«

»Klar«, sage ich. »Ach, bevor ich es vergesse«, rufe ich ihm hinterher, »das Kind wird mit Nachnamen Sommer heißen, damit du es nur weißt.« Er stutzt eine Sekunde, dann lächelt er.

»Darüber reden wir noch.«

Durch die doppelte Portion Crema Catalana ist Katis Endorphinhaushalt wieder einigermaßen stabil, während ich auf dem Nachhauseweg ziemlich geknickt neben ihr herschleiche. Sie mustert mich besorgt von der Seite.

»Sag mal, Mia, Daniel hat nicht Recht mit dem, was er gesagt hat, oder? Dass du in Marko verliebt bist, meine ich.« Entrüstet sehe ich sie an.

»Natürlich nicht.«

»Wirklich nicht?«

»Nein«, sage ich bestimmt.

»Das würde ich dir auch nicht geraten haben. Denn in einem Punkt hat Daniel garantiert Recht: Marko ist kein bisschen in dich verliebt.«

»Na klar. Das ist ja auch die Abmachung. Keine romantischen Gefühle.«

»Genau.« Sie nickt zufrieden.

»Rational betrachtet ist Marko einfach die bessere Wahl«, sage ich nachdenklich. »Und außerdem …«

»Ja?«

»Ich weiß, es klingt bescheuert, aber … er gefällt mir einfach so gut. Rein optisch!«, gestehe ich. »Ich möchte, dass meine Kinder aussehen wie er. Groß. Dunkelhaarig. Und mit diesen göttlichen blauen Augen.«

»Kann ich gut verstehen!«

»Ist das nicht wahnsinnig oberflächlich?«

»Im Gegenteil. Du besinnst dich lediglich auf deine Urinstinkte. Schönheit und Stärke sind nun einmal ein Hinweis auf genetische Fitness«, setzt sie einmal mehr zu einem evolutionsbiologischen Vortrag an. »Es ist ganz normal, dass du dir den stattlicheren Mann aussuchst, der dazu auch noch die Versorgung gewährleisten kann.«

»Es geht mir nicht ...«

»... ums Geld, schon klar. Geld macht nicht glücklich, aber es ist schön, welches zu haben.« Ich nicke widerwillig. Da hat sie natürlich Recht.

»Wusstest du eigentlich von Anfang an, dass du dich für Marko entscheiden würdest?« Nachdenklich schüttele ich den Kopf.

»Ich glaube nicht.«

»Und was hat dich letzten Endes überzeugt?«

»Ehrlich gesagt habe ich Marko angesehen und dann hatte ich so ein Ziehen. Im Unterleib«, füge ich hinzu und laufe knallrot an. Kati lacht schallend auf.

»Also hat deine Muschi entschieden.«

»Psst. Nicht so laut«, sage ich, obwohl weit und breit keine Menschenseele zu sehen ist.

»Ist doch wahr.«

»Irgendwie schon«, gebe ich widerwillig zu und starre auf meine Schuhspitzen. Sie haut mir freundschaftlich auf den Oberarm.

»Dazu kann ich dir nur gratulieren.«

»Ehrlich?«

»Na klar. Wir Menschen der Neuzeit sind viel zu kopfgesteuert. Wir sollten uns mehr auf unsere Instinkte verlassen und da vor allem auf unsere Geschlechtsteile. Kein Witz! Deine Muschi weiß schon, was sie tut.«

»Würdest du bitte aufhören, ständig dieses Wort zu sagen?«

»Sei doch nicht so prüde. Was soll ich denn sagen? Vagina?«

»Du sollst am besten gar nichts sagen.« Kopfschüttelnd sieht sie mich an.

»Ein Wunder, dass sie sich überhaupt Gehör verschaffen konnte, so verklemmt, wie du bist.«

»Wer?«

»Na, deine Muschi!« Ich beschließe, das Thema zu wechseln.

»Meinst du, Daniel kann mir das verzeihen?«

»Aber natürlich kann er das. Ist doch nicht das erste Mal, dass er dich mit jemand anderem davonziehen sieht. Wahrscheinlich wird er sich schon morgen bei dir melden.«

Entgegen Katis Vermutung höre ich am folgenden Tag nichts von Daniel und obwohl ich ihn sicher zwanzigmal anrufe, erreiche ich nur seine Mailbox. Am Abend und in den nächsten Tagen fahre ich mehrmals zu seiner Wohnung, aber keiner macht auf. Wie in meinen besten Stalkertagen lege ich mich schließlich in meinem Auto auf die Lauer und tatsächlich, nach mehreren Stunden, ich bin kurz davor aufzugeben, weil ich langsam festfriere, tritt Daniel aus der Haustür. Er war also doch zu Hause. Mit einem Satz springe ich aus dem Wagen, überquere im Laufschritt die Straße und stelle mich ihm in den Weg. Er sieht aus, als habe er seit Tagen nicht geschlafen. Ein paar

Sekunden stehen wir wortlos voreinander, nur das Klappern meiner Zähne unterbricht die Stille zwischen uns.

»Hallo«, sage ich schließlich, weil mir nichts Besseres einfällt. »Ich habe versucht, dich zu erreichen.«

»Ich weiß.«

»Offensichtlich wolltest du wohl nicht mit mir sprechen.«

»Offensichtlich.« Hilflos hebe ich die Schultern. Die ganze Situation ist irgendwie so unwirklich. Daniel ist mein bester Freund, aber wir stehen uns gegenüber wie zwei Fremde.

»Es tut mir ehrlich leid. Ich wollte dir nicht wehtun.«

»Das weiß ich.« Etwas ermutigt trete ich einen Schritt näher.

»Sag mir, wie ich es wiedergutmachen kann.«

»Du musst nichts gutmachen, Schneewittchen.«

»Ehrlich nicht?« Mir fällt ein Stein vom Herzen.

»Nein.«

»Dann sind wir noch Freunde?« Er sieht mich einen Moment lang schweigend an, dann schüttelt er den Kopf. Es fühlt sich an, als würde mir jemand einen Schlag in den Magen versetzen. »Ist das jetzt die Strafe? Weil ich mich gegen dich entschieden habe?«

»Nein, Mia, das ist keine Strafe. Ich muss mich nur endlich vor dir in Sicherheit bringen.« Ungläubig sehe ich ihn an. »Ich liebe dich. Du liebst mich nicht. Ich brauche Abstand. Bitte lass mich in Ruhe.« Damit geht er an mir vorbei und die Straße hinunter, ohne sich noch einmal umzudrehen, während ich ihm fassungslos hinterherschaue.

Am nächsten Tag beginnt die Nachricht langsam in mein

Bewusstsein vorzudringen. Aber so ganz kann ich es noch immer nicht glauben. Daniel hat mit mir Schluss gemacht. Und dabei waren wir ja noch nicht einmal zusammen. Was die Sache nicht besser macht, eher schlimmer. Ich versuche, mir ein Leben ohne Daniel vorzustellen, aber es fühlt sich etwa so an, als sollte ich auf meinen linken Fuß verzichten. Gerade denke ich darüber nach, wie viel Sinn es macht, noch mal bei ihm vorbeizufahren, als sich der Teststreifen, den ich soeben in meinen Urin getunkt habe, knallrosa verfärbt. Ich schnappe nach Luft und lasse vor Schreck das Stäbchen fallen. Als ich es wieder vom Fußboden aufhebe, ist die Linie immer noch da. Kein Zweifel. Ich bin so aufgeregt, dass ich sogar Daniel kurzzeitig vergesse. Hektisch krame ich nach der Gebrauchsanweisung. »Ein LH-Anstieg liegt vor, wenn sowohl die Testlinie als auch die Kontrolllinie sichtbar sind und die Testlinie gleich oder dunkler gefärbt ist als die Kontrolllinie. Der LH-Anstieg erfolgt circa 24–36 Stunden vor der Freisetzung einer Eizelle aus dem Eierstock.« Noch einmal vergleiche ich die beiden Linien auf dem Teststäbchen. Kein Zweifel. Es ist höchste Zeit, das Bett frisch zu beziehen.

Am Abend tigere ich um kurz vor halb sieben nervös durch meine Wohnung und werfe alle dreißig Sekunden einen prüfenden Blick in den Spiegel. Meine armen Nerven! Idefix, den ich ins Wohnzimmer verbannt habe, winselt kläglich. Ich öffne die Wohnzimmertür und sogleich springt mir mein Hund fröhlich entgegen. Noch einmal erkläre ich ihm geduldig, dass er heute Nacht leider hier schlafen muss, weil seine ständige Pupserei möglicherweise empfängnisverhütend wirken könnte. Erstaunt sieht er mich aus seinen dunklen Knopfaugen an und leckt mir zärtlich über die Hand. Doch kaum mache ich Anstalten, ihn wieder alleine zu lassen, beginnt er laut zu wimmern. Na schön. Dann eben Bestechung. Aus der Abstellkammer hole ich einen riesigen Kauknochen, der fast größer ist als Idefix selbst und plötzlich scheint die Aussicht auf eine Nacht ohne sein Frauchen gar nicht mehr so schrecklich zu sein. Ohne mich noch eines Blickes zu würdigen, stürzt er sich auf das Ungetüm und schleppt es zu seinem Körbchen, das ich für heute neben das Sofa gestellt habe. Voller Hingabe beginnt er zu kauen und ich schließe lautlos die Türe hinter mir. Dann kontrolliere ich noch einmal mein Schlafzimmer, das von Dutzenden Teelichtern in warmes Licht getaucht ist. Geradezu romantisch. Bei diesem Gedanken erschrecke ich kurz. Schließlich sollen derartige Begriffe in meiner Beziehung zu Marko außen vor bleiben. Dennoch, ich habe es nun einmal gerne gemütlich beim Sex, zudem ist Kerzenlicht äußerst schmeichelhaft und ich habe wirklich keine Lust, mir am heutigen Abend Gedanken über meine Zellulite zu machen. Einer der wichtigsten Faktoren, um schwanger zu werden, ist, das habe ich hundertfach im Internet gelesen, Entspannung. Deshalb habe ich eben auch schon ein warmes Schaumbad genommen und mich danach in meine schönste, schwarze Spitzenwäsche und ein kuscheliges, hellgraues Wollkleid geworfen, das meine Figur vorteilhaft zur Geltung bringt, ohne zu beengen. Leider hat es überhaupt nichts genützt. Das Herz schlägt mir bis zum Hals und ich zittere am ganzen Körper vor Aufregung. Ein, zwei Gläser Prosecco wären genau das Richtige, um meine Nerven zu beruhigen, aber das wäre wohl keine so gute Idee. Das Klingeln der Türglocke reißt mich aus meinen Gedanken, drei Minuten später steht Marko vor mir. In den Händen hält er eine leuchtend gelbe Blume, die er mir mit einer kleinen Verbeugung überreicht.

»Die Narzisse als Symbol für Fruchtbarkeit.«

»Danke. Komm doch rein.«

»Ich hatte gehofft, dass du das im Laufe des Abends sagen würdest.« Er grinst mich schelmisch an und sieht dabei absolut hinreißend aus. Ich spüre, wie beinahe alle Anspannung von mir abfällt, als er einen Schritt auf mich zumacht und mich in seine Arme zieht. Seine Lippen, noch kühl von der winterlichen Luft draußen, streichen sanft über meine Wange und finden meinen Mund. Mir werden die Knie weich, während sein Kuss immer fordernder wird. »Wir sollten vielleicht in dein Schlafzimmer gehen«, flüstert er mir nach einer Weile ins Ohr, »auch wenn dein Fußboden sehr einladend aussieht. Aber ich habe gelesen, dass du nachher liegen bleiben solltest, da wüsste ich doch gerne, dass du es bequem hast.«

»Wie nett von dir.«

»So bin ich.« Er grinst und nimmt mich bei der Hand. »Hier lang, wenn ich mich nicht irre.« Mit aller Selbstverständlichkeit führt er mich ins Schlafzimmer, während mein Herz wieder wie verrückt in der Brust zu hämmern beginnt. Jetzt ist es gleich so weit. Wir werden miteinander schlafen und dabei, so Gott will, ein Baby zeugen. Ich folge Marko, der beim Anblick der vielen Kerzen einen leisen Pfiff ausstößt.

»Zu viel?«, frage ich, aber er schüttelt den Kopf.

»Sehr stimmungsvoll«, lobt er und zieht mich zu sich aufs Bett. »Nicht dass du irgendwelche Hilfsmittel bräuchtest, um einen Mann in Stimmung zu bringen.« War das jetzt ein Kompliment? Ich glaube schon.

»Danke.« Er presst sich an mich und ich spüre, wie eine wohlige Gänsehaut meinen ganzen Körper überzieht. Marko beginnt, mich leidenschaftlich zu küssen und ich bekomme gar nicht richtig mit, wie wir uns die Kleider vom Leib reißen. Minuten später sind wir beide nackt und ich lasse die Augen beim Küssen offen, weil dieser Mann einfach so unglaublich schön ist, diese langen, schlanken Beine, der flache Bauch, die sehnigen, aber nicht zu muskulösen Arme. Ich seufze verzückt, während seine Hände überall zu sein scheinen und mich schier in den Wahnsinn treiben. Als ich es kaum noch ertragen kann, umfasse ich mit einer Hand seinen Nacken und ziehe ihn halb über mich. »Na, dann komm mal rein«, flüstere ich. Er sieht mich an und schüttelt den Kopf.

»Noch nicht.«

»Wieso denn das?«, frage ich verblüfft.

»Ich habe gelesen, dass es für eine Zeugung förderlich ist, wenn die Frau sehr erregt ist.« Er bedeckt meinen Hals mit Küssen.

»Aber ich bin sehr erregt. Wirklich.«

»Da geht bestimmt noch was.« Er grinst und rutscht langsam an mir herunter, küsst erst meinen Hals, die Brüste, den Bauch. Okay, vielleicht geht wirklich noch was.

Ich habe jedes Zeitempfinden verloren, als wir schließlich erschöpft nebeneinander liegen. Vollkommen entspannt schmiege ich mich in Markos Arm und male mit dem Zeigefinger die Konturen seiner Bauchmuskeln nach. Es war gut. Sehr gut. Der beste Sex meines Lebens, was möglicherweise auch daran lag, dass Marko offensichtlich irgendwo gelesen hat, dass der Orgasmus der Frau die Chance auf eine Schwangerschaft deutlich erhöht und sich dementsprechend ausgiebig um mich bemüht hat.

»Kannst du Kopfstand?«, fragt er und ich sehe ihn irritiert an.

»Nein. Du?«

»Schon, aber das wird uns leider nichts nützen. Dann mach wenigstens 'ne Kerze.« Kerze? Ich verstehe nur Bahnhof. »Das unterstützt die Jungs auf ihrem Weg.«

»Ach so. Okay.« Eigentlich ist mir gerade überhaupt nicht nach Turnübungen zumute. Ein wenig mühsam schäle ich mich aus der Decke und werfe die Beine in die Luft. »Uff«, entfährt es mir. Kerze habe ich, glaube ich, seit der Grundschule nicht mehr gemacht. Innerhalb von Sekunden beginnen meine Handgelenke, die meinen Rücken stützen, zu schmerzen. Ich schiele in Markos Richtung, der mit einem amüsierten Grinsen auf der Seite liegt, den Kopf in eine Hand gestützt, und mich bei meinen Verrenkungen beobachtet. Plötzlich wird mir bewusst, dass ich in dieser Stellung vermutlich ein ziemliches Doppelkinn habe. Und auch mein Bauch, den ich jetzt direkt vor Augen habe, sieht irgendwie nicht besonders vorteilhaft aus. »Ich hab Durst«, fällt mir endlich ein Grund ein, Marko aus dem Raum zu schicken.

»Klar, ich hol dir was. Wasser?« Dann müsste er lediglich einmal in den Kühlschrank greifen.

»Wie lange muss ich so bleiben?«, frage ich ächzend und er zuckt mit den Schultern.

»Weiß nicht. 'ne Viertelstunde?«

»Was?« Ich bin entsetzt. »Das halte ich nicht durch. Meine Schultern sind jetzt schon ganz verspannt. Noch drei Minuten, dann höre ich auf.« Mein Bauch wirft irgendwie komische Falten. »Bitte mach mir einen Tee. Der

Wasserkocher steht auf der Arbeitsplatte, Teebeutel sind im Regal.«

»Okay. Kein Problem.« Endlich ist er weg, ich kann aufhören, über mein Doppelkinn nachzudenken und stattdessen die Befruchtung meiner Eizelle visualisieren. Ich schließe die Augen, versuche, den ansteigenden Schmerz in den Handgelenken zu ignorieren und lasse vor meinem inneren Auge ein Bild entstehen, das der Anfangsszene aus »Guck mal, wer da spricht« ähnelt.

»Los, Leute, hier geht's lang«, ruft ein Spermium und schwimmt seinen Kollegen voran. »Ich glaube, ich sehe da hinten was. Ja, ich kann es sehen. Das ist es. Da wollen wir hin. Kommt schon. Auf geht's.« Die Spermien stürzen sich auf die große, runde Eizelle und versuchen, mit ihren Köpfchen hineinzugelangen. »Wow, ganz schön schwierig. Los, Leute, nicht aufgeben. Oh, oh, oh, ich bin drin. Leute, ich bin ...«

»Hier ist dein Tee.« Ich öffne die Augen und rolle mich zurück in die Rückenlage.

»Danke.«

»Sag mal, wo ist denn eigentlich die kleine Stinkbombe?«

»Wer?«

»Na, Idefix.«

»Ach so. Der ist im Wohnzimmer.« Während ich das heiße Getränk schlürfe, beobachte ich Marko dabei, wie er seine ringsherum verstreuten Klamotten aufsammelt und beginnt, sich anzuziehen.

»Was machst du denn da?«

»Ich ziehe mich an.«

»Das sehe ich.« Er setzt sich auf die Bettkante und legt seine Hand auf meinen Bauch.

»Was ist, hast du Lust auf eine zweite Runde?«

»Na ja, vielleicht.« Daran hatte ich jetzt eigentlich gerade nicht gedacht, aber natürlich wäre es angenehm, die Option zu haben.

»Die Qualität der Jungs ist beim zweiten Mal nicht vergleichbar, es würde also überhaupt nichts bringen.«

»Ich verstehe«, murmele ich und bemühe mich, meine Enttäuschung zu verbergen.

»Morgen Abend sollten wir es noch mal tun.«

»Okay.«

»Gut.« Er schlüpft in Jeans und T-Shirt.

»Gehst du jetzt etwa?«

»Brauchst du noch was?« Ich überlege angestrengt. »Ich habe Hunger.«

»Kein Problem, ich bestelle dir was.«

»Chinesisch. Der Flyer hängt am Kühlschrank«, sage ich schnell. »Aber vergiss nicht, dass ich nicht an die Tür gehen kann«, rufe ich ihm hinterher, während er sich auf den Weg in die Küche macht.

»Na klar, so lange bleibe ich noch.«

Einen Berg von Kissen in den Rücken gestopft, als sei ich bereits hochschwanger, throne ich eine halbe Stunde später in meinem Bett, esse gebratene Nudeln mit Hühnchen und diskutiere mit Marko über Kindernamen. Das heißt, eine Diskussion ist es eigentlich nicht, wir werden uns schneller einig, als das Essen kalt werden kann. Von meinen Vorstellungen aus Kindertagen, Andreas, Michaela und Pamela, habe ich mittlerweile Abstand genommen. Unabhängig voneinander schlagen wir Elias für einen Jungen vor, was ich schon mal als gutes Omen interpretiere. Leider will Marko von Marie nichts wissen, aber ziemlich schnell einigen wir uns auf Isabella für ein Mädchen, was ich fast ebenso schön finde. Als Marko sich zum Aufbruch bereit macht, habe ich noch gar keine Lust, ihn gehen zu lassen.

»Würde es dir was ausmachen, hier zu schlafen?« Innerhalb des Bruchteils einer Sekunde erkenne ich, dass er am liebsten ja sagen würde.

»Warum?«, fragt er schließlich.

»Nur so. Ich mag es, wenn jemand neben mir schläft.«

»Ach ja, richtig. Dein Freund Daniel macht das ja wohl auch ziemlich häufig.« Daniel. Bei der Nennung seines Namens bekomme ich einen Kloß im Hals. Den Gedanken an ihn hatte ich in den letzten Stunden so schön verdrängt.

»Genau. Hat nichts mit Romantik zu tun. Ich finde es einfach gemütlich.«

»Ich nicht.« Er lächelt entschuldigend. »Ich habe das Bett am liebsten ganz für mich allein.«

»Dann halt nicht.«

»Also dann.«

»Lass Idefix bitte aus dem Wohnzimmer, ja? Damit wenigstens einer mir Gesellschaft leistet.« Unschlüssig steht er im Rahmen meiner Schlafzimmertür.

»Bist du etwa sauer?«

»Quatsch, natürlich nicht«, lüge ich nicht sehr überzeugend.

»Du bist sauer.«

»Ich finde bloß, du könntest mir den Gefallen ruhig tun.«

»Na schön.« Sich das T-Shirt über den Kopf ziehend kommt er wieder ins Zimmer und eine Minute später liegt er, nur in seiner schwarzen Calvin-Klein-Unterhose, neben mir.

»Weißt du, ich habe es als Kind geliebt, am Sonntagmorgen gemeinsam mit meinen Eltern im Bett zu liegen«, sage ich nachdenklich. »Mein Vater hat dann für sich und meine Mutter Tee gemacht und für mich Kakao. Und dann haben wir den ganzen Vormittag einfach nur rumgelegen, gelesen, gekuschelt.«

»Aha.« Offensichtlich begreift er nicht, worauf ich hinauswill.

»Wird unser Kind am Wochenende nie zu uns ins Bett kommen können?«

»Ach so, daher weht der Wind.« Er lacht. »Na klar kann es das. Wenn ich dich richtig verstanden habe, bin ich doch sowieso dazu verdonnert, für die Getränke zu sorgen. Dann kann ich ja einfach dazukommen. Ich habe überhaupt nichts dagegen, gemeinsam im Bett rumzufletzen. Nur schlafen möchte ich halt lieber allein.«

»Na, eine Nacht wirst du es schon aushalten.«

»Du hast ja keine Ahnung, was du von mir verlangst.« Er hebt die Bettdecke und lässt seinen Blick über meinen Körper gleiten, was mir schon wieder einen wohligen Schauer über den Rücken jagt. »Ich kann übrigens nicht garantieren, dass ich die Finger von dir lasse, wenn du die ganze Nacht nackt neben mir liegst.«

»Obwohl du dabei nur schwächliche Jungs ins Rennen schicken würdest?«, frage ich mit unschuldig aufgerissenen Augen. »Nur so zum Spaß?«

»Bisschen Spaß muss auch mal sein«, murmelt er und zieht mich an sich.

Kapitel 13

In dieser Nacht schlafe ich wie ein Baby und erwache erst, als Marko sich neben mir mit viel Getöse aus dem Bett wuchtet.

»Guten Morgen«, murmele ich verschlafen und blinzele mit einem Auge zu ihm hoch.

»Geht so«, antwortet er mürrisch und ich öffne auch noch mein anderes Auge.

»Hast du nicht gut geschlafen? Oder bist du einfach ein Morgenmuffel?«

»Beides.«

»Das tut mir aber leid.« Ich drehe mich auf den Rücken und räkele mich wohlig. »Ich habe wunderbar geschlafen.«

»Ja. Das hat man gehört!«

»Wie bitte?«

»Wenn ich gewusst hätte, dass du schnarchst, wäre ich nach Hause gegangen.« Plötzlich hellwach setze ich mich kerzengerade im Bett auf.

»Ich schnarche nicht!«

»Doch, das tust du. Ich gehe jetzt duschen. Hast du einen Kaffee für mich? Sonst stehe ich den Tag nicht durch.«

»Muss ich nicht noch liegen bleiben?«, frage ich hoffnungsvoll und grinse ihn an.

»Nein.« Völlig humorlos um diese Uhrzeit, der Mann.

»Schon gut, ich mache dir Kaffee. Du hast ja vielleicht eine Laune.«

»Ich habe doch gesagt, ich schlafe lieber alleine. Und heute Nacht gehe ich auf jeden Fall nach Hause.«

»Glaub nicht, dass ich dich noch mal bitten würde, zu bleiben«, grummele ich ihm hinterher. Dann werfe ich mir meinen Bademantel über und befreie erst mal meinen Hund aus seinem nächtlichen Gefängnis. Der hebt erstaunt ein Augenlid, als ich neben seinem Körbchen niederknie und ihn zwischen den Ohren kraule.

»Na, mein Kleiner, hast du gut geschlafen?« Er fiept und leckt träge über meine Hand. »Wenigstens einer, der heute Morgen nett zu mir ist.« Ich tapse in die Küche, um die Espressomaschine anzuwerfen. Ein Blick auf die Uhr zeigt, dass es erst halb acht ist. Kein Wunder, dass Marko schlecht drauf ist. Gähnend hole ich einen Topf aus meinem Herd und setze Milch auf. Zwei perfekte Latte Macchiato sind gerade fertig, als Marko frisch geduscht und nur in Jeans die Küche betritt.

»Danke, lieb von dir«, sagt er und setzt sich an den kleinen Tisch mir gegenüber. Ich sehe ihn finster an. »Mia, jetzt schau doch nicht so. Ich weiß, ich bin ein Ekel, wenn ich gerade aufgestanden bin. Aber nach einer Dusche und dem ersten Kaffee …«, er hält inne und nimmt einen großen Schluck, »bin ich wieder ganz mein entzückendes Selbst.«

»Ja, entzückend.«

»Du bist aber morgens auch ein bisschen empfindlicher als sonst, oder?«

»Ich bin ein ausgesprochener Morgenmensch«, sage ich, »aber selbst mir verhagelt es die Stimmung, wenn jemand, mit dem ich die ganze Nacht gevögelt habe, direkt nach dem Aufstehen rumstänkert und mir dann auch noch unterstellt zu schnarchen, nur damit er nie wieder bei mir übernachten muss. Keine Sorge, ich werde dich nicht noch einmal darum bitten!«

»Okay, okay, bitte entschuldige!« Marko hebt beschwichtigend die Hände. »Ich weiß, dass ich sehr unfreundlich war, es tut mir leid. Ehrlich.«

»Na schön, dir ist verziehen.«

»Danke.« Er gähnt und sieht ein wenig ratlos in seinen leeren Kaffeebecher. »Kann ich noch einen haben, bitte? Irgendwie wirkt der gar nicht.«

»Äh, na klar.« Mir fällt jetzt erst ein, dass die Espressobohnen in der Maschine koffeinfrei sind. Das traue ich mich aber nicht zu sagen.

»Am liebsten einen zweifachen Espresso. Ohne Milch.«

»Okay.« Ich fülle seinen Becher erneut und hoffe auf den Placeboeffekt. Marko leert ihn in einem Zug und schüttelt sich.

»Ah, das tut gut.«

»Bist du jetzt wach?«, erkundige ich mich amüsiert.

»Hellwach.«

»Wie schön.«

»Übrigens, Mia, ich habe nicht gelogen. Du schnarchst wirklich.«

»Fängst du schon wieder damit an?« Ich entreiße ihm die Tasse und stelle sie mit Schwung in die Spülmaschine. »Ich schnarche nicht.«

»Doch. Und zwar laut.«

»Meinst du nicht, dass mir das vielleicht schon mal irgendwer gesagt hätte, wenn dem so wäre? Schließlich bist du nicht der erste Mann, der jemals neben mir geschlafen hat.«

»Tja, keine Ahnung. Vielleicht hast du ja erst gestern damit angefangen.«

»Vielleicht hast du es auch nur geträumt«, sage ich spitz.

»Für wie blöd hältst du mich?« Ganz ehrlich? In diesem Moment? Für sehr blöd. Das sage ich aber lieber nicht. Marko wirft einen Blick auf die Uhr und sagt hastig: »Ich muss los. Wann soll ich heute Abend vorbeikommen?« Am liebsten gar nicht, denke ich, da nimmt er mich in den Arm. »Du bist doch noch dabei? Ich meine, das bisschen Gezanke ändert doch nichts, oder?« Ich schüttele den Kopf.

»Natürlich nicht. Um sieben?«

»Ich freue mich schon.«

»Ich mich auch.«

Der zweite Abend mit Marko ist noch schöner als der erste und als ich mich danach mit einiger Mühe in die Kerze wuchte, bin ich so entspannt wie schon lange nicht mehr. Ich stelle fest, dass es weit weniger anstrengend ist, wenn ich meine Füße fest gegen die schräge Wand über meinem Bett presse, und halte es deshalb viel länger aus als gestern. Marko kramt derweil in seiner Jeanstasche nach seinem Handy und beginnt, seine Mails zu checken. Ich beschließe, dass die Spermien eine faire Chance bekommen haben und lege mich neben ihn. Bis er schließlich aufspringt, um ins Badezimmer zu gehen. Als er zurückkommt, sammelt er seine Klamotten zusammen und beginnt sich anzuziehen. Den Kopf auf die Hand gestützt, sehe ich ihm dabei zu, und mein Herz ist plötzlich ganz schwer. Sei doch nicht albern, Mia, schimpfe ich mit mir selbst. Du wusstest doch, dass er heute Nacht nicht hierbleiben würde. Ist das denn jetzt wirklich so schlimm? Du schläfst doch schon seit Monaten alleine, von Daniels Besuchen einmal abgesehen. Der Gedanke an ihn macht mich noch trauriger.

»Ich gehe dann mal, okay?« Marko setzt sich auf meine Bettkante.

»Hmm.« Ich nicke.

»Ist alles in Ordnung?«

»Hmm.« Ich habe das Gefühl, gleich in Tränen ausbrechen zu müssen. Was ist nur los mit mir?

»Was ist denn los mit dir?«

»Nichts«, stoße ich hervor und fange an zu heulen. Panisch sieht Marko mich an. »Es ist wirklich nichts«, beteuere ich, während die Tränen mein Gesicht herunterströmen, »ich weiß auch nicht, warum ich heule. Ehrlich. Keine Ahnung. Beachte mich einfach gar nicht. Tschüss.«

»Tschüss? Glaubst du, ich gehe jetzt einfach, bevor du mir nicht gesagt hast, warum du weinst?«

»Aber ich weiß es wirklich nicht«, schluchze ich. Marko krabbelt zu mir ins Bett und nimmt mich fest in seine Arme. Ich lege den Kopf an seine Schulter und er streichelt mir sanft übers Haar. Nach und nach beruhige ich mich. »Tut mir leid. Keine Ahnung, was das war«, schniefe ich schließlich.

»Weißt du, was ich glaube?«, flüstert er mir ins Ohr. »Ich glaube, du bist schwanger.«

»Meinst du?«

»Ich habe nur zwei Erklärungen, wenn eine Frau grundlos anfängt zu heulen, entweder hat sie ihre Tage oder sie ist schwanger.« Mit einem Ruck hebe ich den Kopf.

»So was kann aber auch echt nur ein Mann sagen.«

»'tschuldigung.«

»Schon gut.«

»Geht's wieder?« Ich nicke und drehe mich auf den Rücken, während Marko aus dem Bett springt.

»Sag mal, bist du noch verabredet, oder wieso hast du es so eilig?« Ertappt sieht er mich an. »Bist du?«, frage ich fassungslos.

»Bloß auf ein Bier mit 'nem Kumpel«, sagt er. »Der kommt aus München und ist nur heute Abend hier. Ich dachte, es wäre nicht so schlimm.« Eigentlich hat er damit sogar Recht, oder? Warum zerplatzen vor meinem Auge dann rote Punkte? Ich atme tief durch und lächele zu ihm hoch.

»Ist es auch nicht. Viel Spaß!«

»Danke. Und du bleibst schön liegen, ja?«

»Na klar.« Ich nicke brav.

»Dann meldest du dich in zwei Wochen?«

»Was?« Perplex sehe ich ihn an. »Wieso in zwei Wochen?«

»Weil du dann einen Schwangerschaftstest machen kannst.«

»Ach so. Ja.«

»Ich habe ein gutes Gefühl.« Er strahlt mich an und gibt mir einen Schmatzer auf den Mund. »Das wird das süßeste Baby der Welt.«

»Ja«, sage ich.

»Und falls es wider Erwarten doch nicht geklappt hat, na ja …«

»Ja?«

»Dann freue ich mich schon auf nächsten Monat. Es war echt toll mit dir.«

»Ja.«

»Ich lasse dann noch Idefix raus, okay?«

»Ja.«

»Also dann, tschüss.«

»Tschüss.«

Sekunden später fällt die Haustür ins Schloss und ein völlig aufgekratzter Idefix springt zu mir ins Bett und rollt sich wohlig zusammen. Ich erwache aus meiner Starre und meine Gedanken beginnen zu rasen. Will er wirklich erst in zwei Wochen wieder mit mir sprechen? Nachdem ich einen Schwangerschaftstest gemacht habe? Und warum kommt mir das so unnatürlich, so falsch vor, obwohl es doch rational betrachtet durchaus Sinn macht? Wieder laufen mir die Tränen übers Gesicht. Ob ich wirklich schwanger bin und das sind schon die Hormone? Wäre das nicht ein bisschen sehr schnell? Wenn ich mich richtig erinnere, nistet sich ein befruchtetes Ei doch erst eine Woche nach dem Geschlechtsverkehr in der Gebärmutter ein. Wäre es da nicht logisch, dass vorher noch kein Hormoncocktail ausgeschüttet wird, der die Mutter grundlos flennen lässt? Ich weiß, wer mir diese Frage mit Sicherheit beantworten könnte, dummerweise liegt mein Handy auf dem Küchentisch und ich soll doch eigentlich nicht aufstehen. Aber egal, ich muss jetzt mit jemandem sprechen, sonst werde ich wahnsinnig. Also spanne ich den Beckenboden fest an, sprinte in die Küche, schnappe mir das Handy und springe zurück ins Bett. Idefix macht einen kleinen Hüpfer und wimmert im Schlaf. Ich kraule ihm den Rücken, während ich Katis Nummer wähle. Sie meldet sich schon nach dem ersten Klingeln.

»Nanu, ich dachte, du bist eifrig am Vögeln!«

»War ich auch. Aber jetzt ist er wieder weg.« Ich fange schon wieder an zu heulen. Was ist bloß los mit mir?

»Süße, was ist denn?«

»Ich weiß es doch auch nicht«, schluchze ich, »ich kann einfach nicht aufhören zu weinen.«

»Einfach so?«

»Keine Ahnung. Eigentlich war alles in bester Ordnung. Wir haben miteinander geschlafen, und als er dann aufgestanden ist und sich verabschiedet hat, ging es mir plötzlich total schlecht.«

»Hmm.«

»Was heißt hier hmm? Ist das alles, was du dazu zu sagen hast?«

»Warum ist er nicht einfach dageblieben?«

»Weil er lieber alleine schläft«, bringe ich, von Schluchzern unterbrochen, hervor.

»Mia, bist du etwa unglücklich, weil er weg ist?« Ertappt zucke ich zusammen.

»Na ja, es ist jetzt plötzlich so still in der Wohnung«, sage ich ausweichend. »Und es war so schön mit ihm, weißt du.«

»Ihr hattet also tollen Sex?«

»Ja.«

»Bist du gekommen?«

»Äh, ja«, sage ich nach kurzem Zögern, weil ich eigentlich nicht der Typ Frau bin, der so etwas unbedingt mit ihrer Freundin besprechen muss. Mir kommen auch die Fernsehserien, in denen sich Freundinnen freizügig über die Ausstattung und sexuellen Qualitäten von Männern austauschen, eher an den Haaren herbeigezogen vor.

»Und hast du jetzt zufällig das Gefühl, dass du dich in Marko verliebt haben könntest?«, fährt Kati mit ihrem Verhör fort.

»Quatsch«, antworte ich zu schnell. »Das geht doch nicht. Keine romantischen Gefühle, so ist die Abmachung.«

»Süße, falls es dich beruhigt, du kannst nichts dafür.«

»Wie bitte?« Ich habe nicht die leiseste Ahnung, wovon sie spricht.

»Es liegt an einem gewissen Hormon namens Oxytocin. Eigentlich wird es beim Geburtsprozess ausgeschüttet und sorgt dafür, dass die Mutter sofort eine starke emotionale Bindung zu ihrem Baby aufbaut.«

»Aha. Und was hat das mit mir zu tun?«, frage ich ungeduldig.

»Jetzt hör mir doch erst mal zu Ende zu. Das gleiche Hormon entsteht in deinem Körper, wenn du einen Orgasmus hast. Das ist der Grund, weshalb Frauen sich so oft verlieben, auch wenn sie ursprünglich nur mal mit jemandem ins Bett hüpfen wollten. Durch das Oxytocin fühlen sie sich dem Mann verbunden.« Mir läuft ein Schauer über den Rücken und ich ziehe mir die Decke bis unters Kinn hoch. Dabei steigt mir der Duft von Marko in die Nase, den er in meinem Bett hinterlassen hat. Es riecht nach Aftershave, frischem Schweiß und Mann. Sex. Plötzlich weiß ich, was mit mir los ist. Ich vermisse Marko.

»O Gott«, stöhne ich, als mir das ganze Ausmaß der Situation bewusst wird. »Verdammt, Kati, ich glaube, du hast Recht. Ich bin verliebt in Marko. So ein Mist! Warum hast du mir das denn nicht früher gesagt?«

»Ich hab ehrlich gesagt nicht dran gedacht«, gibt sie zerknirscht zurück. »Außerdem konnte ich ja nicht ahnen, dass … Also, ich meine, wenn sie einfach so zwecks Zeugung mit jemandem ins Bett geht, ist es ja nicht selbstverständlich, dass frau dabei einen Orgasmus hat.«

»Marko meinte, das erhöht die Wahrscheinlichkeit für eine Befruchtung«, flüstere ich. »Sag mal, Kati, und was ist mit dem Mann? Schüttet der auch dieses Oxydings aus?«

Hoffnungsvoll lausche ich in den Hörer, aber der schwere Seufzer, den Kati ihrer Antwort vorausschickt, sagt schon alles.

»Schon, aber leider macht das Testosteron, das gleichzeitig durch den Körper flutet, die Wirkung zunichte.«

»Ich verstehe.« So unbeschwert, wie Marko aus meinem Bett gehüpft ist, hätte mich alles andere auch sehr gewundert. »Wer hat sich denn so etwas bloß ausgedacht? Wozu soll das gut sein?«

»Darüber streiten sich die Wissenschaftler. Manche behaupten, dass die Frau zur Aufzucht ihrer Nachkommen auf den Mann angewiesen ist und dass es deshalb Sinn macht, wenn sie sich nach dem Sex in ihn verliebt.«

»Aber das ist doch vollkommen bescheuert. Es wäre doch viel sinnvoller, wenn *er* sich in *sie* verliebt, damit er bei ihr bleibt und sich mit ihr gemeinsam um die Kinder kümmert.« Ich presse eine Hand auf meinen Unterleib und plötzlich wird mir schlecht vor Angst. »Was ist denn, wenn ich jetzt schwanger bin und er es sich anders überlegt?«

»Der Gedanke kommt dir erst jetzt? Ich denke, ihr wolltet einen Vertrag abschließen.«

»Schon, aber ich habe mich noch nicht darum gekümmert. Nach der Sache mit Daniel … Sag mal, hast du mit ihm gesprochen? Meinst du, er überlegt es sich noch mal?«

»Klang für mich nicht so. Tut mir leid, Süße.«

»Ja. Kannst du ja nichts für.«

»Auf jeden Fall solltest du dir schleunigst einen Anwalt besorgen und mit Marko einen Vertrag aufsetzen. Ich kann nicht glauben, dass du so verantwortungslos bist.«

»Ist ja gut. Ich kümmere mich gleich morgen drum.

Aber ich glaube, du unterschätzt ihn da. Er würde sich niemals einfach so aus dem Staub machen. Er ist ein toller Mann.« Kati stöhnt.

»Da spricht die Frau mit der rosaroten Brille.«

»Ich fand auch vorher schon, dass er ein toller Mann ist. Aber apropos, sag mal, wann lässt denn die Wirkung von diesem Hormon nach?«

»Keine Ahnung.«

Die beiden Parteien
Mia Sommer (im Vertrag »Partnerin« genannt)
und
Marko Graf (im Vertrag »Partner« genannt)
schließen zur Regelung ihres künftigen Zusammenlebens einen
Partnerschaftsvertrag
folgenden Inhalts.

§ 1

Die Parteien beabsichtigen, gemeinsam ein Kind zu zeugen. Sie erklären ausdrücklich, zum Wohl des Kindes bis zu dessen 18. Geburtstag in einer Wohnung zusammenleben zu wollen. Innerhalb der Wohnung haben beide Parteien jeweils einen Raum, über dessen Nutzung ausschließlich die Partnerin bzw. der Partner bestimmt. Die Nutzung auf Dritte zu erweitern ist ausgeschlossen, sobald das gemeinsame Kind geboren ist. Ausnahmen bedürfen der Zustimmung des jeweils anderen Partners.

§ 2

An jeweils zwei Abenden in der Woche ist jede Partei – zeitlich unbegrenzt – von der Betreuung des Kindes entbunden und kann der Wohnung in dieser Zeit ohne nähere Begründung fernbleiben. An den übrigen Tagen obliegt den Parteien die Betreuung des Kindes gemeinsam.

§ 3

Der Partner erklärt, im ersten Lebensjahr für den Unterhalt des Kindes vollumfänglich Sorge zu tragen. Im Gegenzug unterbricht die Partnerin ihre berufliche Tätigkeit für ein Jahr, um die Betreuung des Kindes während des Tages zu übernehmen. Nach dem ersten Geburtstag des Kindes werden die Partner die Miete, anfallende Kosten der Haushaltsführung und den Unterhalt des Kindes hälftig übernehmen.

§ 4

Über die in die Wohnung eingebrachten Gegenstände wird ein Eigentümer-Verzeichnis erstellt, das diesem Vertrag als Anlage beigefügt wird.

§ 5

Für den Fall des Vertragsbruches wird eine Vertragsstrafe von 10 000 Euro festgelegt. Fortlaufende Unterhaltsansprüche des Kindes an den Partner bleiben hiervon unberührt. Das Sorgerecht erhält in diesem Fall die Partnerin.

Hamburg, den …

....	....	....
(Mia Sommer)	(Marko Graf)	(Klaus Schmidt, Rechtsanwalt)

Die nächsten Tage versuche ich, mich so gut wie möglich mit Arbeit abzulenken, schaue aber dennoch alle dreißig Minuten auf mein Handy und bin jedes Mal enttäuscht, dass ich von Marko nicht das geringste Lebenszeichen erhalte. Keine SMS, kein Anruf, keine E-Mail, nichts. Nach drei Tagen kommt der Vertrag vom Anwalt und ich habe endlich einen guten Grund, seine Nummer zu wählen.

»Graf!«

»Hier ist Mia.«

»Hi.«

»Hi!«

»Was kann ich für dich tun?« Allein beim Klang seiner Stimme bekomme ich Herzklopfen, dieses verfluchte Oxytocin will offensichtlich noch nicht nachlassen. Aber Marko darf auf keinen Fall mitbekommen, dass irgendetwas nicht nach Plan läuft. »Mia? Bist du noch da?«

»Der Vertrag. Ich rufe an wegen des Vertrags«, sage ich deshalb betont sachlich. »Ich habe einen Entwurf hier bei mir liegen, wenn du magst, komm doch heute Abend vorbei.«

»Reicht es nicht, das zu machen, falls du wirklich schwanger bist?«

»Nein.«

»Okay«, antwortet er friedfertig, während ich noch über eine gute Begründung nachdenke. »Dann komme ich nach der Arbeit vorbei. So gegen sieben?«

»Ich wollte mir heute Abend ein Gemüsecurry kochen. Willst du mitessen?«

»Du kochst für dich alleine?«

»Als werdende Mutter kann ich mich doch nicht von Fast Food ernähren. Aber zu zweit ist es natürlich immer netter. Und lohnt sich auch mehr.« Ich sage es beiläufig, lausche aber gespannt in den Hörer.

»Na dann, klar, ich esse gerne mit.«

»Schön. Dann bis nachher.«

»Bis dann!« Freudestrahlend lege ich den Hörer auf und tanze durch die Wohnung. Erst als mich der höchst verwunderte Blick von Idefix trifft, halte ich inne. Tanzen kann ich immer noch, jetzt habe ich erst mal eine Menge zu tun. Ich muss ein einfaches und trotzdem genießbares Curryrezept auftreiben. Lebensmittel einkaufen. Das erste Curry meines Lebens kochen.

Um kurz vor sieben lasse ich die letzte Schale vom Indischen Bestellservice im Papierkorb verschwinden, während gleichzeitig mein Drucker rattert und es an der Tür klingelt. Ein letzter prüfender Blick in den Spiegel bestätigt mir, dass ich hübsch, aber nicht aufgedonnert aussehe: sorgfältig geschminkt, die Haare leicht strubbelig, knackig enge Jeans und einen weichen, dunkelroten Kaschmirpullover. Im Türrahmen werfe ich mich in Pose und beobachte von oben, wie Marko die Treppe zu meiner Wohnung erklimmt.

»Wow, du siehst toll aus«, ist das Erste, was er sagt, und ich werde rot vor Freude.

»Dankeschön. Du bist auch nicht übel.« Das ist die Untertreibung des Jahrtausends.

»Vielen Dank.« Er beugt sich zu mir runter und ich halte ihm erwartungsvoll mein Gesicht entgegen. Zu spät erkenne ich, dass er mir lediglich ein freundschaftliches Küsschen auf die Wange geben wollte, statt mich, wie erhofft, leidenschaftlich auf die Lippen zu küssen. So landet er irgendwo an meinem Mundwinkel und ich lache verlegen. Dabei bin ich eigentlich enttäuscht. Nach allem, was wir vor vier Tagen miteinander im Bett veranstaltet haben, gibt's jetzt nur scheue Wangenküsschen?

»Komm doch rein!« Im Flur beugt er sich zu Idefix hinunter, der ihn mit einem gnädigen Schwanzwedeln begrüßt, und hält dann schnuppernd die Nase in die Luft.

»Hm, riecht das gut hier. Hattest du nicht gesagt, du kannst nicht kochen?« So ein Mist. Jetzt fällt es mir wieder ein, das habe ich tatsächlich gesagt. Und zwar, als es darum ging, wie wir die häuslichen Pflichten zwischen uns aufteilen wollen.

»Stimmt, ich kann nicht kochen«, sage ich zerknirscht, während wir die Küche betreten. Zum Beweis hebe ich den Deckel meines Mülleimers an. »Das Curry ist vom Lieferservice.«

»Aber hast du nicht gesagt …?«

»Ich wollte es wirklich selber versuchen, aber dann habe ich mich gerade noch rechtzeitig darauf besonnen, dass ich auf dem Gebiet völlig talentfrei bin«, rede ich mich raus und hoffe, dass er mich jetzt nicht für komplett durchgeknallt hält. Aber er sieht eigentlich ganz amüsiert aus.

»Ach, schade, und ich dachte schon, ich würde die nächsten achtzehn Jahre mit einer exzellenten Köchin verbringen.«

»Leider nicht.« Bedauernd hebe ich die Schultern. »Aber ich kenne jeden Lieferservice der Stadt und das hier …«, ich hebe den Deckel des Topfes, in dem das Curry verführerisch vor sich hinblubbert, »ist das beste Curry Hamburgs. Ehrlich.«

»Du hast es umgefüllt?«

»Ähm, ja, es kam ein bisschen früh und da dachte ich, ich mache es noch mal warm.«

»Verstehe. So weit reichen deine Kochkünste also doch.«

»Halt die Klappe.« Ich wende mich wieder dem Herd zu. Er stellt sich dicht hinter mich und schaut mir über die Schulter. Seine plötzliche körperliche Nähe macht mich nervös.

»Hübsche Jeans, die du da anhast«, raunt er mir zu. »Sie betont deinen Hintern.« Und schon liegt seine Hand auf selbigem.

»Was machst du denn da?«

»Entschuldige, ich konnte nicht widerstehen.« Er zieht die Hand zurück. Bevor er nun auch noch einen Schritt von mir weggehen kann, drehe ich mich zu ihm um. Sein Mund ist nur zwei Zentimeter von meinem entfernt.

»Ich bin aber im Moment gar nicht fruchtbar«, flüstere ich.

»Ich weiß. Vielleicht bist du sogar schon schwanger. Von mir.«

Ich nicke atemlos. »Vielleicht.«

»Es gibt also gar keinen Grund, weshalb wir miteinander schlafen sollten.«

»Nein, keinen einzigen.« Ich schüttele den Kopf und muss mich an der Arbeitsplatte hinter mir festhalten, weil mir unter seinem Blick die Knie weich werden.

»Schade eigentlich, oder?« Seine Lippen streichen über meine Wange.

»Ein bisschen.«

»Ein bisschen?« Seine blauen Augen funkeln und er presst sich an mich. Wenn ich vorher noch daran gezweifelt habe, so ist es spätestens jetzt eindeutig: Er will mich. Und ich will ihn auch. Er küsst mich leidenschaftlich, hebt mich hoch, als wäre ich leicht wie eine Feder und trägt mich ins Schlafzimmer.

»Warte mal, das geht doch nicht«, sage ich halbherzig, als er mich auf der Matratze ablegt.

»Nur so zum Spaß«, flüstert er und beißt mir in den Hals. »Es ist zu schön mit dir, um es nur einmal im Monat zu tun.« Verzückt schließe ich die Augen. Das sind doch tolle Aussichten.

Viel später liegen wir erschöpft nebeneinander und ich bin gerade im Begriff, einzunicken, als Idefix bellend ins Zimmer gestürzt kommt. Ihm folgt ein durchdringender Geruch.

»Idefix«, sage ich anklagend, dann stutze ich. Das ist gar nicht einer seiner üblichen Stinkangriffe. Es riecht beißend und irgendwie angebrannt. »Verdammt, das Essen«, fluche ich und stürze splitterfasernackt in die Küche, wo sich die schwarzen Überreste des besten Currys Hamburgs für die Ewigkeit in den Topfboden einbrennen. Ich ziehe es von der Herdplatte, verbrenne mir am glühend heißen Griff die Finger und lasse Wasser in den Topf laufen, das zischend verdampft, während Idefix immer noch wie ein aufgescheuchtes Huhn um mich herumspringt. »Schon gut, mein Kleiner, ist nichts passiert. Danke für die Warnung.« Ich gebe ihm ein Leckerli und stapfe zurück ins Schlafzimmer, wo Marko grinsend mit hinter dem Kopf verschränkten Armen auf mich wartet.

»Mir wäre sowieso mehr nach Pizza.«

»Wieso hast du das denn nicht gleich gesagt?«, frage ich und lege mich neben ihn ins Bett.

»Ich dachte, wenn du schon mal kochst. Du kleine Lügnerin.« Er beginnt, mich zu kitzeln, bis ich japsend um Gnade winsele. Und dann tun wir es noch einmal. Nur so zum Spaß.

Kapitel 14

»Mia, wie alt bist du? Sechzehn?« Vorwurfsvoll sieht Kati mich über den Schaum ihres Latte Macchiato hinweg an. »In deinem Alter solltest du wirklich wissen, dass das überhaupt nichts zu bedeuten hat.«

»Aber …«

»Am wenigsten, dass Marko sich auch in dich verliebt hat.«

»Aber es könnte sein«, beharre ich. »Es ist nicht unmöglich.«

»Na schön, unmöglich vielleicht nicht«, gibt meine Freundin unwillig zu. »Aber für sehr wahrscheinlich halte ich es nicht.«

»Und warum nicht?« Jetzt bin ich doch ein bisschen beleidigt. Bin ich etwa nicht liebenswert?

»Mia, du bist eine süße, hübsche Frau, es geht gar nicht darum, ob du es nicht wert bist, dass sich ein Mann in dich verliebt.« Immerhin kennen wir uns schon seit der Grundschule, und Kati ist ziemlich gut darin, meine Gedanken zu lesen. »Aber ausgerechnet Marko. Er hat doch gesagt, dass er mit romantischen Gefühlen abgeschlossen hat.« Noch ehe ich den Mund öffnen kann, fährt sie fort: »Und im Gegensatz zu dir meinte er das vermutlich wirklich ernst.«

»Ich meinte es auch ernst.«

»Ja, Süße. Für fünf Minuten. Wobei ich rückblickend befürchte, dass dein kleines, romantisches Herz schon damals bei dieser Hochzeit begonnen hat, für den Kerl zu schlagen.« Fast automatisch erscheint vor meinem inneren Auge die Erinnerung an ein Paar, umwirbelt von Schneeflocken, das küssend auf dem Kirchenvorplatz steht. Bevor nun auch noch sanfte Geigenmusik einsetzt, verscheuche ich den Gedanken wieder. Mist.

»Ich gebe zu, dass ich ihn attraktiv fand. Aber das habe ich doch auch nie geleugnet. Du hast selbst gesagt, dass es ein Urinstinkt ist, sich den schönsten Mann auszusuchen. Wegen der genetischen Fitness.«

»Ja, ja, schon gut.« Sie sieht mich mitleidig an.

»Was mache ich denn jetzt?«

»Ich glaube nicht, dass du gerne hörst, was ich dir jetzt sage. Aber meiner Meinung nach hast du nur eine Möglichkeit. Also, eigentlich zwei. Entweder es ist noch mal gutgegangen und du bist nicht schwanger. Dann solltest du schleunigst die Finger von dem Kerl lassen.« Sofort wünsche ich mir nichts sehnlicher, als schwanger zu sein. Ja, ich lege sogar schützend eine Hand auf meinen Unterleib, was von Kati mit einem Augenrollen kommentiert wird. »Ist schon klar. Na schön, falls es doch geklappt hat, kann man nur hoffen, dass der Kerl sich an die Abmachung hält.«

»Und sich mit der Zeit auch in mich verliebt«, ergänze ich hoffnungsvoll.

»Ja, genau«, kommt es wenig überzeugt zurück. »Hat er denn mittlerweile irgendwas unterschrieben?«

»Ja.« Ich reiche ihr den Vertrag.

»Na, wenigstens etwas.«

»Du bist keine große Hilfe, finde ich.«

»Tut mir leid. Ich kann einfach nicht glauben, in was für einen Schlamassel du dich mal wieder reingeritten hast.«

»Musst du gerade sagen.«

»Hast Recht. Jetzt lebe ich bald mit einem Mann und einem Schreihals in einer Wohnung. Furchtbar.« Ich finde das eigentlich eine schöne Vorstellung, aber Kati macht ein Gesicht, als stünde ihr ein Leben am Polarkreis bevor. Das ist nämlich so ziemlich das Schlimmste, was ich mir vorstellen kann. In einem Haus aus Eis zu wohnen. Ohne Heizung. Kati dagegen wird zu Paul in seine Achtzig-Quadratmeter-Altbauwohnung im schicken Stadtteil Winterhude ziehen. Ich finde, man kann es schlechter treffen.

»Du Arme«, spotte ich deshalb, »deine Probleme möchte ich haben.«

»Versprichst du mir, diesen dummen Plan aufzugeben, wenn der Schwangerschaftstest negativ ist?«

»Aber ich …«

»Jetzt mal ganz im Ernst. Ich sage es nur ungern, aber im Nachhinein muss ich Daniel Recht geben. Ganz offensichtlich kennt er dich doch noch ein bisschen besser als ich, und er wusste, dass du in den Kerl verliebt bist, bevor es dir selber klar war. Damit ist eure ganze großartige Idee natürlich hinfällig. Und ich muss sagen, in dem Fall hättest du dich tatsächlich besser für Daniel entschieden.«

»Aber du hast doch gesagt …«

»Da wusste ich noch nicht, dass es doch wieder dein Herz war, das entschieden hat. Und nicht deine Mu… Entschuldigung, deine Vagina.«

Ich starre einen Moment schweigend vor mich hin, dann frage ich: »Hast du was von ihm gehört? Von Daniel?« Sie nickt. »Wie geht es ihm?«

»Okay.«

»Meinst du, er meldet sich bei mir?«

»Würde ich nicht mit rechnen.«

»Was mache ich denn bloß?« Sie legt mir beruhigend eine Hand aufs Knie.

»Eins nach dem anderen. Du wartest jetzt erst mal ab, was der Schwangerschaftstest ergibt. Und dann kannst du weitersehen. Ich bin eigentlich fast sicher, dass sich die Sache von selbst erledigt. So schnell wird man nicht schwanger.«

»Du schon.«

»Ja, ich schon.«

Fünf Schwangerschaftstests unterschiedlicher Marken liegen vor mir auf dem Badewannenrand. Mein Blick gleitet von einem Anzeigefeld zum nächsten. Hier zwei rosafarbene Striche, da ein blaues Kreuz, dort das Wort Schwanger. Das Ergebnis ist wohl ziemlich eindeutig. Ich setze mich auf den Badezimmerfußboden und horche in mich hinein. Wie fühle ich mich? Wen möchte ich anrufen? Ich fühle gar nichts und möchte jetzt am liebsten mit Daniel sprechen. Weil das nicht geht, erhebe ich mich seufzend von den Fliesen und beschließe, erst mal einen Spaziergang zu machen, um den Kopf frei zu bekommen.

Als ich vor die Tür trete, scheint die Sonne vom strahlend blauen Februarhimmel, sodass ich die Augen zukneifen muss. Die kalte Winterluft weht mir ins Gesicht und ich ziehe meinen dicken, bunten Wollschal bis über die Nase hoch. Bedächtig setze ich einen Fuß vor den anderen. Während ich an der Ampel auf Grün warte, tritt eine hochschwangere Frau neben mich, die aussieht, als hätte sie einen Medizinball verschluckt. Sie lächelt mich freundlich an und ich lächele zurück. Dann springt die

Ampel um, und ich gehe weiter. Vorbei an einer Mutter mit einem Kinderwagen an der einen und einem kleinen Mädchen an der anderen Hand. Schließlich lasse ich mich auf einer Bank nieder, beobachte die Spaziergänger und wundere mich darüber, dass offensichtlich jede einzelne Frau in Hamburg entweder hochschwanger oder Mutter zu sein scheint. War das schon immer so? Irgendwann wühle ich aus meiner Handtasche mein Telefon hervor. Einmal tief durchgeatmet, dann wähle ich mit zitternden Fingern Markos Nummer. Schon nach dem ersten Klingeln geht er dran.

»Ich hatte gehofft, dass du anrufst.«

»Wirklich?«

»Ja. Du hast dich nach unserem letzten Treffen gar nicht mehr gemeldet. So etwas darfst du doch nicht mit mir machen, da komme ich mir doch benutzt vor. Wie ein Lustknabe, an dem du dich befriedigst, wie es dir passt.«

»Aber so ist das doch gar nicht«, beeile ich mich zu beteuern, doch ehe ich zu weiteren Ausführungen ausholen kann, unterbricht er mich lachend.

»Doch, genauso ist es. Und das ist auch gut so.«

»Ach so, ja. Klar.« So ein Mist.

»Und? Treffen wir uns heute Abend?« Seine Stimme hat wieder diesen verführerischen Unterton, sodass ich beinahe vergesse, aus welchem Grund ich eigentlich angerufen habe.

»Von mir aus. Ich … Wir haben was zu feiern«, stoße ich hervor und plötzlich herrscht Totenstille am anderen Ende der Leitung. Ich umklammere mein Telefon so heftig, dass meine Hand wehtut, und lausche atemlos. Jetzt sag doch was. Irgendwas. Aber am liebsten, dass du außer dir bist vor Freude.

»Das gibt es doch nicht.« Begeistert klingt er nicht. Eher perplex. »Du bist schwanger? So schnell?«

»Ich habe fünf Tests gemacht. Kein Zweifel möglich.«

»Das ist ja …«

»Ja?«

»Großartig!«

»Wirklich?« Ich bin so erleichtert, dass ich beinahe das Handy fallen lasse.

»Natürlich! Wahnsinn!«

»Ja. Wahnsinn.« Mich überschwemmt eine Welle von Glücksgefühlen und erst jetzt realisiere ich, was hier gerade passiert. Ich bin schwanger. Endlich. Seit zehn Jahren warte ich auf diesen Moment, was rede ich, seit ich mit drei Jahren mein erstes Puppenkind geschenkt bekommen habe. Und auch wenn meine Träume von einer Familie damals ein bisschen anders aussahen, so stimmen doch wenigstens die Eckdaten. Ein gutaussehender Mann, ein wunderhübsches Kind und ich.

Nur ein paar Stunden später stehe ich in einem riesigen Raum mit hohen Decken. Große Flügeltüren, an denen der Lack abblättert, führen in ein weiteres Zimmer. Entsetzt sehe ich mich um. Renovierungsbedürftig ist gar kein Ausdruck. Diese Wohnung ist vollkommen verfallen. Der Putz rieselt von den Wänden, die hässliche braunorange Tapete hängt in Fetzen von der Wand, ein fleckiger Teppich undefinierbarer Farbe bedeckt den Fußboden. Marko, der mich durch den langen, gebogenen Flur zum nächsten Raum führt, scheint diese Missstände überhaupt nicht zu bemerken.

»Und sieh dir das an, eine riesige Wohnküche«, erklärt er begeistert und öffnet eine blaue Tür, die mit einem hässlichen Quietschen aufschwingt. Dahinter kommt ein großer, quadratischer Raum zum Vorschein, dessen Wände bis auf halbe Höhe mit altmodischen blau-weißen Kacheln gefliest sind. In einer Ecke steht einsam und verlassen eine schmutzig weiße Spüle, und der Boden ist mit dem hässlichsten Linoleum ausgelegt, das ich je gesehen habe. Die Farbe erinnert an angelaufene Leberwurst. »Toll, was?«

»Sehr toll.« Er nimmt den ironischen Unterton in meiner Stimme nicht wahr.

»Wir könnten eine hellblaue Küchenzeile einbauen, sieh doch nur, diese alten Fliesen, kaum eine ist kaputt.« Ich zähle kurz durch und komme immerhin auf ein gutes Dutzend gesprungene Kacheln. »Hier kommt ein robuster Holztisch hin, so ein richtig großer, an dem man mit vielen Leuten essen kann. Und der Boden, schau mal …« Er hockt sich in eine Ecke und reißt mit einem Ruck an dem Leberwurstlinoleum. »Holzdielen.« Er strahlt wie ein kleiner Junge. »In der ganzen Wohnung. Das heißt, wir reißen einfach den ganzen Quatsch raus, schleifen die Dielen ab und schon haben wir den tollsten Fußboden.« Seine blauen Augen leuchten, während er sich in der Küche umschaut. Weil ich ihm nicht die Freude verderben will, lasse ich auch noch einmal meinen Blick schweifen und stelle mir vor, wie man diesem heruntergekommenen Raum neuen Glanz verleihen könnte. Ja, doch, es wäre möglich. Mit einer modernen Küche. Farbe an den Wänden. Und einer Menge Arbeit. Marko greift nach meiner Hand und fährt mit der Wohnungsbesichtigung fort. »Diese beiden Zimmer sind etwa gleich groß, du kannst dir aussuchen, welches du haben möchtest.«

»Das hier«, sage ich spontan, denn es hat einen kleinen,

verschnörkelten Balkon. Ich trete nach draußen und sehe hinunter auf den Hinterhof mit der kleinen, von kahlen Bäumen umsäumten Rasenfläche. Im Sommer hat man hier bestimmt einen tollen Ausblick ins Grüne. Marko zieht mich weiter in einen kleineren Raum mit niedlichem Erkerfenster.

»Das Kinderzimmer«, sagen wir wie aus einem Mund und schon entsteht es vor meinem inneren Auge. In frischem Gelb gestrichene Wände, eine Borte aus Teddybären, ein Himmelbett, die dazu passende Wickelkommode ...

»Und du bist sicher, dass wir das hinkriegen?«, frage ich, um mich selbst wieder auf den Teppich zu bringen. »Ich meine, im Moment ist es doch noch eine ziemliche ...«

»Bruchbude?« Gott sei Dank, er hat also doch noch nicht allen Sinn für die Realität verloren. Ich nicke erleichtert. »Mach dir keine Sorgen. Das ist nicht die erste Wohnung, die ich auf Vordermann bringe. Ist sozusagen mein Hobby. Und die Miete ist unschlagbar günstig. Vier Zimmer mitten in Eppendorf, das bekommst du zu dem Preis sonst nicht.«

»Ich habe zwei linke Hände«, betone ich zur Sicherheit noch einmal. »Und außerdem bin ich schwanger.« Er lacht und legt die Arme um mich.

»Habe ich kapiert, Prinzessin. Keine Sorge, bis du hier einziehst, ist alles komplett fertig renoviert.« Ich schmiege mich an ihn. »Meine Wohnung sah übrigens auch mal so aus.«

»Wow.« Ich bin ehrlich beeindruckt, denn auch wenn ich ihn nur einmal ganz kurz besucht habe, ist mir dieser Traum von einer Altbauwohnung noch lebhaft in Erinnerung.

»Willst du sie dir vielleicht noch mal angucken? Ist ja nur zwei Häuser weiter.« Verführerisch lächelt er mich an.

»Du willst, dass ich mit zu dir nach Hause komme?«

»Na klar. Wir haben doch was zu feiern.«

»Du kannst mich aber danach nicht einfach in die Nacht hinausschicken!«

»Wonach?« Er grinst frech. Ich haue ihm auf den Oberarm.

»Im Ernst. Das geht nicht. Wenn du dein Bett für dich alleine haben willst, dann müssen wir zu mir fahren.« Einen kurzen Augenblick sieht er mich nachdenklich an, dann schüttelt er den Kopf.

»So lange kann ich nicht warten.«

Mitten in der Nacht wache ich auf und sehe mich verwirrt um. Wo bin ich? Der Vollmond scheint durch die schmalen, hohen Fenster herein und taucht das Zimmer in schummriges Licht. Schwarzer Kleiderschrank, Flachbildfernseher, breites Bett mit schwarzer Satinbettwäsche. Ich kuschele mich zurück in die Decke und warte darauf, dass Marko zurückkommt. Wahrscheinlich bin ich aufgewacht, weil er aufgestanden ist, um aufs Klo zu gehen. Die Minuten verstreichen. So lange kann doch kein Mensch im Badezimmer bleiben. Ich wühle mich aus dem Deckenberg und tapse, nur mit Markos T-Shirt bekleidet, barfuß über den Parkettfußboden in Richtung des karg, aber geschmackvoll eingerichteten Wohnzimmers. Auf der Couch liegt, in eine braune Wolldecke gewickelt, Marko und schläft tief und fest. Deutlich lauter stampfe ich die letzten paar Schritte auf ihn zu. Baue mich mit verschränkten Armen vor ihm auf. Räuspere mich. Er rührt sich nicht. Entschlossen greife ich nach der Decke und zerre daran.

»Was soll denn das?«, fragt er, ohne die Augen zu öffnen.

»Das wollte ich dich auch gerade fragen. Warum schläfst du auf dem Sofa?«

»Weil du schnarchst.«

»Ich schnarche nicht!«

»Bitte lass meine Decke los.«

»Ich denke ja gar nicht daran.« Mühsam rappelt er sich auf und sieht mich vorwurfsvoll von unten herauf an.

»Dir kann man es aber wirklich schwer recht machen«, seufzt er, »jetzt lasse ich dich schon hier schlafen und dann ist es immer noch nicht richtig.«

»Du lässt mich …?«, wiederhole ich.

»Wie würdest du das denn nennen, wenn du hier übernachtest, obwohl ich lieber alleine schlafe.« Eine Stimme in mir sagt, dass er damit nicht mal Unrecht hat, aber eine viel lautere Stimme schreit beleidigt auf.

»Okay, wenn es so unerträglich ist, neben mir zu schlafen, dann gehe ich eben!« Ich laufe zurück ins Schlafzimmer, wo ich in Windeseile meine Klamotten zusammensuche. Wo zum Teufel ist meine Unterhose? Das darf doch nicht wahr sein. Von allen Sachen kann ich ausgerechnet meinen Slip nicht finden? So etwas passiert doch sonst nur im Film. Weil ich von draußen Schritte höre, ziehe ich notgedrungen die Jeans einfach so an, was übrigens kein besonders angenehmes Gefühl ist. Als mein Kopf oben aus dem Pullover wieder hervorkommt, steht Marko mit verschränkten Armen im Türrahmen. Im Gegensatz zu mir trägt er eine Unterhose. Sonst allerdings nichts.

»Was machst du denn da?«

»Wonach sieht es denn aus? Ich ziehe mich an.«

»Warum?«

»Weil ich nach Hause fahre.«

»Jetzt?«

»Ja.« Ich will ihm sagen, dass er sein wundervolles Bett für sich alleine haben kann. Dass ich nie wieder bei ihm übernachten werde. Und auch nie wieder mit ihm schlafen. Dass er mich nie wiedersehen wird. In diesem Moment fällt mir ein, dass ich schwanger von ihm bin. Deshalb verkneife ich mir meine Versprechungen, die ich dann doch nicht werde halten können, und rausche einfach nur hoch erhobenen Hauptes an ihm vorbei. Im Flur reiße ich meinen Mantel von der Garderobe und steige gleichzeitig in meine Stiefel. Marko, der mir gefolgt ist, beobachtet mich kopfschüttelnd.

»Ich finde, du solltest lieber hierbleiben.«

»Ist dir eigentlich klar, dass du mich verletzt?«, frage ich.

»Wieso? Weil ich lieber auf dem Sofa schlafe, als wach neben dir im Bett zu liegen?« Okay, hier komme ich ganz offensichtlich nicht weiter. Und obwohl ich eigentlich nicht die geringste Lust dazu habe, mitten in der Nacht raus in die Kälte zu laufen, muss ich das jetzt wohl durchziehen. Mit einem langen Schritt bin ich an der Tür und öffne sie.

»Du bist ein echter … Emotionskrüppel«, sage ich wütend, bevor ich fluchtartig die Wohnung verlasse.

»Na und? Das hast du doch vorher gewusst«, ruft er mir hinterher und dann stehe ich alleine im dunklen Treppenhaus.

Kapitel 15

Draußen ist es kalt und ein leichter Nieselregen sprüht mir ins Gesicht. Ratlos sehe ich die menschenleere Straße hinunter. Hier wird sich mit ziemlicher Sicherheit kein Taxi her verirren, wenn ich es nicht rufe. In meiner Handtasche krame ich nach meinem Handy, aber eigentlich fühle ich mich nicht imstande, jetzt einfach so nach Hause zu fahren. Ich muss dringend mit jemandem sprechen. Statt der Nummer der Taxizentrale wähle ich die von Kati und bin erleichtert, als ich ein Freizeichen höre. Sie hat also ihr Handy nicht ausgeschaltet.

»Hallo?«, meldet sich eine männliche Stimme.

»Paul«, sage ich peinlich berührt, »hab ich dich geweckt?«

»Äh, nun ja, es ist halb vier.«

»Richtig. Entschuldige bitte. Ich wollte eigentlich Kati sprechen.«

»Muss ich sie jetzt unbedingt wecken?«, flüstert er. »Sie schläft nämlich gerade so tief, und dabei behauptet sie sonst immer, dass sie bei mir kein Auge zubekommt.«

»Wer ist das? He, ist das mein Handy?«, höre ich Kati im Hintergrund sagen.

»Jetzt ist sie wach.« Er seufzt. »Ich geb sie dir.«

»Danke. Und Entschuldigung.«

»Schon gut.«

»Mia, was ist los?« In diesem Moment verwandelt sich der harmlose Niesel- in einen ausgewachsenen Platzregen und noch bevor ich im Hauseingang Unterschlupf finde, sind meine Haare und Klamotten schon klatschnass.

»Kati«, wimmere ich in den Hörer.

»Wo bist du denn?«

»Ich stehe vor Markos Haus und es gießt in Strömen.«

»Dann geh wieder rein.«

»Das geht nicht. Wir haben uns gestritten.«

Eine Viertelstunde später sitze ich, in eine warme Decke gehüllt, eine Tasse Tee vor mir, an Pauls Küchentisch, während selbiger sich wieder in Richtung Schlafzimmer verzieht.

»Tausend Dank, dass du mich abgeholt hast«, rufe ich ihm voll des schlechten Gewissens hinterher.

»Gern geschehen. Gute Nacht.«

»Nacht.« Schuldbewusst schiele ich zu Kati hinüber, die mir gegenübersitzt und aus dem Kopfschütteln gar nicht mehr herauskommt.

»Eins muss man dir lassen, du schaffst es wirklich, jede Situation in ein Drama zu verwandeln.«

»Ja, ich habe wohl etwas überreagiert«, gebe ich zu. »Aber dass es draußen Bindfäden regnet und dein Freund dann auch noch im Pyjama losfährt, um mich abzuholen, dafür kann ich nun wirklich nichts. Wo hat er den eigentlich her?«

»Wen?«

»Na, den Pyjama.«

»Ach so.« Sie verzieht das Gesicht. »Von seiner Mutter. Sie schenkt ihm jedes Jahr zu Weihnachten einen. Und jetzt halt dich fest: Er bügelt ihn sogar.«

»Das habe ich gehört«, kommt Pauls Stimme aus dem Schlafzimmer.

»Du bist einfach ein schlimmer Spießer«, ruft Kati ihm zu und flüstert dann: »Die Wände sind dünn wie Papier. Das kann heiter werden, wenn das Baby erst da ist.«

»Das Baby«, sage ich erschrocken und sehe auf ihren Bauch. In der ganzen Aufregung hatte ich das ganz vergessen. Wie egozentrisch bin ich eigentlich, dass ich meine schwangere Freundin mitten in der Nacht aus dem Bett klingele?

»Dem geht es gut«, beruhigt sie mich. »Trink deinen Tee und erzähl mir, was passiert ist.«

Nachdem ich geendet habe, schüttelt sie schon wieder den Kopf. »Mia, Mia, Mia.«

»Das hilft wirklich überhaupt nicht.«

»Tut mir leid. Du sprichst hier aber auch definitiv mit der falschen Person. Ich kann total nachvollziehen, dass er lieber alleine schläft.«

»Das kann er doch auch. Aber wenn ich Idefix alleine zu Hause lasse, um bei ihm zu übernachten, dann ist es doch einfach eine Frechheit, sich heimlich aufs Sofa davonzuschleichen. Oder reagiere ich da über?«

»Ja, du reagierst über.« Ich schweige betreten. »Und das ist auch gar kein Wunder. Du bist bis über beide Ohren verliebt in ihn. Sieh zu, dass du da rauskommst. Und zwar schnell.«

»Das geht nicht«, sage ich zerknirscht, weil mir plötzlich klar wird, dass ich ihr das Wichtigste noch gar nicht erzählt habe. Und das muss ich auch gar nicht. Ein Blick genügt, und Kati sackt stöhnend über der Tischplatte zusammen.

Obwohl ich ihn um seinen wohlverdienten Schlaf gebracht habe, ist Paul so freundlich, mich am nächsten Morgen auf dem Weg zur Bank bei mir zu Hause vorbeizufahren. Mit verwuschelten Haaren und einem von Katis merkwürdigen, geblümten Slips unter der Jeans sitze ich neben ihm in seinem schwarzen BMW, in dessen Innerem es nach Raumerfrischer duftet.

»Herzlichen Glückwunsch«, sagt er, nachdem wir ein paar Minuten schweigend nebeneinander gesessen haben, »ich hoffe, es war in Ordnung, dass Kati es mir erzählt hat?«

»Na klar. Danke.«

»Ist ja wirklich toll, dass es so schnell geklappt hat. Jetzt werden unsere Kinder fast im selben Alter sein. Nur vier Monate voneinander entfernt.«

»Stimmt.« Ich lächele zaghaft. Auch wenn die Situation sich für mich gerade alles andere als unproblematisch darstellt, ist das tatsächlich eine tolle Sache. Nun wird es also wirklich so werden, wie Kati und ich uns das schon zu Grundschulzeiten ausgemalt haben, wenn wir mit unseren Puppenkindern spazieren gegangen sind.

»Du, Mia, kann ich dich was fragen?«

»Natürlich.«

»Aber du darfst es nicht Kati sagen.« Erschrocken sehe ich ihn an und sofort spielen sich Horrorszenarien vor meinem inneren Auge ab. Paul hat sich in seine Sekretärin verliebt und will sich mit ihr nach Argentinien absetzen. Er hat seine Vorliebe für das eigene Geschlecht entdeckt. Oder eine unheilbare Krankheit.

»Sag es mir nicht.« Ich schreie beinahe und halte mir die Ohren zu, was mir einen verblüfften Seitenblick von ihm einbringt. Seine Lippen formen Worte, die ich nicht verstehen kann. Vehement schüttele ich den Kopf. Er redet weiter auf mich ein, aber ich bin nicht gewillt, ihm zuzuhören, sondern quatsche einfach in seinen Monolog hinein: »Ich kann keine Geheimnisse vor meiner besten Freundin haben und wenn du unbedingt irgendwelche Geständnisse loswerden musst, um dein Gewissen zu erleichtern oder was weiß ich, dann such dir dafür jemand anderen, aber nicht mich.« Sein Mund bleibt mitten in der Bewegung halb offen stehen, die Augen werden kugelrund, dann redet er noch schneller auf mich ein. »Du solltest lieber auf die Straße gucken. Ich höre sowieso nichts. Lalalalala.« Schließlich gibt Paul auf und schaut resigniert nach vorne. Als wir in meine Straße einbiegen, habe ich noch immer die Handflächen rechts und links an meinen Kopf gepresst, was das Aussteigen natürlich etwas kompliziert macht. »Versprichst du, mir nichts zu beichten?« Er nickt und ich nehme erleichtert die Hände von meinen mittlerweile heißen Ohren. »Also dann, noch mal vielen …«

»Ich will Kati heiraten.«

Ich bin ein schlechter Mensch. Der Schlechteste. Und eine ganz miese Freundin. Nicht, weil ich Paul des Fremdgehens oder der Homosexualität bezichtigt habe. Das war vielleicht nicht besonders freundlich von mir, aber ich kenne ihn schließlich kaum. Da ist meine Phantasie einfach mal wieder mit mir durchgegangen. Aber wieso kann ich mich nicht mitfreuen? Was ist da los mit mir? Es ist mir nicht einmal gelungen, überzeugend Begeisterung zu heucheln, als mir Paul den traumhaften Diamantring unter die Nase gehalten hat. Womit ich ihn, glaube ich, irgendwie entmutigt habe.

»Du hast Recht, wahrscheinlich ist das keine richtig gute Idee«, hat er gesagt und das Schmuckkästchen zuschnappen lassen. »Wahrscheinlich findet sie Heiraten total spießig. Ich warte lieber noch ein Weilchen.« Vielleicht hat er damit sogar Recht. Aber das ist auch gar nicht der Punkt. Ich sollte mich darüber freuen, dass Kati diesen tollen Mann hat, der sie so liebt, dass er den Rest seines Lebens mit ihr verbringen will. Verdammt, ich habe beim letzten Sonntagsfilm mehr Begeisterung für die Hochzeitspläne von Eleonor Wood und James Farland aufbringen können als jetzt für die meiner besten Freunde. Irgendetwas stimmt mit mir ganz und gar nicht. Während ich Idefix seinen Fressnapf hinstelle, auf den er sich stürzt, als hätte ich ihn wochenlang hungern lassen, wird mir bewusst, was sich da kalt und klamm und grün durch meine Eingeweide frisst. Neid. Ich bin ein neidischer, bitterer, missgünstiger Mensch. Ein nicht kleiner Teil meines Selbst findet es total ungerecht, dass ausgerechnet meine freiheitsliebende Freundin einen heiratswilligen, treuen und liebenden Mann gefunden hat, obwohl sie diese Qualitäten gar nicht zu schätzen weiß. Obwohl sie all das spießig findet. Und was habe ich? Einen gefühlskalten Klotz, der Liebe für eine Illusion hält und meine Gefühle für ihn nicht im Mindesten erwidert. Selber schuld, flüstert eine leise, hämische Stimme in mir, und eine andere sagt: »Das hast du doch vorher gewusst.« Es ist Markos Stimme, denn genau das hat er mir gestern Nacht hinterher gerufen. Und natürlich hat er damit absolut Recht. Ich wusste das nicht nur, ich wollte es auch. Wir haben sogar einen Vertrag über unsere Beziehung abgeschlossen und ich habe mir eingebildet, so jedes Drama aus unserem gemeinsamen Leben raushalten zu können. Das ist ja wohl gründlich danebengegangen. Seit einer halben Stunde sitze ich jetzt schon in meiner Küche und starre an die Wand. Da mich das nicht weiterbringt, begebe ich mich an meinen Schreibtisch und beginne das Tagesgeschäft. Ich checke E-Mails, überarbeite einen Artikel zum Thema Schönheitsoperationen, den mir die Chefredakteurin der »Angelika« mit Korrekturwünschen zurückgesendet hat, und führe für eine Jugendzeitschrift ein Telefoninterview mit dem Zweitplatzierten einer Castingshow vom letzten Jahr, der mittlerweile auf Jahrmarktschreier umgesattelt hat. Reißerisch verpackt und bissig kommentiert geht der Artikel nach ein paar Stunden an die Redaktion und ich beschließe, für heute Feierabend zu machen. Schließlich muss ich mich auch noch um ein paar andere Dinge kümmern. Einen Termin beim Frauenarzt zum Beispiel. Danach ziehe ich mich warm an, nehme Idefix an die Leine und mache mit ihm einen langen Spaziergang. Zum Glück regnet es nicht mehr, der Himmel ist klar, bis auf ein paar kleine Wattewölkchen, und die angenehm kühle Luft pustet mir den Kopf wieder frei. Langsam dämmert mir, dass ich mich albern benommen habe. Und ganz und gar nicht entsprechend der Abmachung. Sinn und Zweck der Übung sollte doch sein, das Drama zu vermeiden. Keine Streitereien, Eifersuchtsattacken und Zickereien. Sondern Friede, Freude, Eierkuchen. Dann habe ich mich eben in Marko verliebt, was zugegebenermaßen so nicht geplant war. Ist das wirklich so schlimm? Immerhin bin ich schwanger von ihm und er laut Vertrag für die nächsten achtzehn Jahre an mich gebunden. Wir werden in einer Wohnung wohnen, wenn auch in getrennten Schlafzimmern. Werden unser Kind zusammen aufziehen, Familiensonntage im Bett verbringen, unser Leben teilen.

Was mehr kann man sich wünschen? Und sollte Marko doch eines Morgens die Augen aufschlagen und beschließen, seinen Widerstand gegen die Liebe aufzugeben, wen wird er dann am Frühstückstisch sehen? Mich! Und seine kleine Familie! Da wird es sich doch ganz von selbst anbieten, sich in mich zu verlieben. Die Mutter seines Kindes. Zumindest ist das nicht vollkommen unmöglich. Etwas beschwingteren Schrittes laufe ich weiter und pralle unsanft mit einem Mann zusammen, der in diesem Moment aus einem Hauseingang kommt.

»Was machst du denn hier?« Ich blicke in Markos tiefblaue Augen.

»Ich arbeite hier.« Er deutet auf das Schild im Schaufenster, auf dem in großen Lettern »Immobilienvermittlung Graf« steht. Tatsächlich. Ohne es zu bemerken, hat mich mein Unterbewusstsein direkt ins Hamburger Schanzenviertel und dort vor Markos Arbeitsplatz geführt.

»Na klar, weiß ich doch. Hallo!«

»Wolltest du zu mir?« Er ist zwar distanziert, aber nicht unfreundlich, was ich ihm nach der Aktion von letzter Nacht hoch anrechne.

»Ja. Ich würde gerne mit dir sprechen. Hast du Zeit für einen Kaffee?«

»Mein Benehmen von heute Nacht tut mir leid«, sage ich geradeheraus, als wir ein paar Minuten später in einem gemütlichen, kleinen Café an einem wackeligen Ecktischchen sitzen. Marko schweigt, offensichtlich reicht ihm diese Entschuldigung noch nicht. »Ich weiß auch nicht, was in mich gefahren ist. Sonst bin ich überhaupt nicht so.« Das ist eine kleine Notlüge, denn zugegebenermaßen bin ich eben manchmal doch so. Eine Dramaqueen, die sich über die dümmsten Kleinigkeiten maßlos aufregen kann. Aber ich halte es nicht für klug, das jemandem auf die Nase zu binden, der sein Leben mit mir teilen wird. Vermutlich wird er noch früh genug dahinterkommen.

»Wie bist du sonst nicht?«

»Na, so zickig und … überempfindlich und … dramatisch.« Er nickt bei jedem meiner Worte für meinen Geschmack ein wenig zu nachdrücklich, aber da will ich jetzt nicht kleinlich sein. Schließlich bin ich hier, um mich mit ihm zu versöhnen. »Ich glaube, es sind die Hormone.« Ich lächele zerknirscht.

»Heißt das, du bist jetzt die nächsten neun Monate so?«

»Nein, natürlich nicht«, beeile ich mich zu sagen, obwohl ich das ja gar nicht wissen kann. »Ich denke, das wird sich schnell einpendeln. Am Anfang ist das halt ein wahrer Hormonschwall, damit muss der Körper erst mal fertigwerden.« Ich rede daher, als wüsste ich, wovon ich spreche. »Aber ich habe gehört, dass die meisten Frauen nach ein paar Wochen wieder ganz ruhig und ausgeglichen sind.« Was dann bei mir zum ersten Mal in meinem Leben überhaupt der Fall wäre.

»Und selbst wenn nicht«, Marko ergreift über den Tisch hinweg meine Hand und sieht jetzt wieder ganz entspannt aus, »dann ist das auch okay.«

»Wirklich?«

»Natürlich. Das ist doch schließlich ein Ausnahmezustand. Eine Schwangerschaft ist eine große Sache für eine Frau, denk nicht, dass ich mir dessen nicht bewusst bin. Das ist schon in Ordnung, wenn du dich irrational verhältst.«

»Danke.« Dann muss ich mich also doch nicht allzu sehr verstellen. Zumindest nicht, bis das Baby da ist.

»Nur tu mir einen Gefallen, und lauf nicht mehr mitten in der Nacht weg. Es hat ja dann auch noch plötzlich zu regnen angefangen. Du hättest dich erkälten können. So ganz ohne Höschen.« Er grinst anzüglich und prompt bekomme ich weiche Knie.

»Das habe ich so schnell nicht gefunden.«

»Glaub nicht, dass du es wiederbekommst. Das hängt als Trophäe an meinem Computermonitor und meine Angestellten sind ganz neidisch.«

»Wie bitte?«

»Nur ein Scherz.« Er lächelt und lehnt sich entspannt zurück. »Ich bin wirklich froh, dass wir das geklärt haben. Ich hatte schon befürchtet, dass dein Abgang einen ganz anderen Grund gehabt haben könnte.«

»Ehrlich, was denn für einen?« Kaum habe ich die Frage ausgesprochen, möchte ich mir auf die Zunge beißen, aber zu spät.

»Ich dachte, dass du vielleicht … Also … Mia, du bist nicht verliebt in mich, oder?« Ich lache ein wenig zu schrill.

»Was? Wie kommst du denn darauf?«

»Bist du?« Für den Bruchteil einer Sekunde zögere ich. Müsste ich ihm der Fairness halber nicht eigentlich die Wahrheit sagen? Aber was würde das bringen? Das Kind ist bereits in den Brunnen gefallen beziehungsweise gezeugt, und jetzt kann ich nur hoffen, dass sich alles irgendwie regeln wird.

»Nein, ich bin nicht in dich verliebt.« Er lächelt so erleichtert, dass es wehtut. Dann sieht er mich herausfordernd an.

»Aber du schläfst gerne mit mir, oder?« Darf ich das zugeben? Ich entscheide mich für ein unbestimmtes Schulterzucken.

»Es ist ganz nett.«

»Nett?« Er sieht tödlich beleidigt aus und ich freue mich, dass endlich mal ich die Oberhand habe.

»Na schön, ziemlich nett.«

»Das klang aber gestern Nacht ganz anders.« Offensichtlich hat er sich wieder gefangen, denn er zieht mich so offensichtlich mit seinen Blicken aus, dass ich anfange, unruhig auf meinem Stuhl hin und her zu rutschen.

»Schon gut. Ja. Ich schlafe gerne mit dir.«

»Sag, dass es großartig ist.«

»Das hättest du wohl gerne.« Unser Geplänkel beginnt, mir zu gefallen.

»Hast du eigentlich jetzt ein Höschen an?«

Selbstverständlich hatte ich, aber das hat uns nicht davon abgehalten, in dem kleinen verstaubten Lagerraum von Markos Immobilienbüro übereinander herzufallen, während Markos Kollege auf Idefix aufgepasst hat und nun tatsächlich ziemlich neidisch dreinschaut, als wir ein bisschen zerknittert und atemlos wieder nach vorne kommen. Ich gehe vor meinem Hund in die Hocke, richte mich aber schnell wieder auf, als Idefix beginnt, interessiert an meinem Schritt herumzuschnüffeln, damit auch noch der letzte Zweifel ausgeräumt wird, was wir zwei im Hinterzimmer getrieben haben könnten. Mit knallrotem Kopf verabschiede ich mich und zerre Idefix an der Leine hinter mir her. Marko folgt mir mit einem höchst zufriedenen Gesichtsausdruck vor das Ladenlokal und zieht mich an sich.

»Das war schön«, flüstert er mir zu.

»Fand ich auch.«

»Weißt du, mich macht diese ganze Sache wirklich sehr

glücklich.« Erstaunt sehe ich ihn an. Was sind das denn für emotionale Töne? »Wir werden bald eine Familie sein. Ist das nicht großartig?«

»Ja.« Wir stehen noch immer eng umschlungen und ich könnte in diesem Moment nicht nur ihn, sondern die ganze Welt umarmen.

»Und das Beste ist, ich habe dafür nicht nur eine schöne und sexy Frau gefunden ...« Ich lausche atemlos. »Sondern auch noch eine, die klug genug ist, guten Sex nicht mit Liebe zu verwechseln. Was bin ich für ein Glückspilz!«

Kapitel 16

Man könnte vielleicht vermuten, dass mich diese Abschiedsworte von Marko ein klein wenig deprimiert haben müssten, und ich gebe zu, dass ich mich im ersten Moment dem negativen Gefühl hingeben wollte, das in mir auftauchte. Doch wem wäre damit geholfen? Stattdessen versuche ich, das Ganze positiv zu sehen. Schließlich bin ich schwanger von einem Mann, der mich ganz offensichtlich ziemlich dufte findet und der dazu auch noch leidenschaftlich gerne mit mir schläft. Ich lasse unsere letzten Begegnungen in meinem Kopf Revue passieren. Er war eindeutig die treibende Kraft bei jedem einzelnen Mal, er begehrt mich ganz eindeutig. Und wenn er sich scheut, dem Ganzen einen Namen zu geben, dann soll mir das Recht sein. Ich selbst weiß nach diesem Treffen eindeutiger als je zuvor, dass ich in Marko verliebt bin und dass auch er starke Gefühle für mich hat. Es ist nur eine Frage der Zeit, bis er sie sich eingesteht.

Die nächsten drei Monate vergehen wie im Fluge, Marko bringt unsere Wohnung auf Vordermann, ich betreibe eifrig Akquise und arbeite so viel wie nur irgend möglich. Zum einen, um mir ein kleines finanzielles Polster zu schaffen, zum anderen, um das Elterngeld in die Höhe zu schrauben. Ganz natürlich haben wir uns in einen Rhythmus eingependelt, in dem wir uns etwa alle vier Tage sehen und dann auch miteinander schlafen. Jedes Mal ist es wunderschön und aufregend und inzwischen bin ich sogar ganz froh, dass Marko danach wieder zu sich nach Hause fährt, denn mittlerweile schrecke ich beinahe jeden Morgen mit einem heftigen Übelkeitsanfall aus dem Tiefschlaf und schaffe es nur ganz knapp zur Toilette, wo ich mich übergebe. In den letzten Tagen hat die Morgenübelkeit jedoch endlich nachgelassen, ich bin mittlerweile Anfang des vierten Monats und habe ein ganz kleines Bäuchlein, auf das ich wahnsinnig stolz bin. Mit dem Baby ist alles in bester Ordnung, das Ultraschallbild hängt bereits in unserer neuen Wohnung am Kühlschrank. Ein bisschen traurig bin ich schon, während ich meine Sachen in Pappkartons verstaue und meine süße Dachgeschosswohnung schließlich leer und karg an den Vermieter übergebe. Ich habe mich hier so wohlgefühlt. Aber nun beginnt ein neuer Lebensabschnitt, das Singleleben ist endgültig vorbei, von nun an habe ich eine Familie.

Nachdem das letzte Buch im Regal und die letzte Bluse im Kleiderschrank verstaut ist, sehe ich mich in meinem neuen Zimmer um. Die Wände sind in einem leuchtenden Rosa gestrichen, vor der Balkontür flattern weiße Vorhänge mit einem zarten Rosenmuster im lauen Frühlingswind. Dazu die weiß lackierten Möbel, romantische Bettwäsche mit Spitze, ja, es ist ein Mädchentraum. Allmählich sehe ich die Vorteile unseres Arrangements, welche Frau lebt schon in einem solchen Prinzessinnenzimmer, wenn sie mit einem Mann das Bett teilt? Markos Zimmer ist das krasse Gegenteil von meinem, sachlich und mit wenigen, schwarzen Möbeln eingerichtet. Bei

Küche, Wohn- und Kinderzimmer haben wir uns ganz gut zusammengerauft, ich habe auf ein bisschen Schnickschnack, wie Marko es nennt, verzichtet, dafür hat er mir bei der Farbauswahl freie Hand gelassen. Zufrieden spaziere ich durch mein neues Zuhause und bleibe schließlich im Türrahmen zum noch vollkommen leeren Kinderzimmer stehen, dessen Wände in einem sonnigen Gelb erstrahlen. Zu früh Möbel zu kaufen bringt Unglück, deshalb warten wir damit noch ein Weilchen. Marko tritt hinter mich und legt die Arme um mich.

»Dieser Stuck aus Styropor sieht wirklich echt aus«, sage ich anerkennend und weise an die Zimmerdecke.

»Sag ich doch.« Er küsst mich leicht auf den Nacken. »Lust auf ein letztes Mal sündigen Sex als freie Frau?«

»Warum nicht?«

»Zu mir oder zu dir?«

Am nächsten Morgen wecken mich die Sonnenstrahlen, die durch das Fenster auf mein Gesicht fallen. Ich räkele mich wohlig und bin dann plötzlich hellwach. Denn heute ist ein ganz besonderer Tag. Mein Herz beginnt vor lauter Aufregung, schneller zu schlagen. Ich schwinge die Füße aus dem Bett und schalte meinen I-Pod an, der in der Lautsprecheranlage auf der Kommode steht. Die ersten Takte vom Schostakowitsch-Walzer erklingen und ich summe vergnügt mit, während ich meinen Kleiderschrank öffne und das Kleid hervorhole, das ich mir vor vier Wochen eigens für diesen Tag gekauft habe. Ich lasse meine Hände ehrfürchtig über den edlen, schimmernden Stoff in einem hellen Fliederton gleiten, halte das gute Stück vor meinen Körper und mache ein paar Walzerschritte durch den Raum. Idefix springt aus seinem Körbchen, das am Fußende meines Bettes seinen Platz gefunden hat, und hüpft bellend um mich herum.

»Mia, bist du schon wach?«

»Äh, ja.« Ich halte mitten in der Bewegung inne und wende mich in Richtung Tür, wo jetzt Markos Kopf erscheint. Schnell verstecke ich das Kleid hinter meinem Rücken.

»Guten Morgen.«

»Morgen.«

»Interessante Musikauswahl.«

»Ja, mir war heute so nach Klassik«, antworte ich.

»Und was versteckst du da hinter deinem Rücken?«

»Wer? Ich?« Ich lache nervös. »Ich verstecke gar nichts.« Widerstrebend halte ich ihm das Kleid hin. »Es ist bloß das Kleid, das ich heute anziehe.«

»Schick«, meint er anerkennend, nachdem er einen kurzen Blick darauf geworfen hat. »Neu?«

»Nö.« Das ist nicht mal gelogen. Immerhin ist es schon fast einen Monat her, dass ich es gekauft habe.

»Da muss ich mich ja ganz schön anstrengen, um mitzuhalten.« Das ist natürlich Unsinn. Marko würde auch in einem Kartoffelsack gut aussehen.

»Mach das!«, sage ich trotzdem und werfe das Kleid über den kleinen Ledersessel am Fenster. »Wann müssen wir dort sein?«, erkundige ich mich unschuldig, obwohl ich es natürlich ganz genau weiß. Unser Termin ist um elf Uhr, also in genau drei Stunden und vierundzwanzig Minuten. Genug Zeit, um in Ruhe zu baden und mich nach allen Regeln der Kunst aufzurüschen.

Um zehn Uhr, ich bin gerade dabei, mir zum zweiten Mal sorgfältig die Wimpern zu tuschen, klingelt es an der Tür.

»Machst du bitte auf?«, rufe ich in den langen Flur.

Kurz darauf betritt Kati, gefolgt von einem etwas irritiert dreinschauenden Marko, mein Zimmer. Sie ist jetzt bald im achten Monat und sieht in ihrem lila geblümten Umstandskleid, aus dem ihr üppiger Busen beinahe rausquillt, aus wie das blühende Leben.

»Hallo, Süße! Toll siehst du aus!«

»Du aber auch«, gebe ich das Kompliment zurück. Wir tauschen Wangenküsschen, dann frage ich Marko: »War irgendwas?«

»Äh, nein.« Seine Augen kleben in Katis Ausschnitt.

»Marko! Ich bin hier oben.«

»Verzeihung. Es ist schwer, daran vorbeizusehen.«

»Schon gut.« Kati winkt großmütig ab. »An die Brüste könnte ich mich auch gewöhnen, wenn das hier bloß nicht wäre.« Sie streicht sich seufzend über ihren kugeligen Bauch.

»Meine BHs sind mir mittlerweile auch schon alle zu eng«, bemerke ich und versetze Marko einen Rippenstoß.

»Ist mir aufgefallen«, grinst er und ich bin wieder versöhnt.

»Wo ist denn Paul? Ich hoffe doch, er hält sein Versprechen, sich für heute frei zu nehmen?«

»Na klar. Ehrensache. Er sucht nur einen Parkplatz.«

»Paul? Ich höre immer Paul«, geht Marko verwundert dazwischen. »Und nichts für ungut, aber was machst du eigentlich hier, Kati? Für unsere Einweihungsparty bist du ungefähr zehn Stunden zu früh.«

»Das weiß ich selber, Dummerchen. Paul und ich kommen mit zum Standesamt.«

»Ach was?«

»Du hast doch nichts dagegen, oder?«, frage ich. Er zuckt ein wenig unschlüssig mit den Schultern.

»Ne, natürlich nicht. Bloß wozu? Ist doch nur 'ne Unterschrift.«

»Und immerhin der Start in euer Familienleben«, erklärt Kati und schiebt Marko sanft, aber bestimmt zur Tür hinaus. »Da dürfen die besten Freunde nicht fehlen. Und jetzt entschuldige uns bitte.«

»Apropos beste Freunde«, sage ich zögernd, als wir alleine sind, »hast du mit Daniel gesprochen? Wegen heute Abend?« Ängstlich sehe ich meine beste Freundin an und erkenne an ihrem Gesichtsausdruck sofort, dass sie keine guten Nachrichten für mich hat. Geknickt lasse ich mich auf den Stuhl vor meiner Schminkkommode fallen. Seit Monaten habe ich jetzt schon nichts mehr von Daniel gehört, er hat keinen meiner Anrufe angenommen, keine einzige E-Mail beantwortet. Nach ein paar Wochen habe ich es schließlich aufgegeben, ihm aber vor wenigen Tagen über Kati eine Einladung für unsere Einweihungsparty übergeben lassen. Und ich hatte so sehr gehofft, dass er kommen würde. Aber offensichtlich ist diese absolute Funkstille zwischen uns nicht nur eine Phase.

»Du hast ihm doch wohl hoffentlich nicht erzählt, was wir heute … vorhaben?«, frage ich.

»Natürlich nicht. Das würde er doch nur in den falschen Hals bekommen.«

»Das glaube ich auch. Also hat er nein gesagt?«

»Nicht direkt. Aber ich würde mir keine allzu großen Hoffnungen machen, Süße. Daniel war total geschockt, als er von deiner Schwangerschaft erfahren hat. Ich glaube, er kann mit der ganzen Sache einfach überhaupt nicht umgehen. Vielleicht musst du ihn gehenlassen.«

Plötzlich habe ich einen dicken Kloß im Hals. Daniel

gehenlassen? Nie im Leben hätte ich gedacht, dass ich das einmal würde tun müssen.

»Aber dafür hast du jetzt Marko. Und bald ein Baby«, versucht sie mich aufzumuntern und ich straffe energisch die Schultern. Natürlich, da hat sie Recht. Es klingelt.

»Das ist Paul. Jetzt aber schnell.« Ächzend beugt sie sich zu ihrer Handtasche herunter, die sie neben ihrem Fußknöchel abgestellt hat, und beginnt, darin herumzuwühlen. »Hier. Was Neues und Blaues.« Sie fördert ein hellblaues Strumpfband zutage. »Und hier was Altes.« Damit legt sie mir eine Halskette mit einem antiken Anhänger um. »Und das ist gleichzeitig was Geborgtes, ich brauche sie wieder.« Gerührt sehe ich sie an.

»Aber ich heirate doch gar nicht. Wir lassen bloß eine eheähnliche Lebensgemeinschaft eintragen. Wegen der Steuern. Und weil damit die rechtliche Situation eindeutig geklärt ist, auch in Bezug auf das Kind und so.«

»Ja, ja.« Kati lächelt mich nachsichtig an. »Mir kannst du nichts vormachen. Für dich ist das heute ein großer Tag.« Ich grinse ertappt und sie schließt mich in die Arme, wobei unsere Bäuche, ihr großer und mein kleiner, uns ein bisschen im Weg sind. Ungeduldiges Klopfen an der Tür unterbricht uns.

»Was macht ihr denn so lange da drin? Wir müssen los.«

»Wir kommen«, ruft Kati und hält mich auf Armeslänge von sich weg. »Du siehst wunderschön aus«, sagt sie lächelnd. »Die schönste Braut, die jemals nicht geheiratet hat.«

Und ich fühle mich tatsächlich wie eine Braut, als ich an Markos Arm auf meinen hochhackigen, silbernen Schuhen die Treppen hinunterstöckele. Der Mai meint es gut mit uns und schickt an diesem besonderen Tag warmen Sonnenschein und einen strahlend blauen Himmel. In meinem Kopf spiele ich mir selbst den Hochzeitsmarsch von Mendelssohn vor, während wir in Pauls Auto steigen.

»Was summst du denn da?«, erkundigt sich Marko und ich zucke ertappt zusammen.

»Ach, nichts.« Das hätte nicht passieren dürfen. Aber offensichtlich hat er die Melodie nicht erkannt. Ganz im Gegensatz zu Kati, die auf dem Beifahrersitz vor sich hinkichert. Ich gebe es ja zu, vielleicht bin ich ein bisschen verrückt. Habe definitiv nicht mehr alle Tassen im Schrank. Schließlich gibt es kaum etwas Unromantischeres als das, was Marko und ich heute vorhaben. Jedoch ist es, wie der Name schon sagt, wohl das Eheähnlichste, an das ich in meinem Leben herankommen werde. Und das mir. Die ich bereits mit zehn Jahren einen dicken Ordner angelegt habe, in dem von ersten Entwürfen des Brautkleides über den festlichen Ablauf bis hin zur Menüauswahl meine Hochzeit komplett durchorganisiert war. Aber das Leben ist nun mal kein Wunschkonzert und in meiner Phantasie kann ich mir zumindest ausmalen, dass dies hier mein Hochzeitstag ist. Dass die Motorhaube des schlichten, schwarzen BMWs, der uns zum Standesamt kutschiert, mit einem wunderschönen Gesteck aus roten Rosen geschmückt ist. Dass der hässliche, graue Betonklotz mit den verdreckten Fensterscheiben, der jetzt vor uns auftaucht, in Wahrheit eine romantische Kirche ist, in der Hunderte Gäste gespannt unserer Ankunft harren. Dass mein zwar hübsches, aber doch recht schlichtes Kleid ein bodenlanger Traum aus edler, weißer Spitze ist. Und dass der schöne Mann im schwarzen Anzug neben mir mich von ganzem Herzen liebt.

»Wollen Sie Ringe tauschen?«, erkundigt sich die erstaunlich junge Standesbeamtin mit den langen, blonden Haaren, nachdem wir unsere Unterschriften auf das Formular gesetzt haben.

»Nein.« Sie sieht ein bisschen enttäuscht aus.

»Wollen Sie sich küssen?«

»Warum nicht?« Ein bisschen enthusiastischer könnte Marko schon sein, finde ich, aber davon will ich mir die Laune nicht verderben lassen. Stattdessen wende ich mich ihm zu und hebe ihm erwartungsvoll das Gesicht entgegen, schließe die Augen und schalte meinen inneren Soundtrack an. Nach einem schnellen Schmatzer ist alles vorbei und wir stehen wieder in dem muffig riechenden Flur mit der hässlichen grauen Auslegeware.

»So, das wäre geschafft.«

»Ja, geschafft.« Ich lächele Marko an, während Kati mich forschend von der Seite ansieht. Wahrscheinlich fürchtet sie, dass ich gleich in Tränen ausbrechen werde. Sicher, die ganze Nummer war vielleicht etwas unglamourös, aber nichts, was ein bisschen Vorstellungsvermögen nicht richten könnte. Und heute Abend folgt eine rauschende Ballnacht mit all unseren Freunden.

Um neun Uhr ist unsere neue Wohnung vollgestopft mit Menschen, von denen ich nur knapp die Hälfte überhaupt kenne. Sie stehen in Grüppchen beisammen, essen Würstchen und Kartoffelsalat von Papptellern und scheinen sich prächtig zu unterhalten. Zufrieden gehe ich von einem zum anderen, halte hier einen kleinen Plausch und lasse da jemanden die Hand auf meinen noch kaum existenten Babybauch legen. Der kleine Balkon an meinem Schlafzimmer biegt sich förmlich unter der Last der Raucher, die dort ihrer Sucht frönen, schnell gehe ich zurück ins Wohnzimmer und stelle mich zu Marko, der sich mit zwei Freunden unterhält und sofort den Arm um mich legt.

»Mia, das hier sind Ulf und Martin, wir spielen zusammen Fußball.«

»Freut mich, euch kennenzulernen.«

»Na, und uns erst«, Martin schüttelt mir die Hand. »Ich muss ja zugeben, dass ich die ganze Nummer für eine ziemliche Schnapsidee gehalten habe.«

»Ich auch«, sagt Ulf. »Aber jetzt wird mir einiges klar.« Er starrt mich an, als wäre ich eine Erscheinung.

»Ich verstehe nicht, was du meinst«, sagt mein eheähnlicher Lebenspartner. »Was hast du erwartet?«

»Jedenfalls nicht, dass sie eine echte Schönheit ist.«

»Tja, das ist sie wohl, oder?« Marko mustert mich von oben bis unten, als hätte er mich noch nie gesehen. Ich werde unter seinem Blick ganz verlegen. »Neidisch?«, erkundigt er sich dann grinsend bei Ulf, der heftig nickt.

»Sehr. Und ihr wollt allen Ernstes behaupten, dass da nichts läuft zwischen euch?«

»Wie oft sollen wir dir das denn noch erklären?«, fragt Martin leicht genervt. »Natürlich läuft da was, oder denkst du, das Baby wird vom Storch gebracht?« Ulf blinzelt irritiert. »Die beiden sind nur nicht verliebt ineinander, das ist alles.« Marko nickt bekräftigend und zieht mich an sich. Eher kumpelhaft als zärtlich.

»Genau. Eine Beziehung, basierend auf gegenseitiger Achtung und Vertrauen. Kann ich nur empfehlen.«

»Ich auch«, sage ich betont fröhlich.

»Also, ich würde mich sofort in dich verlieben«, erklärt Ulf treuherzig, was ihm einen warnenden Rippenstoß von Marko einbringt.

»Pfoten weg!«

»Also, das verstehe ich nicht.« In diesem Moment ertönt wieder die Türklingel, nur schwach zu hören durch den dichten Geräuschteppich aus Musik und Gesprächen.

»Ich mach mal auf«, erkläre ich und zwinkere Ulf zu.

»Geh doch nicht weg«, sagt er enttäuscht und ich mache mich mit einem triumphierenden Lächeln auf den Weg zur Tür. Besser könnte es gar nicht laufen, als dass einer von Markos Freunden mich so offensichtlich anschwärmt. Und ihn das nicht vollkommen kaltlässt. Wunderbar. Ich nehme den Hörer von der Gegensprechanlage, sage »zweiter Stock« und betätige den Türöffner. Kurz darauf steht eine zierliche, junge Frau mit hüftlangem, blondem Haar vor mir, die ich noch nie gesehen habe. Einladend halte ich die Türe auf.

»Du musst eine Freundin von Marko sein. Komm doch rein. Ich bin Mia. Seine …« Seine was? Eheähnliche Lebensabschnittsgefährtin? Mutter seines ungeborenen Kindes? Frau auf Zeit? Mitbewohnerin? Mein Gegenüber nimmt mir die Entscheidung ab, indem sie sagt: »Also ist es wirklich wahr?« Diesen Satz höre ich heute wahrlich nicht zum ersten Mal, dennoch nicke ich geduldig.

»Ich weiß, es ist ein wenig ungewöhnlich. Aber es ist wahr.«

»Und du bist schwanger?«

»Ja.« Ich strahle sie an und wappne mich für ihre Glückwünsche.

»Krass.« Sie reißt ihre ohnehin schon kugelrunden blauen Augen noch eine Spur weiter auf. »Krass.«

»Danke. Äh, ich meine, ja, das ist es wohl.«

»Entschuldige.« Sie lächelt verlegen. »Ich meinte natürlich: Herzlichen Glückwunsch.«

»Danke«, wiederhole ich. »Gib mir doch deine Jacke.«

»Gerne.« Sie pellt sich aus ihrem schwarzen Trenchcoat und gibt den Blick auf einen wohlgeformten Körper, der in engen Jeans und einem schwarzen, engen Top steckt, frei. Beim Anblick ihrer Wespentaille wird mir bewusst, dass meine Leibesmitte auch vor der Schwangerschaft nicht so ausgesehen hat. Und es wohl auch danach niemals tun wird.

»Ich lege ihn ins Schlafzimmer.«

»Okay.« Sie folgt mir auf dem Fuße. »Wann ist es denn so weit?«

»Noch gut fünf Monate. Der Geburtstermin ist Ende Oktober.«

»Wow.«

»Krass, oder?« Sie senkt den Blick und nickt.

»Allerdings.« Verstohlen betrachte ich sie von der Seite. Irgendwie ist sie eine merkwürdige Person. Was sie nur hat?

»Wie heißt du eigentlich?«, erkundige ich mich, nachdem ich ihren Mantel auf den Klamottenberg in Markos Zimmer gelegt habe.

»Ach, Entschuldigung, richtig. Ich heiße Isabella.«

»Ehrlich?« Unwillkürlich fasse ich mir an den Bauch. »Das ist ja ein Zufall. Wenn es ein Mädchen wird, dann …«

»Isabella?!« Gleichzeitig wenden wir uns in die Richtung, aus der die Stimme kommt. Marko steht im Türrahmen zum Wohnzimmer und blickt über die Köpfe der Gäste, die sich im Flur drängeln, zu uns herüber. Nein, nicht zu uns. Zu ihr. Zu Isabella.

»Marko.«

»Isabella.« Irritiert schaue ich von einem zum anderen, während sie sich jetzt wie magnetisch angezogen aufeinander zubewegen. Plötzlich ist mir schlecht. Durch die Schwangerschaft sind meine Sinne geschärft, aber das braucht es gar nicht, um zu erkennen, was zwischen diesen beiden gerade passiert. Meine Gedanken rasen. Isabella, Markos Lieblingsname. Das muss sie sein. Seine Ex. Die ihm das Herz gebrochen hat. In tausend Stücke und so nachhaltig, dass er der Liebe für immer abgeschworen hat. Was zum Teufel hat sie hier verloren? Schnellen Schrittes bahne ich mir einen Weg zu den beiden, die einander reglos gegenüberstehen. Ein Blick in Markos Gesicht – die Mischung aus Verwirrung, Schmerz und Freude bricht mir das Herz.

»Isabella«, sagt er.

»Marko.« Weiter sind sie also noch nicht gekommen. Ich sehe von einem zum anderen, ohne dass sie Notiz von mir nähmen.

»Ähm«, mache ich mich wenig eloquent bemerkbar, löse aber damit immerhin die Starre der beiden.

»Mia«, sagt Marko.

»Richtig. Ich bin Mia. Das hier ist Isabella. Deine Exfreundin, wie ich annehme?« Mein Tonfall ist ruhig und freundlich.

»Ja. Stimmt.«

»Hast du sie eingeladen?«

»Nein.« Fragend sehe ich Isabella an, die sich sofort zu verteidigen beginnt.

»Die anderen haben mir davon erzählt. Weißt du, wir haben so ziemlich denselben Freundeskreis«, erklärt sie und ich nicke verständnisvoll. »Ist ja eigentlich klar. Nach zehn gemeinsamen Jahren.« Ich nicke erneut und lächele, während ich diese Information verarbeite. Zehn Jahre? Das hat er mir nicht erzählt. Das hätte er mir erzählen müssen. »Es tut mir leid, dass ich gekommen bin. Das war wohl ein Fehler.« Ich wiege unschlüssig den Kopf hin und her. Schließlich will ich sie ja nicht rauswerfen. Das wäre unhöflich. Aber vermutlich wäre es tatsächlich das Beste, wenn sie jetzt einfach ginge. Marko sieht noch immer völlig verstört aus.

Was soll das bringen, alte Wunden aufzureißen? Er hat jetzt eine Lebensgefährtin. Und bald eine Familie. Was denkt die sich dabei, ungeladen hier hereinzuplatzen wie die dreizehnte Fee? »Ich werde gehen.« Eine gute Entscheidung. Ich werde ihren Mantel holen und sie zur Tür begleiten.

»Nein.« Überrascht sehe ich Marko an. Sein Blick ruht auf Isabella. Er lächelt zaghaft. »Nein. Es ist schön, dass du da bist.«

»Wirklich?« Wirklich?

»Ja.« Einen schier unendlichen Moment lang überlegt sie, bevor sie langsam nickt.

»Okay. Ich bleibe. Wenn es wirklich in Ordnung ist?« Diese Frage gilt mir.

»Selbstverständlich.« Ich nicke ein wenig zu heftig. »Markos Freunde sind auch meine Freunde. Und man soll die Feste feiern, wie sie fallen. Nicht wahr? Und …« Mir ist selbst klar, dass ich nur Blödsinn vor mich hinbrabbele, aber zum Glück hört mir sowieso keiner zu. Stattdessen greift Marko nach Isabellas Hand und macht Anstalten, sie mit sich zu ziehen.

»Komm. Ich hole dir was zu trinken.«

»Gern.«

»Wartet.« Ich schreie es beinahe, sodass sich nicht nur die Angesprochenen, sondern auch mehrere Gäste nach mir umdrehen.

»Was ist denn?« Hilflos stehe ich da und sage in meiner Verzweiflung: »Das Baby. Es hat getreten.«

»Ehrlich?« Ich nicke heftig. Marko macht einen Schritt auf mich zu und ich registriere befriedigt, dass er Isabellas Hand loslässt. Ich greife nach seiner und lege sie mir auf den Bauch, obwohl ich natürlich nichts gespürt habe. Nicht die geringste Bewegung. Von Katis Schwangerschaft weiß ich, dass ich darauf wohl noch ein paar Wochen werde warten müssen. Aber das weiß Marko ja nicht. Und Isabella hoffentlich auch nicht. Die steht neben uns und sieht ziemlich unglücklich aus.

»Ich spüre nichts.«

»Hm, komisch.« Ich halte seine Hand weiterhin mit beiden Händen fest. »Warte noch einen Moment.«

»Okay.«

»Nein«, seufze ich schließlich, »das war wohl der Vorführeffekt.«

»Vielleicht beim nächsten Mal.« Marko zieht seine Hand zurück. »Isabella, willst du einen Rotwein?«

»Gerne.«

Kapitel 17

»Sag mal, wer ist denn die Frau, mit der Marko an eurem Küchentisch sitzt? Die Blonde mit der tollen Figur?«, erkundigt sich Kati eine halbe Stunde später und lässt sich mit einem tiefen Seufzer neben mir auf unser großes, neues Ecksofa fallen. »Ich hatte auch mal so eine Figur«, jammert sie und streicht sich über ihren Bauch. »Und jetzt bin ich ein Wal.«

»Sie heißt Isabella«, antworte ich düster und kippe mein Getränk in einem einzigen, frustrierten Zug. Nicht, dass es irgendetwas bewirken würde, schließlich ist das Whiskeyglas in meiner Hand bis zum Rand mit Apfelschorle gefüllt.

»Ach?« Überrascht sieht meine Freundin mich an und deutet lächelnd auf meinen Bauch. »Isabella wie eure Tochter?«

»Isabella wie Markos Ex.«

»Oh.«

»Ja. Oh.« Schweigend sitzen wir nebeneinander.

»Dann ist die Namensdiskussion wohl wieder eröffnet?«

»Allerdings.«

»Wenn es dich beruhigt, die beiden sahen nicht sehr friedlich aus«, meint Kati tröstend und tätschelt mir den Arm.

»Nicht?« Hoffnungsvoll sehe ich sie an und sie schüttelt heftig den Kopf.

»Alles andere als das. Wollen wir mal nachsehen?«

»Ich weiß nicht.« Ich winde mich ein bisschen, denn eigentlich hat es mir schon gereicht, Marko und Isabella gemeinsam davongehen zu sehen. Er groß, dunkelhaarig, breitschultrig. Sie zierlich und blond. Die beiden sehen zusammen aus wie einem Disneyfilm entsprungen.

»Ach komm schon.« Entschlossen zieht Kati mich hoch und wir bahnen uns einen Weg durch die Massen hin zur Küche, die am anderen Ende der Wohnung liegt.

»Vielleicht sollten sie es nicht unbedingt mitbekommen«, flüstere ich, als eine schrille Frauenstimme alle anderen Gespräche übertönt.

»Du hast alles kaputtgemacht!« Plötzlich kommt uns Isabella aus der Küche entgegengestolpert, ihr schönes Gesicht ist tränenüberströmt.

»Ich?« Marko taucht dicht hinter ihr auf. »Muss ich dich wirklich daran erinnern, was du mir angetan hast?« Isabella stürzt auf mich zu.

»Wo ist mein Mantel? Ich will meinen Mantel!«

»Äh, ich hole ihn«, erklärt Kati, weil ich mich unter Isabellas Griff, die meinen Unterarm umklammert hält, sowieso nicht vom Fleck bewegen könnte.

»Schwarzer Trenchcoat«, sage ich.

»Größe 36, schon klar.« Kati verzieht das Gesicht und trollt sich, während ich gebannt in Markos hochrotes Gesicht starre. Er scheint völlig außer sich zu sein.

»Ich gehe«, schreit Isabella ihn an.

»Das hast du schon so oft versprochen. Ich wünschte, du würdest dich endlich mal dran halten.«

»Du hast ja drastische Maßnahmen unternommen, um

mich fernzuhalten«, faucht sie und weist mit dem Zeigefinger auf mich. Rundherum sind alle Gäste verstummt und starren mit offenem Mund auf die Szene, die sich ihnen bietet. Eine weinende Frau, ein tobender Mann, so sieht das also von außen aus, denke ich und registriere verwundert, dass ich in diesem Fall ausnahmsweise nicht Hauptdarstellerin, sondern stummer Zuschauer bin. Nur dabei statt mittendrin, sozusagen. Einzig der vor meiner Nase herumwedelnde Zeigefinger von Isabella integriert mich in die Situation, was mir äußerst unangenehm ist. In diesem Moment taucht Kati wieder auf und legt den Mantel über Isabellas ausgestreckten Arm.

»So, bitte. Auf Wiedersehen«, sagt sie knapp.

»Sicher nicht.« Damit stürzt sie aus der Wohnung. Besorgt sehe ich Marko an, aus dem plötzlich alles Leben gewichen ist. Mit herunterhängenden Armen steht er da und verschwindet dann in seinem Zimmer.

Innerhalb von zwanzig Minuten ist die Wohnung menschenleer, nach diesem Auftritt hatten es plötzlich alle sehr eilig, sich zu verabschieden, und mir selbst ist auch nicht mehr nach Feiern zumute.

»Bist du sicher, dass wir nicht noch bleiben sollen?« Besorgt sieht Kati mich an, während Paul ihr in den Mantel hilft.

»Ganz sicher. Macht euch keine Sorgen.«

»Ich hole schon mal den Wagen. Er steht ein bisschen weiter weg.«

»Du bist ein Schatz, danke. Meine Schuhe bringen mich um«, ruft Kati Paul hinterher und streckt zum Beweis ihren Fuß vor. »Hast du schon mal dermaßen plumpe Knöchel gesehen?«, ächzt sie. »Wassereinlagerungen. Ich hoffe, das bleibt dir erspart.«

»Äh, das hoffe ich auch.«

»Entschuldige, Süße, du hast natürlich im Moment andere Sorgen.«

»Habe ich?« Das ist die Frage, die zu stellen ich in der letzten halben Stunde, in der ich Mäntel an ihre Besitzer verteilt und betont fröhliche Abschiedsworte gefunden habe, erfolgreich vermieden habe. Doch jetzt steht sie mitten im Raum. Habe ich durch das plötzliche Auftauchen von Markos Ex ein Problem?

»Weißt du was?« Plötzlich hellt sich Katis Miene auf. »Vielleicht solltest du das Ganze positiv sehen. Immerhin wissen wir jetzt eins: Isabella ist eine Dramaqueen, wie sie im Buche steht. Eigentlich kenne ich auf der ganzen Welt nur eine einzige Person, die ihr diesbezüglich das Wasser reichen kann.«

»Ach ja? Wen denn?«

»Dich, du Dummerchen.«

»Vielen Dank auch.«

»Du kapierst aber auch gar nichts.« Kati tritt einen Schritt näher auf mich zu und wirft einen Blick in Richtung von Markos Schlafzimmer. Mit gesenkter Stimme fährt sie fort: »Isabella war Markos große Liebe. Und sie ist genau wie du.«

»Aber sie ist blond und blauäugig.«

»Äußerlichkeiten«, wischt sie diese Bedenken vom Tisch. »Sie ist eine Dramaqueen. Und du auch.«

»Aber Marko und ich sind zusammen, weil wir beide auf Drama keine Lust mehr haben. Weil wir uns ein harmonisches Familienleben wünschen.« Die Türklingel unterbricht uns.

»Das ist Paul. Ich gehe dann mal runter. Aber lass dir eins gesagt sein: Aus einem Dackel macht man keinen

Bernhardiner.« Apropos Dackel, wo ist eigentlich Idefix? »Und aus einer Dramaqueen keine, äh …«

»Ja?« Erwartungsvoll sehe ich sie an.

»Das Gegenteil von Dramaqueen eben.«

»Langweilerin?«, schlage ich vor und sie nickt heftig.

»Genau. Also, die Chancen stehen nach heute eigentlich noch besser, dass er sich bald rettungslos in dich verliebt. Also mach dir keine Sorgen.« Sie drückt mich fest an sich.

»Ich bin die Ruhe selbst.«

»Das ist es ja, was mich beunruhigt. So kenne ich dich gar nicht.«

Ich mich übrigens auch nicht. Das müssen die Hormone sein, die mich so sanft und versöhnlich stimmen. Deshalb klopfe ich jetzt auch bei Marko an und frage leise durch die geschlossene Tür:

»Ist alles okay? Darf ich reinkommen?«

»Ja.« Ich öffne die Tür und sehe ihn lang ausgestreckt auf dem Bett liegen, eine Flasche Bier in der Hand und Idefix neben sich, der seine Schnauze auf seinem Bauch abgelegt hat. Der Anblick rührt mich.

»Na, ihr beiden.« Ich setze mich auf den Bettrand und streichele Idefix, weil ich mir nicht sicher bin, ob Marko in diesem Moment angefasst werden will.

»Na.«

»Das war also deine Exfreundin.«

»Erraten.« Er nimmt einen tiefen Schluck aus der Flasche und starrt düster vor sich hin.

»Möchtest du darüber reden?«

»Nein.« Er ist ganz schön unfreundlich zu mir, aber ich zwinge mich zu einem Lächeln.

»Kann ich dir sonst irgendwie helfen?«

»Ja. Lass mich allein.«

»Du bist wirklich ganz schön ekelhaft. Dabei hätte eigentlich ich allen Grund, sauer zu sein.«

»Ach ja?« Er richtet sich halb auf und sieht mich kampflustig an. »Und warum, wenn ich fragen darf?«

»Weil du unsere Tochter nach deiner Exfreundin nennen wolltest«, platze ich heraus.

»Isabella ist einfach ein schöner Name«, verteidigt er sich lahm.

»Das ist mir doch egal. Glaubst du, ich will jedes Mal an deine Galle speiende Ex denken, wenn ich nach meinem Kind rufe? Der Name ist vom Tisch.«

»Von mir aus.« Er zuckt gleichgültig mit den Schultern und lässt sich zurück in die Kissen fallen.

»Ich bestimme den Namen. Sie wird Marie heißen.«

»Ich habe jetzt wirklich nicht den Nerv, über Kindernamen zu diskutieren«, sagt er kühl. Unser Baby ist also im Moment ein unerwünschtes Thema. Ich bin ein unerwünschtes Thema. Er möchte alleine sein und seiner unausstehlichen Ex hinterhertrauern.

»Ich verstehe«, sage ich so würdevoll wie möglich. »Komm, Idefix.«

Unglücklich liege ich in meinem Bett und wälze mich schlaflos von einer Seite auf die andere. Das war er also, mein Pseudo-Hochzeitstag. Das ging ja wohl gründlich daneben. Ein hässliches Standesamt, eine verunglückte Party und nun liege ich ganz alleine in meinem Bett. Eine ungeheure Wut auf Isabella packt mich. Hätte die Trulla nicht einfach bleiben können, wo der Pfeffer wächst? Warum musste sie unbedingt hier auftauchen und uns den

Tag verderben? Alles lief doch eigentlich ganz gut. Gemeinsame Wohnung, gemeinsames Kind, toller Sex, ich war mir fast sicher, dass Marko auf dem besten Weg war, sich in mich zu verlieben. Aber so unfreundlich, wie er eben zu mir gewesen ist, steht plötzlich wieder alles infrage. Ich ziehe Idefix, der heute ausnahmsweise mal in meinem Bett statt in seinem Körbchen am Fußende schläft, dichter zu mir heran.

»Ich wünschte, Daniel wäre zur Party gekommen«, flüstere ich in sein dichtes, weiches Fell. »Ich vermisse ihn.« Idefix fiepst und sieht mich aus traurigen, braunen Augen an.

Am nächsten Morgen lenke ich mich von meinen eigenen Problemen ab, indem ich in die anderer Leute abtauche. Zwar ist Samstag, aber als freiberufliche Journalistin kenne ich so etwas wie Wochenende nicht. Außerdem ist alles besser, als herumzusitzen und über den gestrigen Tag nachzugrübeln. Also stürze ich mich in das Verfassen eines Schicksalreports über Frau Elke M. aus K., die nach dreißig Jahren Ehe feststellen musste, dass ihr Mann neben ihr noch zwei weitere Beziehungen unterhalten hat. Und zwar mit allem Drum und Dran. Mit jeder dieser Frauen hat er zusammengelebt und auch Kinder gehabt. Elke M. ist jetzt natürlich am Boden zerstört. Nachdem ich die Geschichte zu Ende geschrieben habe, kommt mir mein eigenes Schicksal nicht mehr ganz so tragisch vor. In diesem Moment klopft es an meiner Zimmertür.

»Herein.«

»Guten Morgen.« Marko erscheint, mit zerzaustem Haar und dunklen Ringen unter den Augen, aber einem Kaffeebecher in der Hand und einem Lächeln auf den Lippen. »Ich hab dir einen Cappuccino gemacht.«

»Danke.« Ich bleibe reserviert, nehme jedoch immerhin das Friedensangebot entgegen.

»Tut mir leid wegen gestern. Ich kapiere, dass das wohl für dich auch nicht ganz angenehm war.« Erschöpft lässt er sich auf meine Bettkante sinken.

»War es nicht«, bestätige ich.

»Tut mir leid.«

»Schon gut.«

»So war eigentlich die ganze Beziehung mit Isabella. All die Jahre. Drama, Drama, Drama. Wir sind uns eigentlich ständig an die Gurgel gegangen. Haben uns gestritten, versöhnt, getrennt, sind wieder zusammengekommen.«

»Das nennt man Leidenschaft«, sage ich und spüre plötzlich Sehnsucht in mir aufsteigen.

»Ich habe es so satt«, sagt er müde.

»Darum hast du ja jetzt mich.« Ich setze mich zu Marko aufs Bett. »Kein Drama.« Er nickt. »Harmonisches Familienleben.« Er nickt erneut. »Und manchmal …«, ich lege meine Hand in seinen Nacken und lasse sie dann leicht sein Rückgrat hinunterwandern, »guter, unverbindlicher Sex. Der nichts mit Liebe zu tun hat«, betone ich, damit er meine Annäherung auf keinen Fall als das versteht, was sie tatsächlich ist: der Versuch, ihn dazu zu bringen, sich endlich in mich zu verlieben. In die neue, unkomplizierte Mia, mit der man Pferde stehlen kann, die einem keine dramatischen Szenen macht und nicht bei jeder Gelegenheit losheult.

»Hmm«, macht Marko unbestimmt und erhebt sich. Meine Hand fällt schlapp auf die Bettdecke. »Ich gehe mal ein bisschen spazieren.« Ungläubig sehe ich ihm nach. Ist das sein Ernst? Er hat die Wahl zwischen Sex und Spaziergang und wählt Letzteres? Fußball würde ich ja noch verstehen, aber Spaziergang? Ich sehe meine Felle davonschwimmen.

»Mach das«, rufe ich ihm dennoch fröhlich hinterher. »Viel Spaß!«

So lange kann doch kein Mensch spazieren gehen. Es ist nach neun, draußen wird es langsam dunkel, und von Marko weit und breit keine Spur. Dass er mir das Aufräumen nach der Party alleine überlassen hat, hebt meine Stimmung auch nicht gerade. Ich zögere kurz, ihn anzurufen, schließlich ist er ein freier Mann und ich will ganz bestimmt nicht die klammernde Ehefrau geben. Dennoch, man wird sich ja wohl noch Sorgen machen dürfen. Nicht dass er in irgendeiner Notaufnahme liegt, und ich weiß nichts davon.

»Sie sind verbunden mit der Mailbox von Marko Graf. Bitte hinterlassen Sie Ihre Nachricht nach dem Tonsignal.«

»Marko, hier ist Mia. Also, ich wollte nur mal nachfragen, wo du so lange bleibst. Ich mache mir ein bisschen Sorgen. Ruf mich doch an, wenn du das hier abhörst. Tschüss!«

Nur fünf Minuten später piepst mein Handy.

MACH DIR KEINE SORGEN.
BIN BEI ISA.
BIS MORGEN. M

Fassungslos starre ich auf die Nachricht. Was soll das heißen, er ist bei Isa? Und wieso bis morgen? Und da soll ich mir keine Sorgen machen?

Als ich mich am nächsten Mittag auf den Weg zu meinen Eltern mache, ist Marko immer noch nicht zurück. Vollkommen übermüdet und mit geschwollenen Augen sitze ich hinterm Steuer, während Idefix auf der Rückbank friedlich vor sich hin schnarcht. Entsprechend energetisch hüpft er dann auch vor dem Bauernhof meiner Eltern aus dem Auto und nimmt sogleich Witterung auf. Aber offensichtlich ist Miss Amanda Jones weit und breit nicht zu erschnüffeln, sodass er schließlich enttäuscht zu mir zurückkehrt, die ich gerade von meiner Mutter in die Arme geschlossen werde.

»Du siehst aber nicht gut aus, Mia. Ist dir immer noch jeden Morgen übel? Dann wird es bestimmt ein Mädchen. Als ich mit dir schwanger war, ging es mir genauso. Wie Braunbier mit Spucke sah ich damals aus, hat dein Vater immer gesagt.« Braunbier mit Spucke? Obwohl meine Morgenübelkeit bereits abgeklungen ist, dreht sich mir bei dieser Vorstellung beinahe der Magen um. Der Einfachheit halber nicke ich. »Aber sonst geht es dir gut? Psychisch meine ich? Ist Marko nett zu dir? Das hoffe ich doch wohl, sonst bekommt er es mit mir zu tun«, plappert meine Mutter weiter, während wir gemeinsam in die Stube gehen, wo schon Kaffee und Marmorkuchen auf mich warten.

»Wo ist denn eigentlich die Katze?«, lenke ich vom Thema ab. »Idefix hat sich schon so auf sie gefreut.«

»Zuletzt habe ich sie in der Küche gesehen«, seufzt meine Mutter. »Sie fühlt sich hier so wohl, dass sie eigentlich nur noch zum Fressen nach Hause geht. Na, was soll man machen?« In diesem Moment biegt die Katze tatsächlich um die Ecke und Idefix gibt einen sehr unmännlichen Fiepton von sich.

»Die ist aber dick geworden«, sage ich erschrocken. »Was geben sie der denn zu fressen?« Das früher so elegante Tier bewegt sich schwerfällig, die grazilen Beine drohen unter dem Gewicht seines Körpers regelrecht einzuknicken. Idefix scheint das nicht zu stören, begeistert hoppelt er auf seine Freundin zu, die ihm langsam entgegenwankt.

»Na hör mal«, meine Mutter schüttelt missbilligend den Kopf, »du bist schließlich in letzter Zeit um die Taille auch deutlich runder geworden.«

»Das ist doch ganz was anderes«, sage ich empört, »ich bin ja schließlich auch …« Das Wort bleibt mir im Halse stecken. »Warte mal, ist sie etwa schwanger?« Sie nickt. »Idefix!«, rufe ich vorwurfsvoll.

»Jetzt sei aber nicht albern, Mia, das geht doch gar nicht«, belehrt mich meine Mutter, während der zu Unrecht Bezichtigte plötzlich vor seiner Angebeteten zurückweicht und zu knurren beginnt. Verwundert sehe ich auf ihn herunter. Ich glaube, so aggressiv habe ich meinen Idefix noch nie gesehen. Für seine Größe sieht er geradezu furchterregend aus, wie er die Zähne fletscht und drohend vor sich hingrantelt. Miss Amanda Jones sieht ziemlich bestürzt aus und beginnt, herzzerreißend zu maunzen, während sie einen vorsichtigen Schritt auf ihn zumacht. Aber Idefix wendet sich brüsk von ihr ab und stolziert hoch erhobenen Hauptes in Richtung Sofa davon, wo er sich zusammenrollt und seine ehemalige Freundin keines Blickes mehr würdigt.

»Das nenne ich konsequent«, kommentiert meine Mutter trocken, während mich die Herzlosigkeit meines Hundes einigermaßen schockiert. Deshalb bücke ich mich zu der Katze hinunter und streichele ihr tröstend über den Kopf.

»Wann ist es denn so weit?«

»Der Tierarzt sagt, wahrscheinlich nächste Woche. Und so wohl, wie sich das Vieh bei uns fühlt, werden die Kleinen wohl in meiner Küche zur Welt kommen«, seufzt meine Mutter.

»Und was ist mit dem Vater?«, frage ich.

»Du weißt doch, wie Kater so sind.«

»Hat er sich etwa aus dem Staub gemacht?« Plötzlich habe ich einen dicken Kloß im Hals, an dem ich die Worte nur mühsam vorbeiwürge. »Oder ist gleich zur nächsten Katze gelaufen?« Natürlich entgeht meiner Mutter nicht, dass irgendetwas mit mir ganz und gar nicht stimmt und zehn Minuten später weiß sie die ganze Geschichte.

»Sag jetzt bitte nicht, ich habe es dir gleich gesagt.«

»Das würde ich nie tun«, antwortet sie, obwohl das ganz und gar nicht der Wahrheit entspricht. »Er hat also die Nacht mit dieser Isabella verbracht?«

»Sieht ganz so aus«, sage ich düster.

»Aber ihr beiden habt eine Abmachung, habe ich das richtig verstanden? Ihr dürft mit anderen Leuten … schlafen.« Sie schaut angestrengt in ihre Kaffeetasse und ich selbst finde es auch höchst unangenehm, mit meiner Mutter über Sex zu sprechen. Deshalb nicke ich nur. »Dann musste so etwas wohl früher oder später passieren«, fährt sie auf ihre pragmatische Art und Weise fort.

»Später wäre mir lieber gewesen«, sage ich heftig. »Und nicht ausgerechnet mit seiner Exfreundin. Die ihm das Herz gebrochen hat.«

»Ist denn nicht eine so gut wie die andere?«

»Wenn überhaupt ist eine so schlecht wie die andere«, rege ich mich auf, weil meine Mutter so gar nichts versteht.

»Also wäre dir nicht nur später lieber als früher, sondern sogar nie lieber als später?« Ich brauche einen Moment, um zu verstehen, was sie mir sagen will, dann nicke ich ergeben.

»Ehrlich gesagt schon.«

Sie seufzt und legt mir eine Hand auf den Arm.

»Kindchen, wieso triffst du denn so eine Abmachung, wenn du das eigentlich gar nicht willst?« Ich zucke unschlüssig mit den Schultern.

»Ich wollte eben ein Kind. Und eine Familie. Außerdem dachte ich, dass vielleicht mit der Zeit Marko sich …«

»… in dich verlieben würde.«

»Das war ja nicht der Plan. Also, nicht von Anfang an. Es sollte alles rein platonisch bleiben. Aber dann habe ich mich in ihn verliebt.«

»Aber warum denn bloß?«

»Wir haben uns einfach so gut verstanden. Und er ist so witzig. Und so süß.« Gut im Bett lasse ich lieber weg. »Er hat immer alles im Griff. Wie er das in die Hand genommen hat mit unserer Wohnung und so. Ich finde ihn einfach toll. Da kann ich doch nichts für. Meine Gefühle kann ich eben nicht kontrollieren.« Kopfschüttelnd sieht meine Mutter mich an.

»Das ist eine Erkenntnis, von der ich mir gewünscht hätte, dass sie dir ein bisschen früher kommt.«

»Das hilft mir jetzt auch nicht weiter, Mama. Ich weiß selber, dass all das nicht ideal ist, aber ich versuche eben, mit dieser Situation irgendwie umzugehen. Und schließlich wäre es nicht vollkommen unmöglich, dass doch noch alles gut wird. Dass Marko sich auch in mich verliebt und wir unser Happy End kriegen. Oder?« In diesem Moment kommt lautes Gepolter aus dem Untergeschoss.

»Ist das Papa?«

»Ich weiß auch nicht, was er da schon wieder fabriziert.« Die Schritte meines Vaters nähern sich.

»Ah, mien Döchting«, begrüßt er mich. Seit die beiden aufs Land gezogen sind, besinnt er sich immer öfter auf seine Wurzeln. »Na, muss ich den Abend wieder in meinem Werkraum verbringen, damit ihr beiden hier oben in Ruhe pilchern könnt?«

»Nein«, erklärt meine Mutter bestimmt, während mein Vater mich in die Arme schließt. »Ich glaube, der Tatort ist ab jetzt für alle Beteiligten die bessere Wahl.« Über die Schulter meines Vaters wirft sie mir einen bedeutungsschwangeren Blick zu. »Ein bisschen Realitätssinn hat noch keinem geschadet.«

Kapitel 18

Dann gucke ich den Pilcher-Film eben alleine. Schlimm genug, dass ich mich im wahren Leben mit der äußerst unerfreulichen Realität herumschlagen muss. »Du hättest ruhig ein wenig netter zu Amanda sein können«, schimpfe ich mit meinem Hund, der nicht mehr zu winseln aufgehört hat, seit wir vom Hof gefahren sind. »Ihr hättet immerhin Freunde bleiben können. Du tust dir doch nur selber weh, wenn du sie so ignorierst.« Er winselt noch lauter. »Das mit euch beiden hätte sowieso nicht geklappt«, versuche ich ihn zu beruhigen. »Da musst du jetzt wirklich mal ...«, ... realistisch sein, will ich eigentlich sagen, aber ich bekomme es einfach nicht über die Lippen.

Um kurz vor acht öffne ich die Wohnungstür und obwohl ich mir jede Erwartung bezüglich Marko verboten habe, bin ich unendlich erleichtert, als ich aus dem Wohnzimmer den Fernseher höre.

»Hey, da bist du ja. Wo warst du denn den ganzen Tag?« Er kommt mir entgegen und nimmt mir fürsorglich den Mantel ab. Sieht ganz so aus, als habe er ein schlechtes Gewissen. Gut so.

»Ich war bei meinen Eltern«, gebe ich kühl zurück. »Und du? Schöne Nacht gehabt?«

»Ähm. Sehr schön.« Er lacht verlegen.

»Das freut mich.«

»Danke.«

»Sag mal, hast du je von einem Phänomen namens Ironie gehört?«

»Wie meinst du das?«

»Ach, vergiss es.« Plötzlich bin ich unendlich müde, will nur noch auf meine Couch, die Füße hochlegen und mich von einem schönen, seichten Liebesfilm berieseln lassen. Aber dort, auf meiner Couch, liegt leider schon wer.

»Hallo, Mia!«

»Isabella. Hallo«, ringe ich mir mühsam eine Begrüßung ab, bevor ich in den Flur zurückstolpere und gegen Marko pralle, der direkt hinter mir steht.

»Äh, ja, ihr kennt euch ja schon.«

»Hmm«, mache ich unbestimmt, während Blondi jetzt aufspringt und einen Schritt auf mich zu macht. Weiche von mir, Satan. Aber Satan lächelt sehr friedfertig.

»Ich glaube, ich muss mich bei dir entschuldigen. Weil ich eure Party gesprengt habe.« Erwartungsvoll sieht sie mich an. Was will sie jetzt hören? Ist schon okay? Nichts ist okay und dabei ist die verpatzte Feier nur die Spitze des Eisbergs. Noch viel weniger okay ist es, dass sie die Nacht mit dem Vater meines Kindes verbracht hat. Und jetzt hier in meinem Wohnzimmer hockt. Und dass ich Marko nicht mehr wiedererkenne. Wo ist der zynische, starke Kerl mit den durchdringenden blauen Augen geblieben? Jetzt ist sein Blick sanft und der ganze Mann irgendwie – weichgespült. Er guckt Isabella an, wie ich mir gewünscht habe, dass er mich anguckt. Aber so wie es aussieht, wird das wohl nicht passieren. Jedenfalls nicht in diesem Leben.

»Kann ich dich mal eben unter vier Augen sprechen, Marko?«, bringe ich mühsam hervor.

»Na klar.« Isabella nickt heftig. »Ich gehe so lange nach nebenan.« Kaum hat sich Markos Zimmertür hinter ihr geschlossen, zieht der mich zu sich auf die Couch.

»Mia, ich weiß, das kommt jetzt alles ziemlich überraschend. Für mich übrigens auch. Aber … ich liebe Isabella einfach.« Das sind ja deutliche Worte.

»Ich dachte, du glaubst nicht an die Liebe.«

»Na ja. Ich habe nicht geglaubt, dass ich jemals wieder eine Frau lieben könnte. Außer Isa.«

»Ich verstehe.« Mir wird plötzlich schummerig vor Augen und ich greife nach dem Glas Wasser, das auf dem Couchtisch steht. »Ist das deins? Darf ich?«

»Es ist Isas.« Eine Sekunde lang zögere ich, dann führe ich das Glas zum Mund. Mit der Frau werde ich wohl zukünftig noch einiges mehr teilen als ein Trinkgefäß. Ich leere es in einem Zug.

»Das heißt, ihr seid jetzt wieder zusammen?«, erkundige ich mich schweren Herzens und er nickt. Wobei der Glanz, der dabei in seine Augen tritt, das Schlimmste ist. »Ich verstehe. Und was wird jetzt aus mir? Ich meine, aus uns?« Schützend lege ich eine Hand auf meinen Bauch und kann nicht verhindern, dass mir die Tränen in die Augen steigen. Aus der Traum vom idyllischen Familienleben.

»Wie meinst du das? Was soll mit euch sein?«

Empört sehe ich ihn an. »Oh, ich verstehe. Eine absurde Frage, in der Tat. Was kümmert es dich, was aus mir wird? Und aus deinem Kind. Du hast ja jetzt deine wunderbare Isabella wieder und …«

»Einen Moment mal«, bremst er mich und hebt abwehrend die Hände. »Was denkst du denn von mir? Alles bleibt natürlich beim Alten. Glaubst du, ich werfe das jetzt einfach über den Haufen? Mein Versprechen dir gegenüber?«

»Na ja«, krächze ich und jetzt kullern die Tränen unaufhörlich meine Wangen hinunter. »Das sind bloß die Hormone«, erkläre ich schluchzend und wische sie weg. Marko legt den Arm um mich.

»Nichts wird sich ändern«, sagt er, »wir haben doch einen Vertrag, erinnerst du dich?«

»Ehrlich gesagt hatte ich eher Angst, dass du dich daran nicht erinnern kannst.«

»Ich bin verliebt, aber doch immer noch Herr meiner Sinne. Wir haben uns entschieden, eine Familie zu sein. Und dazu stehe ich.« Ich bin so erleichtert, dass ich am liebsten gleich wieder losheulen würde.

»Und was sagt Isabella dazu?«

»Was soll sie dazu sagen? Das ist nun mal die Lebenssituation, in der ich mich befinde. Damit muss sie umgehen können.« Plötzlich tut mir Isabella sogar ein kleines bisschen leid. Das kann nicht leicht für sie sein, mit anzusehen, wie der Mann, den man liebt, ein Kind mit einer anderen kriegt. »Allerdings können wir natürlich in Zukunft nicht mehr miteinander schlafen«, fährt Marko fort und prompt tue ich mir wieder selbst leid. Obwohl mir das eigentlich hätte klar sein müssen. Natürlich, Sex hat er ab jetzt mit Isabella. Mit der Frau, die er liebt. Aber vielleicht ist das auch ganz gut so. Vielleicht wird dann endlich dieses dumme Oxytocin in meinem Körper abgebaut und ich kann aufhören, Marko zu lieben. Obwohl das so einfach wahrscheinlich doch nicht funktioniert. »Übrigens, davon weiß Isa nichts«, reißt er mich aus meinen Gedanken, »und es wäre mir lieb, wenn es dabei bleibt.«

»Oh, ach so, natürlich«, nicke ich.

»Du bist ein Schatz.« Er drückt mir einen Kuss auf die Wange und geht dann los, um Isabella aus seinem Zimmer zu holen, während ich versuche, mich mit der neuen Situation, die doch etwas plötzlich über mich hereingebrochen ist, anzufreunden. Jetzt ist es also passiert. Marko hat eine Freundin.

»Das wurde aber auch Zeit, der Film fängt gleich an«, sagt sie und lässt sich neben mir aufs Sofa plumpsen. Mir fällt der Satz aus unserem Vertrag ein: Die Nutzung der Wohnung auf Dritte zu erweitern ist ausgeschlossen, sobald das gemeinsame Kind geboren ist. Aber so weit ist es leider noch nicht. »Alles in Ordnung?«, erkundigt Isabella sich. Ich nicke. »Komische Situation das Ganze. Aber wir werden das Kind schon schaukeln.« Du schaukelst mein Kind ganz bestimmt nicht, denn dann werde ich von meinem Widerspruchsrecht Gebrauch machen, will ich am liebsten sagen. Stattdessen lächele ich sie an. Ein bisschen bemüht, aber immerhin. Marko greift nach der Fernbedienung und schaltet das erste Programm ein.

»Nix da«, sagen Isabella und ich wie aus einem Mund.

»Ich würde gerne den Pilcher im Zweiten sehen«, sage ich, »aber das kann ich auch in meinem Zimmer machen.«

»Kommt gar nicht infrage. Den will ich auch sehen«, erklärt Isabella resolut und entringt Marko unter Einsatz ihres gesamten Körpers und zahllosen Küssen die Fernbedienung. Ich sehe stoisch nach vorne und ärgere mich, dass die beiden überhaupt keine Rücksicht auf meine Gefühle nehmen. Bis mir einfällt, dass ja weder sie noch er von meinen Gefühlen wissen. Zum Glück. »Du darfst gerne in deinem Zimmer fernsehen, wir bleiben hier«, erklärt Isabella jetzt zuckersüß.

»Na, da habe ich mich ja auf was eingelassen.« Friedfertig überlässt Marko uns die Fernbedienung und legt seinen Arm um Isabella, die seltsame Schnurrlaute von sich gibt. Ich glaube, mir wird schlecht. Als hätte er es gespürt, kommt in diesem Moment Idefix angehoppelt und springt auf meinen Schoß. So habe ich doch jedenfalls auch jemanden zum Kuscheln. Dankbar kraule ich seinen Nacken, während der weiße Rosamunde-Pilcher-Schriftzug auf dem Bildschirm erscheint. Die Kamera schwenkt über die englische Küstenlandschaft, romantische Musik ertönt. Ich greife nach der Fernbedienung und stelle die Lautstärke höher. Konzentriere mich ganz auf den Film und schaffe es leider trotzdem nicht, die schmatzenden Kussgeräusche zu meiner Rechten vollkommen auszublenden. Nach fünf Minuten reicht es mir, ich wende mich dem Pärchen zu und sage mit honigsüßer Stimme: »Marko, du hast in dieser Wohnung einen Raum, über dessen Nutzung du ganz alleine bestimmen darfst. Wenn ihr poppen wollt, dann macht das bitte dort.« Das hat gesessen. Irritiert sehen die beiden mich an.

»Aber wir wollen doch gar nicht …«

»Auf das Vorspiel kann ich auch gut verzichten. Also?«

»Wir hören ja schon auf.« Wie zwei ertappte Teenager sitzen sie nebeneinander auf dem Sofa. Sicher, es ist ein schwacher Triumph, aber doch immerhin besser als gar keiner.

»Tut mir echt leid, Süße.« In einem lila-weißen Batikkleid, das eher nach Zelt aussieht, rutscht Kati auf ihrem Stuhl hin und her und versucht, eine bequeme Haltung zu finden. »Ich hasse diese Wohnung«, stöhnt sie schließlich. »Ich vermisse mein Küchensofa. Was ist an meinem alten Sofa auszusetzen, dass ich es hier nicht aufstellen durfte?« Ich lasse meinen Blick durch die durchgestylte Designerküche schweifen und versuche, mir Katis abgewetzte Ledercouch darin vorzustellen.

»Es passt hier einfach nicht so recht rein.«

»Da hast du absolut Recht!«, gibt sie zurück. »Es passt hier nicht rein. Ich passe hier nicht rein. Ich werde wahnsinnig in dieser Wohnung. Komm, wir gehen rüber.« Damit watschelt sie vorneweg ins Wohnzimmer, wo sie sich aufs Sofa sinken lässt.

»Total unbequem«, schimpft sie und legt die Beine hoch. »Ich bin dermaßen erschöpft. Ich kriege nachts kein Auge zu. Entweder tritt mich das Baby oder Paul. Ich wünschte, ich hätte ein eigenes Zimmer. So wie du. Du hast es gut!« Ganz offensichtlich spiegelt mein Gesichtsausdruck wider, was ich in diesem Moment denke, denn Kati schlägt sich erschrocken die Hand vor den Mund. »Ich bin ein solcher Esel. Was ist nur los mit mir? Seit ich schwanger bin, kreise ich nur noch um mich selbst. So, jetzt aber. Du hast es natürlich überhaupt nicht gut. Das heißt, das mit dem eigenen Zimmer, das ist schon gut, aber …«

»Kati …«, unterbreche ich sie warnend und sie nickt heftig.

»Genau. Davon abgesehen ist das alles gar nicht gut. So ein Mist. Diese Schlange. Was fällt der ein?« Ich entspanne mich zusehends, während Kati eine Schimpftirade nach der anderen über Isabella loslässt. Das habe ich gebraucht. Ein bisschen Mitgefühl. »Aber weißt du, es ist gut möglich, dass die Sache ganz schnell wieder vorbei ist.«

»Meinst du wirklich?«

»Was hast du gesagt, wie oft sie ihm vorher weggelaufen ist? Sechsmal?«

»Sieben«, korrigiere ich.

»Eben. Siebenmal. Warum sollte es dieses Mal anders sein? Diese Frau ist offenbar überhaupt nicht fähig, eine feste Bindung einzugehen. Sie genießt den Rausch der Verliebtheit, und sobald das erste Problemchen auftaucht, ist sie weg.« Gedankenverloren starrt Kati auf ihren runden Kugelbauch. »Manchmal wünschte ich, das könnte ich auch machen. Einfach abhauen.«

»Äh, Kati? Wir sprachen gerade über mich und mein Problem«, erinnere ich sie.

»Richtig. Entschuldige. Also, wie ich sagte, sie hat ihn schon so oft verlassen. Und da gab es noch keine andere Frau, die von ihm schwanger war und mit der er eine Familie gründen wollte.« Langsam begreife ich, worauf sie hinauswill.

»Du meinst …«

»Na sicher. Mag ja sein, dass sie im Moment gute Miene zum bösen Spiel macht und sich sogar mit dir verbündet, wenn es um die Fernsehunterhaltung geht, aber sie wird ziemlich bald merken, worauf sie sich da eingelassen hat. Wenn das Baby erst mal da ist, wird Marko mit eurem Familienleben ziemlich ausgelastet sein. Und sie hat ihn nur an zwei Abenden pro Woche für sich allein. Was denkst du, wie sie das finden wird?«

»Vermutlich ganz schön scheiße.«

»Aber so richtig scheiße«, bestätigt Kati. »Und eine eigene Familie wird sie mit ihm auch nicht gründen können.«

»Sie will auf keinen Fall Kinder haben, das ist auch ein

Grund, weshalb sich die beiden des Öfteren getrennt haben.«

»Ach was, irgendwann tickt bei jeder die biologische Uhr«, wischt Kati diesen Einwand vom Tisch. »Verlass dich drauf, wahrscheinlich ist die Frau noch vor der Geburt wieder weg. Und dann hast du die nächsten achtzehn Jahre Zeit, Marko in dich verliebt zu machen. Der kommt schon noch drauf. Manche Männer sind eben einfach etwas langsamer. Dabei fällt mir ein, habe ich dir erzählt, dass Paul jeden Morgen eine Stunde das Bad blockiert? Eine Stunde! Ist das zu fassen?«

Ich mache mir ein bisschen Sorgen um Katis Beziehung. So nörgelig und unzufrieden kenne ich meine sonst immer gut gelaunte Freundin gar nicht. Andererseits befindet sie sich ja auch in einer Ausnahmesituation. Dicker Bauch, Wasser in den Beinen und dazu das erste Mal in einer gemeinsamen Wohnung mit einem Mann, da können die Nerven schon mal blank liegen. Vor allem, wenn man ein so freiheitsliebender Mensch wie Kati ist. Es wird schon alles gutgehen mit den beiden, beruhige ich mich und schiebe die unangenehmen Gedanken beiseite. Eigentlich geht es mir nämlich bedeutend besser als vor dem Gespräch mit Kati. Bestimmt hat sie Recht. Das Problem Isabella wird sich von selbst erledigen.

Und so ertrage ich mit nahezu stoischer Geduld die Tatsache, dass aus meinem Zuhause von einem auf den anderen Tag plötzlich eine Art Kommune geworden ist. Isabella scheint praktisch bei uns eingezogen zu sein, egal ob am Frühstückstisch oder abends auf der Couch, überall begegnet sie mir. Aber zum Glück wird sich diese Situation ja bald ändern. Sobald mein Baby da ist, wird die Nutzung für Dritte ausgeschlossen. Und ich denke gar nicht daran, da irgendwelche Ausnahmen gelten zu lassen. Dann muss Marko eben an seinen zwei freien Abenden in Isabellas Einzimmer-Apartment in Hamburg Jenfeld übernachten, auch wenn es furchtbar eng und am anderen Ende der Stadt ist. Da kann ich ihm leider nicht entgegenkommen. Das heißt, vielleicht könnte ich. Aber ich will nicht. Die Frau macht mich wahnsinnig. Ihre spitzen Schreie, die in der Nacht aus Markos Zimmer zu mir herüberdringen, das süßliche Parfum, das sie wie eine Wolke hinter sich herzieht und das mittlerweile in jeden Winkel unserer Wohnung gekrochen zu sein scheint. Und am schlimmsten sind die langen, hellblonden Haare, die überall herumfliegen und den Abfluss der Badewanne verstopfen. Mich wundert, dass die Frau überhaupt noch so eine beachtliche Mähne auf dem Kopf hat, denn sie haart stärker als Idefix im Frühjahr. »Es geht vorbei, es geht vorbei«, bete ich wie ein Mantra vor mich hin, während ich Rohrfrei in den Ausguss gieße oder mir Stöpsel in die Ohren stecke. »Es geht vorbei. Allzu lange kann es nicht mehr dauern.« Und tatsächlich scheint sich nach und nach Ärger im Paradies zusammenzubrauen.

Seit sechs Wochen leben wir nun schon in dieser merkwürdigen Dreierkonstellation, ich trage mittlerweile eine süße kleine Kugel mit mir herum und beim nächsten Ultraschall wird uns der Arzt wahrscheinlich sagen können, ob es ein Junge oder ein Mädchen wird. Die Morgenübelkeit ist gänzlich verschwunden, zusammen mit den furchtbaren Pickeln, die ich im ganzen Gesicht hatte. Ich fühle mich wunderbar weiblich und bin voller Vorfreude auf mein Baby. Zusätzlich stimmungsaufhellend wirkt sich die Tatsache aus, dass immer öfter lautstarke Auseinandersetzungen und immer seltener Lustschreie aus Markos Zimmer dringen. Von Ersterem lasse ich mir bedeutend lieber den Schlaf rauben.

Dennoch bin ich ein wenig übellaunig, als ich an diesem Morgen um halb acht am Küchentisch sitze und meinen Yogi-Tee schlürfe. Vor allem, weil ich ein langes, blondes Haar aus der Tasse ziehen musste, bevor ich ihn einschenken konnte. In diesem Moment nehme ich einen süßlichen Geruch wahr und stöhne innerlich auf. Und tatsächlich, eine Sekunde später betritt Isabella in einem kurzen, weißen Nachthemd, durch das man ihre Brustwarzen sehen kann, die Küche und macht sich an der Espressomaschine zu schaffen. An meiner Espressomaschine, wenn ich das mal anmerken darf.

»Guten Morgen«, sage ich höflich.

»Morgen«, kommt es kurz angebunden zurück und Minuten später sitzen mir zwei Morgenmuffel gegenüber, schlürfen ihren Kaffee und haben einander offensichtlich wenig zu sagen. So wenig, dass Isabella sich schließlich an mich wendet, wohl, um das dumpfe Schweigen zu unterbrechen.

»Sag mal, Mia, hast du eigentlich mit meinem Freund geschlafen?« Ich zucke ertappt zusammen und werfe Marko einen hilflosen Blick zu. Der scheint von einem Moment auf den anderen hellwach zu sein und versucht, durch wildes Augenrollen mit mir zu kommunizieren. Leider verstehe ich kein Wort, aber dennoch nicke ich ihm kaum merklich zu. Keine Sorge, soll dieses Nicken bedeuten. Ich weiß, was ich zu tun habe.

»Nein«, sage ich schlicht. Der Teil von Isabellas Gesicht,

auf den sie sich normalerweise mit braunem Kajalstift ihre Augenbrauen aufmalt, der aber im Moment noch völlig kahl und nackt ist, hebt sich in die Höhe.

»Ach nein? Und wie bist du dann von ihm schwanger geworden?«

»Na schön, einmal habe ich mit ihm geschlafen«, lenke ich ein, entschlossen, kein einziges weiteres Mal zuzugeben. Weder den Sex im Hinterzimmer von Markos Büro, noch den in meinem Bett oder auf seinem Sofa. Ich werfe Marko einen bedeutungsschwangeren Blick zu. Ich hoffe, er ist mir ewig dankbar, dass ich für ihn lüge. Aber wirklich dankbar sieht er eigentlich nicht aus. Eher entsetzt.

»Wusste ich es doch.« Isabellas flache Hand klatscht auf den Küchentisch und lässt unsere drei Tassen erbeben. »Ich wusste es.« Wütend funkelt sie Marko an. »Du hast mich angelogen.«

»Ich … Es tut mir leid«, stammelt er und wirft mir gleichzeitig einen wütenden Blick zu. Ich bin mir keiner Schuld bewusst. Schließlich habe ich in bester Absicht gehandelt. Was kann ich dafür, wenn Isabella mich reinlegt? »Ich wusste, dass du dich maßlos darüber aufregen würdest«, versucht Marko zu erklären. »Es hat wirklich nichts bedeutet. Deshalb habe ich es dir nicht gesagt. Es war nicht mal echter Sex.« Verwirrt sehe ich ihn an. War es nicht? »Nur ein Zeugungsakt. Wir wollten uns einfach das Geld sparen, das der Arzt gekostet hätte, das war alles.«

»Lügner«, giftet Isabella, während ich versuche, nicht allzu persönlich zu nehmen, was Marko vom Stapel lässt.

»Es war nur dieses eine Mal, Isa, wirklich. Bitte, beruhige dich.« Sie springt auf und greift sich meinen Lieblingsbecher mit der Aufschrift »BEST FRIENDS FOREVER« vom Küchenregal, den mir Daniel vor einer Ewigkeit geschenkt hat. Ich brauche eine Sekunde, um zu verstehen, was sie vorhat, doch als sie ausholt, um das gute Stück auf den Boden zu werfen, bin ich mit einem Satz auf den Beinen.

»Wage das nicht«, fauche ich und sie hält tatsächlich inne, um mich überrascht anzustarren. Ich nutze die Schrecksekunde, stürze mich auf sie und versuche, ihr den Becher zu entringen, sie greift nach meinen Haaren und zerkratzt mir mit ihren falschen Fingernägeln die Kopfhaut. In dem Moment, als mir klar wird, wie entwürdigend wir uns benehmen, geht Marko zum Glück dazwischen.

»Hört sofort auf! Isabella, lass sie los. Du bist wohl nicht ganz dicht. Mia ist schwanger, verdammt noch mal.« Abrupt lockert sich ihr Griff und ich mache schnell einen Schritt zurück. Verstecke mich hinter Markos breitem Rücken. Eine warme Welle der Zuneigung durchströmt mich. Er verteidigt mich. Und sein Kind. Über seine Schulter hinweg sehe ich Isabella an und kann in ihren Augen lesen, dass sie gerade genau dasselbe denkt. Denn ihre Augen sind voller Hass. Und dann fängt sie an zu weinen. Mist.

»Du verdammter Mistkerl«, schluchzt sie. Ich brauche Markos Gesicht nicht zu sehen, um zu merken, wie sich seine Stimmung verändert. Seine Körperhaltung spricht Bände. Er macht einen Schritt auf Isabella zu. Und damit einen von mir weg.

»Isa.«

»So geht das nicht weiter. Du kannst nicht beides haben. Mit mir die leidenschaftliche Liebe und mit ihr eine Familie. Du musst dich entscheiden.« Er legt die Arme um sie und sie weint an seiner Schulter. Ich stehe mitten in der Küche und hätte auch gerne jemanden, der mich umarmt. Aber leider ist da keiner.

»Isabella hat Recht«, sage ich. »Du musst dich entscheiden.« Marko fährt zu mir herum und sieht plötzlich aus wie ein in die Enge getriebenes Tier.

»Ich muss überhaupt nichts. Schließlich haben wir eine Abmachung!« Bevor ich etwas erwidern kann, löst sich Isabella aus seinen Armen und funkelt ihn böse an.

»Aber wir nicht. Ich habe nie zugestimmt, bei diesem ganzen Quatsch mitzumachen. Das ist ganz allein dein Problem. Also sieh zu, wie du da rauskommst.« Wie er da rauskommt? Ich höre wohl nicht richtig.

»Er bleibt«, sage ich wütend.

»Dann gehe ich.«

»Lass dich nicht aufhalten!«

Sie starrt erst mich, dann die Tasse an, die sie noch immer in der Hand hält. Leider brauche ich den Bruchteil einer Sekunde zu lange, um zu verstehen, was sie vorhat, denn im nächsten Moment fliegt Daniels Geschenk auf den Küchenboden und zerspringt in tausend Scherben. Sprachlos sehe ich auf die Bescherung, während Isa sich mit funkelnden Augen an Marko wendet: »Ich will, dass du sie verlässt. Ich will, dass du diese Farce endlich beendest. Ich will dich für mich alleine.«

Marko scheint es ganz offensichtlich die Sprache verschlagen zu haben. Er sieht von mir zu Isa und wieder zurück und klappt dabei den Mund auf und zu wie ein Fisch auf dem Trockenen.

»Du kannst ihn aber nicht haben. Ich bekomme ein Kind von ihm«, übernehme ich das Sprechen für ihn.

»Dein Kind ist mir so was von egal.« Das hätte sie nicht sagen sollen. Ich spüre, wie mir das Blut in den Kopf steigt, vor meinen Augen tanzen rote Pünktchen und schon platzt es aus mir heraus: »Er hat mit mir geschlafen. Nicht nur einmal. Oft. Sehr oft. Bis du aufgetaucht bist.«

Neben mir zieht Marko scharf die Luft ein und schon tut es mir leid, dass ich das gesagt habe. Immerhin hatte ich ihm versprochen, den Mund zu halten. Aber ich konnte nicht anders. Sie hat meine Tasse zerschlagen. Und mein Kind beleidigt. Ich konnte nicht anders.

»Ich wusste es.« Isa sieht mindestens so elend aus, wie ich mich fühle. Dann dreht sie sich abrupt um und flüchtet aus der Küche.

»Vielen Dank auch«, zischt Marko mir zu, »das war ja echt nett von dir.«

»Tut mir leid«, sage ich halbherzig.

»Wenn ich es nicht besser wüsste, würde ich denken, du willst meine Beziehung boykottieren.«

»Entschuldigung? Hast du gehört, wie die Frau mit mir geredet hat?«

»Es ist eben nicht leicht für sie.«

»Für mich etwa?« Meine Stimme klingt jetzt fast so schrill wie die meiner Nebenbuhlerin. Einen Moment lang sieht Marko so aus, als wollte er einlenken. Als würde er endlich auch mal meinen Standpunkt in der ganzen Sache kapieren. Doch dann wendet er sich brüsk ab.

»Darum kann ich mich jetzt nicht auch noch kümmern. Ich muss jetzt erst mal ausbügeln, was du angerichtet hast.«

»Ich?« Vor lauter Empörung bekomme ich kaum noch Luft.

»Du weißt, was ich meine.« Und selbst wenn ich es nicht wüsste, wäre ihm das auch egal. Denn schon stürzt er seiner geliebten Isabella hinterher.

Kapitel 19

Wie ein aufgescheuchtes Huhn laufe ich durch die Wohnung, von einem Zimmer ins nächste, Idefix immer dicht hinter mir. An Arbeiten ist nicht zu denken, ich bin viel zu aufgewühlt, also nehme ich meinen Hund schließlich an die Leine und mache mit ihm einen langen Spaziergang. Jedenfalls so weit, wie mich meine Füße tragen. Es ist ein heißer Junitag, die Sonne brennt vom Himmel herunter, die Luft kommt mir stickig und trocken vor. Und die sieben Kilo, die ich zugenommen habe, tun ihr Übriges, auch wenn meine Frauenärztin mir versichert hat, dass mein Gewicht für den fünften Monat absolut in Ordnung ist. Also setze ich mich, kaum dass wir an der Alster angekommen sind, auf eine Bank und starre auf das funkelnde Wasser, während Idefix sich auf der Hundewiese mit seinen Artgenossen vergnügt. Was war das bloß für ein Morgen. Noch immer rauscht das Adrenalin durch meine Adern, wenn ich an Isabellas Ausbruch denke. Es hätte nicht viel gefehlt, und wir hätten uns wahrhaftig dort in der Küche geprügelt. Um einen Mann. Wie tief kann man sinken? Aber vielleicht musste es früher oder später zu diesem Eklat kommen. Welche Dreiecksgeschichte nimmt schon ein friedliches Ende? Das hat sich Marko wirklich zu einfach vorgestellt. Und ich mir auch. Es hat schon einen Sinn, dass wir Menschen uns in Paaren zusammentun, oder etwa nicht? Je länger ich darüber nachdenke, desto ruhiger werde ich. Immerhin hatte Kati mit ihrer Voraussage Recht. Ganze sechs Wochen hat Isabella ausgehalten, bevor sie Marko ein Ultimatum gestellt hat. Und ich kann sie sogar verstehen. Selbstverständlich ist das kein Zustand, quasi nur ein geduldeter Gast im Zuhause des eigenen Freundes zu sein. Und dabei zuzusehen, wie sein Kind im Bauch einer anderen heranwächst. Fast bekomme ich Mitleid mit Isabella, aber diese Anwandlung vergeht schnell wieder. Schließlich hat sie sich die ganze Sache selbst zuzuschreiben. Sie hat ihn verlassen. Er ist zu mir gekommen. Wir gründen jetzt eine Familie. Daran ist nichts zu rütteln, und wenn sie sich auf den Kopf stellt oder unsere gesamte Wohnung zerlegt. Entschlossen stehe ich von der Bank auf und pfeife nach Idefix. Sicher wird Marko bald nach Hause kommen.

Tatsächlich sitzt er bereits an unserem Küchentisch, als ich hereinkomme. Vollkommen fertig sieht er aus, blass und mit dunklen Ringen unter den Augen. Das wollte ich natürlich auch nicht. Dass er sich jetzt so elend fühlt. Ich setze mich ihm gegenüber und obwohl ich nicht unbedingt davon geträumt habe, dem Mann, den ich liebe, das Händchen zu halten, während er einer anderen Frau hinterhertrauert, lege ich ihm mitfühlend die Hand auf den Unterarm. Plötzlich muss ich an Daniel denken. Der das unzählige Male durchgemacht hat. Mit mir. Das Herz wird mir schwer. Der Arme. Und ich habe das immer als selbstverständlich hingenommen. Ihn zu jeder möglichen und unmöglichen Zeit aus dem Bett geklingelt, um mich auszuheulen. Es muss schrecklich für ihn gewesen sein und in diesem Moment bereue ich zutiefst, dass ich damals nicht ein bisschen mehr Feingefühl gezeigt habe. Ich sehe Marko an, der mir noch immer stumm gegenübersitzt. Vielleicht gibt es doch so etwas wie Karma? Obwohl ich dieses Konzept zugegebenermaßen bis heute nicht ganz begriffen habe. Ist das Leben wirklich so rachsüchtig? Schließlich ist die Sache mit Daniel ja nicht aus böser Absicht passiert. Sondern aus Unwissenheit. Na schön, wenn ich ganz ehrlich bin, dann vielleicht auch aus einer gewissen Ignoranz heraus. Wie auch immer. Daniel hat mir zur Seite gestanden und ich werde eben für Marko da sein. Das stehe ich jetzt durch. Schließlich habe ich ja auch ertragen, wie er die letzten Wochen mit Isabella verliebt vor meinen Augen herumgeturtelt hat. Übrigens auch eine Situation, die Daniel mit mir des Öfteren erleben musste. Kann ich vielleicht endlich mal aufhören, an meinen ehemaligen besten Freund zu denken? Um den geht es doch hier gerade überhaupt nicht. Wenn man von der kosmischen Waagschale jetzt mal absieht. Ich muss mich um Marko kümmern.

»Mia«, sagt der in diesem Moment mit schleppender Stimme.

»Ich weiß, ich weiß«, murmele ich und lege nun auch noch die andere Hand auf seinen Arm.

»Du weißt?« Für einen Moment weicht der Schmerz in seinen Augen echter Verblüffung.

»Natürlich weiß ich. Es ist schon gut.«

»Ehrlich?«

»Ja.«

»Ach, Mia.« Seine Miene hellt sich so schnell auf, dass ich schon ein bisschen überrascht bin. Ich scheine ja eine geradezu begnadete Trösterin zu sein. »Ich war mir sicher, du würdest vollkommen ausrasten.«

»Na ja, leicht fällt es mir nicht«, gebe ich zu, denn schließlich bin ich immer noch eine Frau mit Gefühlen. Er soll nicht denken, dass er so einfach auf mir herumtrampeln kann.

»Natürlich nicht.« Er nickt nachdenklich mit dem Kopf. »Es wird nicht leicht.«

»Das nicht.« Es hat ja keinen Sinn, ihm etwas vorzumachen. »Aber irgendwann sieht die Welt auch wieder besser aus.«

»Ich bin wirklich froh, dass du es so gut aufnimmst.« Ich zucke mit den Schultern.

»Weißt du, eigentlich bleibt mir ja gar nichts anderes übrig.«

»Da hast du wohl Recht. Aber trotzdem finde ich es toll, dass du so ruhig bist. Du könntest mir schließlich auch eine riesige Szene machen.«

»Dafür ist doch wohl jemand anderes zuständig, hm?« Ich zwinkere ihm zu, obwohl ich nicht ganz sicher bin, ob es schon der richtige Zeitpunkt ist, um kleine hämische Lästerattacken gegen seine Ex zu starten. Aber sein Grinsen bestätigt mir, dass mein Timing gar nicht so schlecht ist.

»Da hast du allerdings Recht.« Er seufzt tief. Ich drücke erneut seine Hand. »Und ich fürchte, jetzt mit den ganzen Hormonen wird es nicht besser werden.«

»Hm?«

»Also, dann geh ich mal packen.«

»Packen? Wieso? Willst du verreisen?«

Ganz offensichtlich habe ich da etwas gründlich missverstanden. Eine Stunde später sitze ich wieder am Küchentisch. Alleine diesmal. Und der Boden sieht aus, als habe hier jemand einen Polterabend gefeiert. Idefix sitzt winselnd an der Türschwelle.

»Idefix, bleib«, sage ich mit scharfer Stimme, weil ich nicht will, dass er sich an der Bescherung die Pfoten aufschneidet. Marko packt seine Sachen. Ach ja, und Isabella ist schwanger. Erwähnte ich das schon? Sie, die angeblich niemals Kinder wollte. Wie kann das sein? Die beiden sind doch gerade erst seit ein paar Wochen wieder zusammen. Da muss sie ja sofort, beim ersten Mal … Ja, genau wie ich. Ich hätte Marko ins Gesicht schlagen können, als er bei dieser Feststellung auch noch dämlich von einem Ohr bis zum anderen gegrinst hat. Auch wenn er sich augenscheinlich bemüht hat, es zu unterdrücken. Aber nicht gut genug. Mein Leben ist ein Scherbenhaufen, meine Küche ebenfalls, und dennoch findet der Herr noch Zeit, auf seine Turbo-Spermien ungemein stolz zu sein. Ich könnte heulen. Falsch. Ich heule. Idefix wimmert.

»Bleib«, schluchze ich, kann mich aber einfach nicht aufraffen, mich zu erheben und zu ihm zu gehen. Das Kind, das noch nicht mal ein halbes Kilo wiegt, scheint plötzlich schwer wie Blei zu sein. Ich starre auf meinen Bauch hinunter. Was habe ich mir bloß dabei gedacht? Wie soll ich diesem Kind eine gute Zukunft schenken? Ich bin ganz allein. Marko macht sich aus dem Staub und gründet eine eigene Familie. Mit Isabella. Wie konnte das bloß passieren? Ich wollte doch kein Drama mehr. Nie wieder verlassen werden. War das nicht Sinn und Zweck der ganzen Übung? Und jetzt fühle ich mich elender als jemals zuvor in meinem Leben. Wie kann er mir das antun? Wir hatten eine Abmachung. Ein Adrenalinstoß geht durch meinen Körper und ich setze mich mit einem Ruck auf. Finde sogar die Kraft, aufzustehen und in den Flur zu wanken. Idefix folgt mir auf dem Fuße. Ich straffe die Schultern und klopfe an Markos Zimmertür.

»Ja?«, kommt es von drinnen. Ich öffne die Tür und Marko sieht mir ängstlich entgegen. Sein Blick scannt mich von oben bis unten ab, vermutlich will er sich vergewissern, dass ich keinen schweren Gegenstand dabeihabe, den ich ihm an den Kopf werfen könnte. »Es tut mir so leid«, wiederholt er zum heute wohl tausendsten Mal. Ich lasse meinen Blick durch den Raum schweifen. Die Türen des Kleiderschranks stehen offen, beinahe alle seine Kleider sind bereits in Koffern und Reisetaschen verschwunden. Idefix, der an meinem Unterschenkel zu kleben scheint, stößt ein wimmerndes Geräusch aus und pupst lautstark. Markos Blick wechselt von mitleidig zu irritiert.

»Guck nicht so, das war Idefix«, herrsche ich ihn an.

»Ach so, natürlich. Pfui, Idefix. Raus mit dir.« Wie bitte? Ich höre wohl nicht richtig. Empört stütze ich die Hände in die Hüften und funkele Marko an.

»Mein Hund ist noch traumatisiert von der letzten Trennung. Gerade ist es etwas besser mit ihm geworden, und er hat wieder so was wie Vertrauen aufgebaut und jetzt lässt du ihn das Ganze wieder von vorne durchmachen. Kein Wunder, dass er beim Anblick von gepackten Koffern anfängt zu pupsen. Und du hast nichts Besseres zu tun, als ihn nach draußen zu schicken? Er bleibt genau hier.« Zum Glück denkt Idefix sowieso nicht daran, Marko zu gehorchen. Er steht wie ein Fels in der Brandung und pupst wie zur Bekräftigung meiner Worte erneut. »Aber du könntest mal das Fenster aufmachen«, ächze ich schließlich. »Das ist ja nicht zum Aushalten.«

»Sage ich doch.«

»Glaub nicht, du kannst dich mit mir verbünden«, fauche ich ihn an.

»Willst du jetzt wieder ausrasten?«, fragt Marko in so müdem Tonfall, dass ich am liebsten genau das tun würde. Aber das bringt mich nicht weiter. Also beherrsche ich mich mühsam und zwinge mich zur Ruhe.

»Wo werdet ihr wohnen?«

»In meiner alten Wohnung.«

»Ist die nicht längst weg?«

»Ich hatte sie untervermietet.«

»Wieso das denn?« Mir wird plötzlich übel. Marko zuckt mit den Schultern.

»Keine Ahnung. Wahrscheinlich dachte ich ...«

»Ja? Was dachtest du?«

»Ich weiß es nicht. Für den Fall der Fälle eben.«

»Du meinst, für diesen Fall?« Das kann doch wohl nicht wahr sein. Wie konnte ich nur so blöd sein? Da stürze ich mich mit allem, was ich habe, in diese Sache hinein, werde schwanger von jemandem, den ich kaum kenne, vergrätze meinen besten Freund und der Kerl hat sich die ganze Zeit ein Hintertürchen aufgelassen. »Für den Fall, dass es schiefgeht?« Erneutes Schulterzucken. Ich stehe kurz vor dem Hyperventilieren und biete offensichtlich einen ziemlich schlimmen Anblick, denn Marko kommt auf mich zu und fasst mich am Arm.

»Mia, es tut mir wirklich alles ganz furchtbar leid, und ich weiß, dass es ganz schlimm für dich ist, du solltest dich trotzdem jetzt wirklich beruhigen. Denk an das Kind.«

»Das musst du gerade sagen«, herrsche ich ihn an, versuche aber trotzdem, gleichmäßiger zu atmen. Er hat ja Recht. Irgendjemand muss schließlich an unser Kind denken, wenn er es schon nicht tut. Marko führt mich zu seinem Bett und schiebt seine schwarze Reisetasche beiseite, damit ich mich setzen kann.

»Ich denke an unser Kind. Aber ich bekomme jetzt auch noch ein zweites. An das ich auch denken muss.«

»Ist es vielleicht meine Schuld, dass du so blöde warst, Isabella zu schwängern?«

»Nein, natürlich nicht.«

»Das ist ja äußerst praktisch für dich«, die Bitterkeit steigt in mir hoch wie Säure, »jetzt hast du zwei schwangere Frauen und du kannst dich für die heiße Blonde entscheiden.«

»Es geht doch nicht darum, wer von euch beiden heißer ist.« Er nimmt mein Gesicht in beide Hände. »Du bist eine tolle Frau, Mia. Wunderschön, witzig, intelligent und süß.« Wenn die Situation nicht so aussichtslos wäre, dann würde ich jetzt darauf hoffen, dass er mich küsst. Dass er erkennt, dass ich die Frau seines Lebens bin. Was für eine Kulisse für diese Erkenntnis: hier in seinem schon halb leer geräumten Zimmer, zwischen gepackten Koffern und mit mir auf seinem Bett, tränenüberströmt, mit zerstrubbeltem, pechschwarzem Haar, roten Lippen und durchscheinend blasser Haut, wie Schneewittchen in ihrem Sarg, wenn man von der Schwangerschaft mal absieht. Und im letzten Moment erkennt der Prinz, der verblendet gewesen ist durch die Magie der anderen Frau, wem sein Herz tatsächlich gehört. Die ersten Klänge der romantischen Abspannmusik erklingen, seine Lippen nähern sich ihren … »Aber Isabella ist die Frau, die ich liebe. Wie kann ich mich da gegen sie entscheiden? Das verstehst du doch, oder?« Ich bin mit einem Schlag ernüchtert. Dies hier ist kein Rosamunde-Pilcher-Film.

Oder vielleicht doch. Aber ich spiele darin ganz sicher nicht die Hauptrolle, sondern irgendeine lumpige Nebenfigur, deren Schicksal niemanden wirklich interessiert. Die Liebe besiegt alles. Und in diesem Fall besiegt sie sogar mich.

Eine Stunde später ist Marko weg. Seine Möbel holt er morgen mit ein paar Freunden zusammen ab, und vielleicht wäre es mir lieber, wenn ich dann nicht da wäre? Ja, das ist ein guter Gedanke von ihm. Überhaupt hat der Mann alles im Griff. Ich kann erst mal hier in der Wohnung bleiben, er zahlt so lange seine Hälfte der Miete, bis ich entweder einen Mitbewohner oder eine kleinere Wohnung gefunden habe. Ein Mitbewohner. Ja, sicher, bestimmt reißen sich die Leute förmlich darum, mit einer Mutter und ihrem Neugeborenen die Behausung zu teilen. Das Bad stinkt nach Babykacke und nachts kriegt man wegen des ewigen Geschreis kein Auge zu. Ebenso wie die der potenziellen Mitbewohner wird sich aber wohl auch die Begeisterung eines Vermieters in Grenzen halten. Alleinerziehend, freiberuflich, ja, ich bin der Traumbewerber für jede Wohnung. Das habe ich Marko aber nicht gesagt. Ich habe nur genickt und dann die Tür hinter ihm geschlossen. Jetzt sitze ich auf der Couch und kraule Idefix den Bauch. Was soll ich bloß tun? Wie zur Antwort klingelt es an der Haustür. Marko, ist mein erster Gedanke und obwohl ich weiß, dass das absolut lächerlich ist, rappele ich mich vom Sofa auf und schleppe mich durch den Flur. Wahrscheinlich hat er etwas vergessen. Mach dir bloß keine Hoffnungen, ermahne ich mich selbst, während ich den Türöffner drücke. Dann trete ich in den Hausflur und beuge mich über das Treppengeländer. Es ist nicht Marko. Ich sehe einen Bauch, in bunten, geblümten Stoff gehüllt, der sich schwerfällig die Treppe hinaufschiebt, gefolgt von meiner Freundin Kati. Sofort fühle ich mich ein kleines bisschen besser. Wahrscheinlich hat sie gespürt, dass etwas Furchtbares passiert ist und hat sich sofort auf den Weg gemacht, um mir zur Seite zu stehen. Ungeachtet der Hitze, des Babybauches oder der geschwollenen Knöchel. Augenblicke später steht sie vor mir. Wie sieht die denn aus? Die Wassereinlagerungen haben sich offensichtlich mittlerweile bis hoch in ihr Gesicht gestaut, denn ihre Augen sehen ganz verquollen aus. Und in jeder Hand trägt sie einen Koffer.

»Kati, was ist denn los?« Ohne mir zu antworten, schiebt sie sich mit ihrem Gepäck an mir vorbei und lässt es mit einem Ächzen auf den Holzboden knallen. »Du solltest nicht so schwer tragen.«

»Sind nur halb voll«, sagt sie knapp.

»Was ist denn passiert?« Ich folge ihr ins Wohnzimmer, wo sie sich auf die Couch fallen lässt.

»Das mit Paul und mir … Es funktioniert einfach nicht. Wir haben uns getrennt.« Entsetzt starre ich sie an. Haben wir zurzeit eine besonders ungünstige Mondkonstellation oder warum bricht gerade alles auseinander? Ich muss mich verhört haben.

»Was?«

»Hier könntest du auch mal lüften.« Ich öffne das Fenster.

»Warum habt ihr euch getrennt?«

»Das weißt du doch selber. Wir passen einfach nicht zueinander. Das Ganze war von Anfang an eine Schnapsidee.« Wütend zwirbelt sie die Kordeln ihres Blumenkleides.

»Aber du warst doch so verliebt in ihn.«

»Eben. Blind vor Liebe bin ich gewesen. Sonst hätte ich mich doch nie auf die ganze Sache eingelassen. Eine gemeinsame Wohnung. Jede Nacht in einem Bett. Ich war schon nach ein paar Wochen völlig runter mit den Nerven.«

»Ja, du warst ziemlich angespannt«, gebe ich zu.

»Vielleicht hätte ich mich damit sogar arrangieren können, aber jetzt will Paul mich zu einer braven Bankdirektorsfrau machen. Kannst du dir das vorstellen?«

»Nein«, sage ich ehrlich.

»Ich mir auch nicht.«

»Aber wie kommst du denn bloß darauf? Paul liebt dich so, wie du bist.«

»Tut er nicht.« Nach und nach bekomme ich aus ihr heraus, was vorgefallen ist. Alles fing mit einem läppischen Geschäftsessen an, zu dem Paul und Kati heute Abend gehen wollten. Und offenbar passte ihm ihr Outfit nicht.

»Zu schrill, zu auffällig, hat er gesagt«, regt sich Kati auf. »Und dabei kann ich doch sowieso nur noch Zelte tragen. Der sollte mal sehen, was ich zu so einem dämlichen Essen anziehen würde, wenn ich nicht schwanger wäre. Da würden sie aber gucken, die Spießer!« Bei dem Gedanken muss ich wider Willen grinsen. Das würden sie vermutlich tatsächlich. Und Paul auch. »Er will mich ummodeln. Pass auf, das Beste kommt erst noch. Er hatte ein Umstandskleid für mich dabei. So ein total konservatives Teil. In Grau. Und zwar nur in Grau. Keine einzige andere Farbe. Bloß grau.«

»Uni nennt man das«, werfe ich ein und ziehe den Kopf ein, als Kati mir einen bösen Blick zuwirft.

»Weißt du, was das bedeutet? Er hatte schon damit gerechnet, dass ich mich nicht ordentlich anziehen würde, wie er das nennt. Also bringt er mir so einen Spießerfummel mit. Der spinnt doch wohl total.« Ich finde ja eigentlich, dass man dem Partner zuliebe ruhig für einen Abend ein Kleid anziehen könnte, das man sich sonst vielleicht eher nicht aussuchen würde. Wenn er dafür im Gegenzug mit einem zusammenwohnt. Das gemeinsame Kind aufzieht. Einen liebt. Da habe ich ja schon ganz andere Sachen gemacht. Erduldet, dass er im Nebenzimmer mit einer blonden Hexe vögelt. Um nur ein Beispiel zu nennen. Aber das ist wahrscheinlich kein guter Moment, um diesen Einwand anzubringen.

»Vielleicht renkt sich alles wieder ein«, tröste ich sie. »Wenn du dich erst beruhigt hast. Und er auch.«

»Er? Der hat sich ja nicht einmal aufgeregt. Hat mich nur kopfschüttelnd angeguckt. Jetzt beruhige dich doch, Liebes, hat er gesagt. Liebes! Ja, das passt zu seinem blöden Kleid. Das habe ich ihm auch gesagt. Und dann bin ich gegangen.« Sie sieht mich an und auf einmal verschwindet der wütende Ausdruck aus ihrem Gesicht und sie fängt an zu weinen. »Dieser Mistkerl. Warum heule ich eigentlich?«

»Weil du ihn liebst«, sage ich und fummele ein Taschentuch aus der Kleenexbox, der ich heute auch schon reichlich zugesprochen habe.

»Tue ich nicht. Der kann mir gestohlen bleiben.« Kati putzt sich lautstark die Nase und wirft das zerknäulte Tuch auf den Tisch, wo schon ein ganzer Haufen davon liegt. Irritiert kneift sie die Augen zusammen.

»Sag mal, bist du erkältet?«

»Nein. Aber du bist ziemlich egozentrisch.«

»Was?« Sie blinzelt mich verwirrt an. »Hast du geweint? Geht's dir nicht gut?«

»Kann man so sagen. In kurzen Worten: Marko ist weg, Isabella ist schwanger und ich sitze allein in einer viel zu großen Wohnung.«

Kapitel 20

Zumindest das Problem mit der Wohnung scheint sich fürs Erste erledigt zu haben, denn Kati ist kurzerhand mit ihren Sachen in Markos Zimmer gezogen. Am nächsten Morgen schleiche ich mich leise aus der Wohnung, um sie nicht zu wecken. Ich habe meinen Interviewtermin mit einer Schriftstellerin für die »Femina« extra auf den Vormittag gelegt. Ich habe keine Lust, Marko so schnell wiederzusehen. Gegen Mittag bin ich zurück und treffe auf eine ziemlich aufgelöste Kati.

»Du glaubst nicht, was heute Morgen passiert ist. Wie aus dem Nichts stehen plötzlich drei Männer im Zimmer und wollen mir das Bett unterm Hintern wegziehen.«

»O nein. Tut mir leid. Ich wollte dich nicht wecken. Aber ich habe dir einen Zettel geschrieben.«

»Ja, den habe ich gefunden. Nachher.«

»Sorry.«

»Macht nichts. Ich glaube, die Typen waren noch erschrockener als ich. So eine nackte, schwangere Frau, das ist schon ein Anblick.«

»Du warst nackt?«

»Ich schlafe immer nackt. Nur Spießer tragen von Mami geschenkte Schlafanzüge mit Bügelfalte.« Ihr Gesicht verdüstert sich. Ich sage dazu einfach mal nichts. »Ist ja auch egal. Jedenfalls habe ich ihnen gesagt, dass sie das Bett nicht mitnehmen können, weil ich da jetzt drin schlafe. Und dann ist Marko gekommen …«

»Er war da?«, frage ich atemlos dazwischen.

»Natürlich war er da. Na, dem habe ich vielleicht die Meinung gegeigt, das kann ich dir sagen. Und dann habe ich erklärt, dass ich sein Zimmer besetze und dass er sich eben neue Möbel kaufen muss. Für dich hat er ja auch ganz schnell Ersatz gefunden. Entschuldige.«

»Schon gut«, sage ich matt. »Und darauf hat er sich eingelassen?«

»Was sollte er denn machen? Ich habe mich schließlich mit den Handschellen aus seinem Nachttisch ans Bett gekettet.«

»Handschellen? Was denn für … Oh, ich verstehe.« Wir schweigen betreten und ich versuche, das Bild von Marko und Isabella bei wilden Sex-Spielchen aus meinem Kopf zu bekommen.

»Jetzt guck doch nicht so traurig, Süße. Wir kriegen das alles hin. Versprochen.« Kati versucht, mich zu umarmen, ohne ihren Bauch dabei allzu sehr einzuquetschen. »Wir sind doch starke Frauen. Ich weiß, du hast dir das alles ganz anders gewünscht, so richtig klassisch, aber wir können doch auch eine Familie sein. Das wird bestimmt sehr, sehr schön werden.«

»Meinst du?«

»Ganz bestimmt.«

Ganz so begeistert wie Kati bin ich noch nicht von dem Plan, aber immerhin gibt es wieder einen Lichtblick. Ich bin nicht ganz und gar allein. Vielleicht wird es doch ganz nett werden in unserer Mütter-WG.

»Übrigens, ich werde sie Luna Hope nennen.« Ein schadenfrohes Grinsen breitet sich auf Katis Gesicht aus, während sie versonnen über ihren Bauch streichelt. »Paul wird ausrasten.«

»Ausrasten? Paul?«, gebe ich zu bedenken.

»Hast Recht. Vermutlich nicht.«

»Das sollte auch wirklich nicht der Grund sein. Ich meine, Paul zu ärgern.«

»Das weiß ich doch. Hab ich doch nur so dahingesagt. Willst du einen Tee?« Gemeinsam gehen wir in Richtung Küche.

»Hast du denn mittlerweile mal einen seiner Anrufe entgegengenommen?«

»Nein.« Vorwurfsvoll sehe ich sie an. »Ich bin im Moment einfach noch zu wütend«, verteidigt sie sich. »Ich warte besser ab, bis ich mich abgeregt habe, dann kann ich ganz ruhig mit ihm das weitere Vorgehen besprechen.«

»Na, wenn du …« … meinst, will ich eigentlich sagen, aber das Wort bleibt mir im Hals stecken, als ich die klaffende Lücke mitten in der Küchenzeile entdecke. »Das kann doch nicht wahr sein.«

»Was denn?«

»Die Waschmaschine«, sage ich wütend. »Er hat die verdammte Waschmaschine mitgenommen.«

Was denkt der Kerl sich eigentlich dabei? Zugegeben, das Gerät gehört ganz eindeutig ihm, er hat es beim Umzug mitgebracht, aber trotzdem. Hat der eine Ahnung, wie viel Wäsche so ein neugeborenes Baby verschleißt? Wenn ich allein an die ganzen vollgekotzten Spucktücher denke. Und die Lätzchen. Und was da so alles passiert, wenn mal eine Windel überläuft. Nein, eine Mutter ohne Waschmaschine, das geht einfach nicht. Und zwei Mütter mit zwei Babys schon mal überhaupt nicht. Da kommen wir ja aus dem Waschsalon gar nicht mehr raus. Und Katis Geburtstermin ist nur noch zwei Wochen entfernt. Also muss ich mir wohl doch endlich eine eigene Maschine kaufen. Na toll. Und dafür habe ich meinen Silvesterwunsch verschwendet? Das war ja kein besonders kluger Schachzug von mir.

Doch erst mal ist der Gang in den Waschsalon nicht zu vermeiden, obwohl sich alles in mir dagegen sträubt. Die »Schleuderei« ist wie ausgestorben. Kein Wunder, durch das feucht-heiße Wetter, das wir schon den ganzen Juni über haben, herrscht darin ein Klima wie in der Sauna. Wer geht bei dieser Hitze schon Wäsche waschen? Ich fülle trotzdem zwei Maschinen und setze mich davor. Meine Beine fühlen sich bleischwer an. Dumpf starre ich in das Bullauge, beobachte die Wäsche, wie sie hin und her geschleudert wird.

»Mia, hallo. Dich habe ich ja lange nicht mehr gesehen.« Ich blicke auf und schaue direkt in Hildes freundliches, von Falten durchzogenes Gesicht.

»Hallo.« Sie zieht sich einen der bunten Plastiksessel heran und setzt sich neben mich.

»Ich sehe schon, du meditierst. Da will ich dich gar nicht stören.« Einträchtig sitzen wir da und starren in die Waschmaschine.

»Heute fühle ich mich wirklich wie die Socke da«, sage ich schließlich bedrückt. Hineingeworfen ins Leben, beziehungsweise die Maschine, und dann einfach der Willkür von Wasser und Schleudergang ausgesetzt. Hin und her geworfen, mal oben, mal unten, und ohne die Möglichkeit, mein Schicksal zu beeinflussen.

»Mein Großvater hat immer gesagt: Wider den Strom ist übel schwimmen«, erklärt Hilde und sieht dabei fast andächtig aus. »Das Leben ist viel leichter, wenn man seinem Fluss folgt.«

»Ist das wirklich deine Meinung?«, frage ich zweifelnd, »aber das hieße ja, dass man total fremdbestimmt ist.«

»Ich glaube, dass das Leben manchmal besser weiß, was gut für uns ist. Ich wollte zum Beispiel vor fünf Jahren alle Zelte hier in Hamburg abbrechen und auf Weltreise gehen. Davon träume ich schon, seit ich ein junges Mädchen war. Aber dann ist überraschend mein Onkel gestorben und hat mir die »Schleuderei« hinterlassen. Also bin ich hiergeblieben.« Ich lasse meinen Blick durch den Waschsalon schweifen und denke an all die exotischen Orte und Menschen, denen Hilde auf ihrer Reise hätte begegnen können.

»Und du glaubst, dass das eine gute Entscheidung war?«, erkundige ich mich ungläubig und sie nickt.

»Es gibt so viele Menschen, die ich sonst nicht kennengelernt und so viele Dinge, die ich nicht erlebt hätte. Das Leben weiß schon, was es tut.« Ich wende mich wieder meiner Meditation zu. Irgendwie gefällt mir dieser Gedanke überhaupt nicht. Wenn das Leben wirklich wüsste, was es tut, wäre ich dann jetzt in dieser Lage? Die Maschine nimmt Fahrt auf, der Wäscheberg verschwimmt vor meinen Augen zu einer unkenntlichen Masse.

Zwei Stunden später betrete ich den Hauseingang von Markos alter Wohnung. Auf dem provisorischen Klingelschild schmiegen sich die Namen Graf und Schlund aneinander. Auch wenn mir der Anblick einen Stich versetzt, kann ich nicht umhin, ein kleines bisschen schadenfroh zu sein. Ja, sie mag schön sein und Markos große Liebe. Aber sie heißt Schlund. Und wer möchte das schon? Auf dem Weg nach oben fällt mir ein, dass sie sehr wahrscheinlich bald Graf heißen wird und der kurze Augenblick des Triumphes ist wieder verflogen. Isabella steht in der offenen Tür.

»Oh.«

»Kann man so sagen. Ist Marko da?« Einen Moment sieht es so aus, als wollte sie mir den Weg versperren, dann lässt sie mich aber doch eintreten.

»Ja. Er ist da. Wir wollten aber gleich los. Zu Ikea. Um ihm neue Möbel zu kaufen.« Sie sieht mich vorwurfsvoll an.

»Bestens.« Ich drängele mich einfach an ihr vorbei und steuere das Arbeitszimmer an, wo Marko an seinem Schreibtisch sitzt. Überrascht sieht er mich an.

»Mia.«

»Oh, gut, du erinnerst dich.«

»Was ist das denn für ein Blödsinn? Natürlich erinnere ich …«

»Dann erinnerst du dich vielleicht ja auch daran, dass wir beide eine Abmachung hatten. Und dass ich schwanger bin.«

»Ich habe dir doch erklärt …«

»Ja, ja, du kannst nicht anders, du liebst sie, blablabla. Ist schon klar. Und so wenig mir das gefällt, ich verstehe dich sogar.« Es fällt mir nicht leicht, das zu sagen. Marko sieht deutlich erleichtert aus. Aber er hat ja auch noch nicht gehört, was ich ihm sonst noch zu sagen habe. »Du hast dich für sie entschieden und ich muss das akzeptieren. Trotzdem kannst du dich deshalb nicht aus der Verantwortung stehlen. Ich werde das nicht zulassen, kapiert?«

Mit in die Hüften gestützten Händen baue ich mich vor ihm auf und sehe ihm fest in die Augen. Ja, sie sind noch immer wunderschön. Aber darum geht es jetzt nicht. Niemand darf so mit mir umgehen. Auch er nicht. Ich bin keine den Wassermassen ausgesetzte Socke. »Ich bin schwanger von dir, und ich verlange, dass du dich gefälligst wie ein Vater verhältst. Und das bedeutet zum Beispiel, dass du mir nicht einfach die Waschmaschine wegnimmst.«

»Aber es ist meine Waschmaschine.«

»Das ist mir doch egal.«

»Und ich habe dir schon mein Bett und den Kleiderschrank …«

»Irrtum«, unterbreche ich ihn. »Diese Sachen hast du Kati dagelassen. Was soll ich mit einem weiteren Bett oder Schrank? Ich brauche eine verdammte Waschmaschine. Und entweder gibst du sie mir zurück oder du wäschst die Babysachen!« Dieser Einfall ist mir eben erst gekommen, aber plötzlich finde ich ihn geradezu genial.

»Schon gut. Du kannst die Maschine haben.«

»Und womit waschen wir dann?« Ich habe gar nicht registriert, dass Isabella im Türrahmen steht und unser Gespräch offensichtlich verfolgt hat.

»Ich kaufe uns eine neue.« Marko sieht aus, als fühlte er sich gerade sehr unwohl in seiner Haut.

»Wieso behaltet ihr das Ding nicht einfach und du lässt mir eine neue liefern?«, schlage ich vor und er nickt erschöpft.

»Okay.«

»Moment mal.« Genervt drehe ich mich zu Isabella um. »Ja? Bitte?«

»Kauf dir gefälligst selbst deine Waschmaschine. Marko schuldet dir gar nichts.«

»Halt dich da raus«, fahre ich sie an und wende mich wieder Marko zu. »Ich erwarte, dass du Verantwortung für unser Kind übernimmst. Nicht nur finanziell. Und ja, ich habe begriffen, dass der schönste Vertrag nichts nützt, wenn einem die Liebe zwischen die Beine grätscht, aber trotzdem will ich nicht, dass mein Kind vaterlos aufwächst. Ich will, dass du dich an zwei Abenden in der Woche darum kümmerst. Wie abgemacht.« Isabella schnappt in meinem Rücken hörbar nach Luft.

»Du hast sie wohl nicht mehr alle.« Ich ignoriere sie und sehe Marko erwartungsvoll an. Komm schon, denke ich, sei der Mann, für den ich dich gehalten habe. In den ich mich verliebt habe. »Marko wird genug mit unserer Familie zu tun haben. Sieh gefälligst zu, wie du allein ...«

»Isabella. Halt den Mund.« Überrascht sehe ich Marko an und auch Isabella hat es offensichtlich die Sprache verschlagen. Mit kugelrunden Augen steht sie da und fängt dann, wie sollte es anders sein, an zu heulen.

»Wie kannst du so mit mir reden? Und alles wegen der da. Ich will, dass sie verschwindet.« Verdammt. Die Tränendrüse. Wahrscheinlich schmeißt er mich gleich raus. Er tritt auf Isabella zu und nimmt sie in den Arm. Alle Kraft weicht aus meinem Körper. Das war es dann wohl. Der Schleudergang ist zu stark. Ich bin halt doch nur eine Socke im Wasser.

»Es tut mir leid, Isa. Ich weiß, es ist nicht einfach für dich, aber Mia wird nicht verschwinden. Sie ist ein Teil meines Lebens.«

»Was?« Vor lauter Schreck hat Isabella aufgehört zu weinen. Über ihren Kopf hinweg nickt Marko mir zu.

»Natürlich werde ich für euch da sein. Versprochen.«
»Ehrlich?«
»Ehrlich.«
Ha! Wer ist hier eine Socke?

In Markos Haut möchte ich jetzt nicht stecken, denke ich an diesem Abend, während ich mir den Bauch einöle. Aber in Isabellas eigentlich auch nicht. Oder in meiner. Richtig ideal läuft es für keinen der Beteiligten, aber immerhin wird Marko nicht gänzlich aus meinem Leben verschwinden. Noch vor ein paar Tagen hätte ich mir jetzt in den schönsten Farben ausgemalt, dass er irgendwann doch zu mir zurückkommt. Aber jetzt nicht mehr. Die Situation ist einfach zu verfahren. Pilcher-Ende ausgeschlossen. Was er auch tut, *eine* alleinerziehende Mutter lässt er so oder so sitzen. Ich bin ein bisschen neidisch auf Kati, deren Leben so einfach sein könnte, wenn sie nur wollte. Wenn sie Paul eine Chance geben würde. Aber sie lässt ihn seit Tagen ihre Mailbox vollquatschen, ohne ihm eine Chance auf ein persönliches Gespräch zu geben. Dabei würde ich den beiden so sehr ein Happy End wünschen. Auch wenn ich dann wieder alleine in der Wohnung wäre. In diesem Moment klingelt es an der Tür.

Ich blicke auf meinen eingeölten und nach Lavendel duftenden Bauch. »Gehst du mal?«, rufe ich durch die geöffnete Zimmertür.

»Bis ich mich hochgewuchtet habe, können Tage vergehen«, ruft Kati zurück. Seufzend ziehe ich mein T-Shirt herunter und gehe zur Tür, an der es jetzt von außen klopft. Da hat wohl wieder mal jemand unten die Haustür offen gelassen. Vorsichtshalber sehe ich durch den Spion, bevor ich öffne.

»Paul? Bist du das?«, frage ich nach einer Schrecksekunde verwundert und mustere den vor mir Stehenden von oben bis unten. Kein Zweifel, es ist wirklich Paul. Aber wie sieht der denn bloß aus? Seine Füße stecken in ausgelatschten, dunkelgrünen Halbschuhen, dazu trägt er eine bollerige, karierte Flanellhose, ein Siebziger-Jahre-Hemd mit riesigem Kragen und auf dem Kopf einen braunen Schlapphut, den er jetzt mit einer verlegenen Geste abnimmt und zwischen den Fingern hin und her dreht. Seine sonst so akkurat gescheitelten Haare stehen ihm kreuz und quer vom Kopf ab.

»Hallo«, grüßt der neue Paul mit einem unsicheren Lächeln. »Ist Kati vielleicht zu sprechen?«

»Äh, ja, sie ist im Wohnzimmer.« Zögernd geht Paul voran und ich folge ihm auf den Fersen. Katis Gesicht will ich mir keinesfalls entgehen lassen. Alle viere von sich gestreckt liegt sie auf dem Sofa und starrt ihren Exfreund mit offenem Mund an.

»Hallo, Kati.«

»Paul«, kommt es tonlos zurück. Ich verrenke mir den Hals, um nur ja nichts zu verpassen, während Paul anfängt, hilflos herumzustottern.

»Kati, sieh mal …, ich, also …, weshalb ich …« Plötzlich dreht er sich zu mir um und fragt, diesmal in einem zusammenhängenden Satz: »Würde es dir etwas ausmachen, uns kurz allein zu lassen? Bitte.«

»Na schön.« Ich trete den Rückzug an und Paul schließt sorgfältig die Tür vor meiner Nase. Unschlüssig stehe ich davor, beuge mich dann zum Schlüsselloch und linse hindurch. Leider kann ich nur Pauls karierten Hosenboden erkennen, aber immerhin höre ich ganz gut, was gesprochen wird.

»Kati«, ertönt Pauls Stimme gedämpft und er macht einen Schritt auf sie zu, »ich möchte doch gar keine langweilige Bankerfrau aus dir machen.« Er macht eine kleine Pause, wohl, um ihre Reaktion abzuwarten. Als keine kommt, fährt er fort: »Das mit dem Kleid war eine dumme Idee. Also jedenfalls, du fehlst mir und … ich denke nicht, dass wir nicht zusammenpassen. Schau doch! Ich kann doch auch aussehen wie du.«

»Du findest, dass ich *so* aussehe?«, fragt Kati mit einem entsetzten Unterton in der Stimme und ich halte mir die Hand vor den Mund, um nicht laut loszuprusten.

»Nein, natürlich nicht. Das meine ich nicht«, stammelt Paul, »was ich meine, ist …«

»Ja?«

»Ich liebe dich.« Als Antwort höre ich nur Ächzen und Schnaufen. Offensichtlich versucht Kati, sich von der Couch zu erheben. Dann erscheinen ihre Hände in meinem Blickfeld, die sich um Pauls Nacken schlingen.

»Ich liebe dich auch, du Spießer!« Mir wird warm ums Herz. Wenigstens für die beiden gibt es also ein Happy End. »Aber ich komme nicht zurück nach Hause. Ich bleibe hier, bei Mia.«

»Was? Warum das denn?« Paul klingt geradezu entsetzt, während ich vor lauter Spannung fast durch das Schlüsselloch krieche. »Ach so. Wegen Mia, ja? Damit sie nicht alleine ist?«

»Nein, nicht wegen Mia. Dieses klassische Familienkonzept ist einfach nichts für mich.«

»Aber wie sollen wir denn eine Familie sein, wenn wir nicht zusammenwohnen? Komme ich dann etwa zu Besuch vorbei? Bei meiner eigenen Tochter?«

»Ich will mich einfach nicht über Bartstoppeln im Waschbecken streiten. Oder über Küchenmöbel. Oder um die Bettdecke.« Katis Stimme wird schriller und die friedliche Stimmung ist im Eimer. »Es ist doch sowieso schon schwer genug, es mit einem Menschen auszuhalten. Warum muss man es sich noch schwerer machen, indem man so dicht zusa … aaaaaaaaah!« Sie stößt einen so markerschütternden Schrei aus, dass ich zusammenzucke und mit dem Kopf gegen die Tür stoße. Zum Glück scheint das keiner gehört zu haben. Nur Idefix kommt aus meinem Zimmer, stellt sich neben mich und schaut verwundert zu mir hoch.

»Schon gut, schon gut«, sagt Paul hastig. »Vielleicht kann ich ja eine Wohnung ganz in der Nähe finden.«

»Aaaah.«

»Oder ich kaufe ein riesiges Haus, wo jeder von uns einen eigenen Flügel hat.«

»P A U L!«

»Ja, dafür muss ich noch ein bisschen sparen, aber …«

»Paul, ich glaube, das Kind kommt!« Was hat sie da gerade gesagt? Das Kind kommt? Ist das nicht fast zwei Wochen zu früh? In diesem Moment wird die Türklinke heruntergedrückt und trifft mich schmerzhaft an der Stirn.

»Aua.«

»Was machst du denn da unten?«, fragt Paul verwirrt, während ich etwas unmotiviert auf Idefix herumstreichele, der wahrscheinlich denkt, dass ich jetzt völlig durchgedreht bin. Kati grinst wissend.

»Na, was wohl, sie hat gelauscht. Aaaaaah.«

»Sie hat Wehen«, erklärt mir Paul unnötigerweise. »Wir müssen ins Krankenhaus.« Zusammengekrümmt wartet Kati auf das Ende ihrer Wehe und sieht Paul dann spitzbübisch von unten herauf an.

»In dem Aufzug willst du unter Leute?« Er sieht an sich herunter und scheint mit sich zu ringen. Doch dann strafft er die Schultern und nickt würdevoll.

»Natürlich. Warum nicht? Wollen wir dann?«

Als wir im Krankenhaus ankommen, folgen Katis Wehen bereits dicht aufeinander und ich beobachte sie besorgt von der Seite. Das ist doch nicht normal, oder? Die Dame am Empfangstresen lächelt uns milde entgegen.

»Guten Tag, Paul Ludwig mein Name«, sagt Paul steif und sein ganzes Gebaren passt so überhaupt nicht zu seinem äußeren Erscheinungsbild. »Meine Freundin hat Wehen.«

»Das sehe ich.« Mit schmerzverzerrtem Gesicht lässt sich Kati auf den ihr dargebotenen Rollstuhl fallen und sieht die Schwester ängstlich an.

»Ich glaube, wir sollten keine Zeit verlieren. Irgendwie fühlt es sich an, als hätte ich das Kind schon halb zwischen den Beinen.« Plötzlich herrscht hektische Betriebsamkeit, alles geschieht auf einmal, ein gut aussehender Arzt kommt heran und eine Minute später wird Kati direkt in den Kreißsaal gefahren.

»Warten Sie, ich komme mit«, rufe ich und folge ihnen im Laufschritt, bis mir eine dralle Schwester resolut den Weg verstellt.

»Sie können da nicht rein.«

»Natürlich kann ich. Und ich werde.« Sie blickt mich von oben bis unten an und schüttelt entschieden den Kopf.

»Kommt nicht infrage. Sie sind doch selber schwanger, oder nicht?« Ich nicke. Was hat das denn bitte schön damit zu tun? »Glauben Sie mir, Kindchen, dann wollen Sie nicht sehen, was dort drin gleich passiert. Das wäre traumatisierend für Sie.« Entsetzt sehe ich sie an und dann besorgt Kati hinterher. »Warten Sie lieber hier draußen. Wenn die Wehen so schnell hintereinander kommen, wird es wahrscheinlich nicht allzu lange dauern.« Damit schiebt sie mich in die Wartezone und auf einen der hässlichen, braunen Plastikstühle. Hier sitze ich nun und knibbele aufgeregt an meiner Nagelhaut herum. Wenn die Oberschwester versucht hat, mich zu schonen, indem sie das gesagt hat, dann ist das auf jeden Fall gründlich nach hinten losgegangen. So furchterregend wie die Horrorbilder, die gerade vor meinem inneren Auge ablaufen, kann die Realität im Kreißsaal gar nicht sein.

»Oh, hallo.« Eine Stimme reißt mich aus meinen Gedanken. Eine Stimme, die mir sehr vertraut ist, die ich aber schon seit langer Zeit nicht mehr gehört habe. Ich hebe den Kopf und starre Daniel an. Ihn wiederzusehen, versetzt mir einen Schock.

»Wie kommst du denn hierher?«, frage ich statt einer Begrüßung.

»SMS von Kati.« Ich frage mich, wann zwischen unserer Wohnung und dem Krankenhaus sie die Zeit dafür gefunden hat. Daniel tritt unschlüssig von einem Bein aufs andere und kann sich offenbar nicht dazu durchringen, sich neben mich zu setzen. Weil ich mir komisch vorkomme, die ganze Zeit zu ihm hochzuschauen, erhebe ich mich von meiner ohnehin ziemlich ungemütlichen Sitzgelegenheit. Verlegen stehen wir voreinander.

»Du siehst gut aus«, stelle ich fest und er grinst schief.

»Du klingst überrascht.«

»Na ja. Das bin ich auch.«

»Besten Dank.«

»Ich sag ja nicht, dass du vorher nicht gut ausgesehen hast.« Ich schaue ihn mir genauer an. Irgendwas ist anders, aber ich kann nicht so recht erfassen, was es ist.

»Du bist ja ganz schön schwanger«, unterbricht er meine Gedanken und ich nicke verlegen. »Glückwunsch.«

»Äh, ja, danke.«

»Dann hast du ja jetzt alles, was du wolltest.« Misstrauisch sehe ich ihn an. Will er mich provozieren? Oder hat er wirklich keine Ahnung, welche Wende mein Leben in den letzten Tagen genommen hat? Andererseits, woher sollte er das auch wissen? Zwar hatten Kati und Daniel die ganze Zeit über Kontakt, aber so etwas würde sie doch ohne meine Zustimmung nicht ausplaudern. Oder doch?

»Und wo ist der stolze Vater?«

»Paul? Na, im Kreißsaal, was dachtest du denn?«

»Ich meinte eigentlich Marko.«

»Oh. Der. Ja, also …« Verlegen starre ich auf meine Füße. »Das ist eine lange Geschichte.«

»Ich habe Zeit.«

In der kargen Krankenhaus-Kantine lassen wir uns an einem wackeligen Tisch nieder, trinken lauwarmen Kamillentee und ich erzähle Daniel, was passiert ist, seit wir uns das letzte Mal gesehen haben. Am Anfang versuche ich noch, möglichst sachlich zu bleiben, ich will Daniel nicht verletzen und vor allem will ich mir keine Blöße geben, aber schon bald sprudeln die Worte nur so aus mir heraus. Eine Wirkung, die Daniel schon immer auf mich hatte. Nachdem ich geendet habe, blinzele ich ihn unsicher an. Wird er darauf herumreiten, dass er mir das ja gleich gesagt hat? Dass ich die falsche Wahl getroffen habe?

»Das tut mir wirklich leid für dich.«

»Oh. Ja. Danke.« Nervös drehe ich meinen Pappbecher in den Händen hin und her.

»Was wird es denn eigentlich?« Mit einem Kopfnicken deutet er auf meinen Bauch.

»Ein Mädchen.« Mein Herz macht einen kleinen Hüpfer. Und dann noch einen. Jedenfalls, wenn mein Herz mir durch all die Aufregung in den Bauch gerutscht ist. Erschrocken sehe ich Daniel an.

»Was ist denn los?« Besorgt kommt er um den Tisch herum auf mich zu.

»Sie tritt! Zum ersten Mal. Fühl mal.« Ich nehme seine Hand und lege sie auf meinen Bauch. Prompt versetzt ihm meine Tochter einen weiteren gezielten Tritt in die Handfläche.

»Sie hat wohl Temperament, die Kleine. Wie ihre Mutter.« Andächtig sitzen wir nebeneinander. Unauffällig betrachte ich Daniel von der Seite. Er sieht wirklich gut aus. So gesund. Und außerdem riecht er lecker.

»Hast du ein neues Parfüm?«

»Parfüm? Also, Mia, jetzt mal ehrlich, wie lange kennst du mich? Habe ich jemals Parfüm getragen?«

»Nein«, gebe ich zu. »Aber irgendwie riechst du anders. Vielleicht ein neues Duschgel? Shampoo?« Er schüttelt den Kopf und lässt meinen Bauch los.

»Ich glaube, jetzt ist sie eingeschlafen.«

»Kann sein.« Daniel beugt sich nach vorne und legt sein Ohr an meinen Bauch. »Was machst du denn da?«

»Ich dachte, vielleicht kann ich sie schnarchen hören. Falls sie das auch von dir hat«, grinst Daniel und taucht wieder auf. »Aber ich glaube nicht.«

»So ein Blödsinn, sie schwimmt doch in Fruchtwasser, da kann sie doch gar nicht … Moment mal, was?«, unterbreche ich mich selbst. »Wieso von mir? Ich schnarche doch gar nicht.« Daniel lacht leise und eine böse Ahnung steigt in mir hoch. »Etwa doch?« Er nickt.

»Ziemlich laut sogar.«

»Das kann doch nicht sein.« Ich schnarche also wirklich? »Wieso hast du mir das nie gesagt?«, frage ich vorwurfsvoll und füge zerknirscht hinzu: »Vor allem, weil ich mich beinahe jeden Morgen über deine Sägerei beschwert habe?«

»Ach, ich wollte nicht, dass du dich schämst oder so.« Ich spüre, wie ich knallrot anlaufe.

»Und du hast trotzdem so oft bei mir übernachtet?«

»Es hat mich gar nicht so gestört wie dich. Ich fand es sogar ganz niedlich. Dass solche Geräusche aus so einer kleinen Stupsnase rauskommen können.« Er lacht und in seiner linken Wange erscheint ein Grübchen. »Willst du noch einen Tee?«, erkundigt er sich und ich schüttele den Kopf.

»Nein danke. Aber vielleicht Saft, wenn sie haben?«

»Na klar. Ich guck mal.« Er geht in Richtung des Selbstbedienungstresens davon und ich gucke ihm auf den Hintern. Kaum wird mir bewusst, was ich da tue, senke ich den Blick auf die Tischplatte vor mir. Was mache ich denn da? Bin ich jetzt vollkommen übergeschnappt? Was geht mich Daniels Hintern an? Schon ist er mit zwei Gläsern Orangensaft zurück und setzt sich wieder mir gegenüber. Was ist nur mit ihm passiert? Dann fällt es mir plötzlich wie Schuppen von den Augen. Er wird sich verliebt haben. Natürlich. Das ist die einfachste Erklärung. Also hat er es tatsächlich geschafft, über mich hinwegzukommen. Wer sie wohl ist? Und wie sie aussieht? Wie ich? Ein Schneewittchentyp? Oder blond und blauäugig? Und was wäre mir eigentlich lieber?

»Ich rede die ganze Zeit nur von mir. Was ist denn bei dir so passiert?«

»'ne ganze Menge«, gibt er zurück. Hab ich's mir doch gedacht. Ich wappne mich für eine Liebesstory. »Ich trainiere jetzt für den Halbmarathon. Habe zehn Kilo abgenommen.« Jetzt bin ich schockiert. Vor allem über mich selbst. Wie konnte mir das entgehen?

»Stimmt. Du bist richtig schlank.«

»Und mein Roman ist fertig.« Er lächelt stolz.

»Was? Wirklich? Das ist ja der Wahnsinn!«

»Tja. Irgendwie hatte ich plötzlich viel freie Zeit. So ohne dich.« Ich sehe betreten zur Seite, aber er zuckt mit den Schultern. »War ja offensichtlich für was gut. Ich habe sogar einen Agenten gefunden, der begeistert ist und den Roman in einem Verlag unterbringen will.« Er lächelt stolz. Ich springe auf, hüpfe um den Tisch herum auf ihn zu und umarme ihn. »Herzlichen Glückwunsch!«

»Danke.« Wir stehen eng umschlungen und ich habe eigentlich keine Lust, ihn wieder loszulassen. Deshalb bleibe ich einfach, wo ich bin, die Nase an seinem Hals. Er riecht wirklich gut.

»Daniel, es tut mir so leid.«

»War schon alles richtig so. Gefühle kann man eben nicht erzwingen.« Bevor ich antworten kann, ertönt hinter uns Pauls Stimme.

»Hier seid ihr, ich hab euch schon gesucht.« Wir fahren auseinander.

»Alles in Ordnung mit Kati?«

»Alles bestens.« Paul strahlt über das ganze Gesicht. »Kommt mit, damit ich euch meine Tochter vorstellen kann.«

»Sie ist schon da?«, frage ich erstaunt. »So schnell?«

»Zwei Stunden«, sagt Paul so stolz, als hätte er irgendetwas damit zu tun gehabt. »Kati hat die ganze Zeit gesungen.«

»Sie hat gechantet«, korrigiere ich ihn.

»Genau. Der Arzt hat zwar komisch geguckt, aber der Erfolg gibt uns Recht, nicht wahr?«

»Euch. Schon klar.« Ich grinse ironisch.

»Wie sieht der denn aus?«, wispert Daniel mir ins Ohr, während Paul vorausgeht.

»Lange Geschichte«, wispere ich zurück. Laut frage ich: »Wie heißt sie denn nun eigentlich?«

»Luna Hope.«

In einem lila Kimono sitzt Kati aufrecht im Bett, das kleine Menschlein im rosa Strampelanzug behutsam an sich gedrückt, und sieht sehr erschöpft, aber wahnsinnig glücklich aus. Daniel, Paul und ich sitzen mit jeweils einer Pobacke auf dem Bettrand und können uns nicht sattsehen an der kleinen Luna Hope, die ihr eigenes kleines Begrüßungskomittee allerdings nicht besonders aufregend zu finden scheint. Mit halb geschlossenen Augen döst sie vor sich hin und saugt ab und an ein bisschen an Katis Brustwarze herum. Ich bin wirklich ganz hingerissen von der Kleinen und bewundere ausgiebig ihre Fingerchen und Zehchen, den dunklen Haarschopf und die kleine Stupsnase. Und wenn es Paul glücklich macht, dann behaupte ich sogar steif und fest, dass Luna ihm unglaublich ähnlich sieht, obwohl sie Kati wie aus dem Gesicht geschnitten ist.

»Mach dir keine Sorgen, Mia«, sagt diese jetzt zu mir und betrachtet dabei versonnen ihr Töchterchen, »am

Anfang ist es ganz schön unangenehm, aber sobald die PDA saß, ging alles wie von selbst.«

»Das Chanten alleine hat also nicht geholfen?«

»Bist du wahnsinnig? Nein, damit habe ich mir nur die Zeit vertrieben.«

»Aber du wolltest doch eine natürliche Geburt«, sage ich und sie zuckt mit den Schultern.

»Na und? Ursprünglich wollte ich auch keinen Spießer haben.« Sie lächelt Paul verliebt an. »Die Dinge ändern sich.«

»Aha.« Ich nicke nachdenklich und sehe wieder Daniel an. Luna hat seinen Zeigefinger und wie es aussieht auch den ganzen Mann fest im Griff, er scheint völlig hingerissen von ihr zu sein. Was wohl auch ganz gut ist, denn in diesem Moment räuspert sich Kati vernehmlich und sucht meinen Blick.

»Mia?«

»Äh, ja.« Ertappt zucke ich zusammen und sie zieht spöttisch die Augenbrauen in die Höhe. Dann wendet sie sich resolut an Paul, der noch immer mit verzücktem Gesichtsausdruck neben ihr steht.

»Würdest du mir Schokoladenpudding holen?«

»Natürlich.«

»Und Daniel, hilfst du ihm bitte beim Tragen?« Überrascht sieht der Angesprochene auf.

»Beim Tragen? Von dem Pudding?«

»Ich habe großen Hunger.« Kati lächelt breit und Daniel befreit vorsichtig seinen Zeigefinger aus der kleinen Babyfaust. Kaum ist die Tür hinter den beiden zugeschlagen, platzt Kati damit heraus: »Was ist denn mit dir los? Warum starrst du Daniel an wie ein waidwundes Reh?«

»Was tue ich?« Waidwundes Reh? Das klingt ja total

bescheuert. Beim besten Willen kann ich mir nicht vorstellen, dass ich so aussehe. Zweifelnd sieht Kati mich an und ich seufze ergeben. »Ich weiß doch auch nicht, was mit mir los ist. Wahrscheinlich ist es nur, weil ich ihn so lange nicht gesehen habe. Und er sich so verändert hat. Findest du nicht auch, dass er richtig gut aussieht?«

»Ich fand eigentlich, dass er noch nie besonders schlecht aussah. So ein kleines Bäuchlein entstellt doch einen attraktiven Menschen nicht.«

»Nein, natürlich nicht.« Ich schüttele heftig den Kopf. Es sind ja auch nicht nur die paar Kilo. So oberflächlich bin ich nun auch wieder nicht. »Er hat seinen Roman zu Ende geschrieben, weißt du?«

»Ja, das wusste ich.«

»Und irgendwie riecht er so gut.«

»Er riecht gut???«

»Ja.« Ich merke, wie ich knallrot anlaufe. Was rede ich denn da nur? »Wahrscheinlich ein neues Duschgel. Egal. Vergiss es. Darf ich sie mal halten?« Ich strecke die Arme nach dem schlafenden Bündel aus, aber Kati schüttelt den Kopf.

»Lenk jetzt nicht ab.«

»Aber du hast gerade ein Kind bekommen. Darüber sollten wir sprechen. Nicht über den ollen Daniel und seinen knackigen Hintern.« Ups, das ist mir jetzt so rausgerutscht. Kati grinst von einem Ohr zum anderen.

»Sein Hintern, ja?«

»Ach, ich weiß doch auch nicht, was mit mir los ist. Wahrscheinlich bin ich einfach übermüdet.«

»Es ist halb zehn.« Stimmt. Mist.

»Können wir bitte über deine entzückende Tochter sprechen. Sie ist so süß.«

»Was heißt hier süß? Sie ist das schönste Kind auf der ganzen Welt. Darüber müssen wir doch gar nicht mehr reden.« Stolz sieht sie auf das leise vor sich hin schnorchelnde Baby herunter. Dabei fällt mir etwas anderes ein.

»Sag mal, Kati, schnarche ich eigentlich?«

»Wie ein Sägewerk.«

»Was?«

»Ich höre dich sogar manchmal durch die Wand hindurch.« Geschockt sehe ich sie an.

»Wieso hat mir das nie einer gesagt?«

»Hat Marko doch. Oder irre ich mich?«

»Schon«, gebe ich zu. »Aber der war ja gleich so biestig.« Ich ziehe eine Grimasse. »Ach, was soll's! Kann mir ja eigentlich auch egal sein. Ich werde sowieso bis in alle Ewigkeiten alleine schlafen.«

»So ein Quatsch. Ah, der Schokopudding. Danke, Paul!«

Kapitel 21

Tatsächlich schlafe ich schon in der folgenden Nacht nicht alleine, denn Daniel kommt mit zu mir und wir reden die halbe Nacht. Schließlich haben wir einiges nachzuholen.

»Ich kann nicht glauben, dass Mirko diese Nummer mit dir abgezogen hat. Was für ein Arschloch.«

»Du kannst ruhig seinen richtigen Namen sagen. Er hört dich eh nicht«, sage ich grinsend und lehne mich auf der Couch zurück.

»Dann eben Marko«, korrigiert Daniel sich widerwillig und verzieht das Gesicht. »Wenn ich den in die Finger kriege.«

»Ach, es ist schon okay so. Gegen die Liebe kann man eben nichts ausrichten«, sage ich und wundere mich selbst, wie friedfertig ich bin. Wahrscheinlich ist es Daniels Anwesenheit. Er hatte schon immer eine beruhigende Wirkung auf mich. Irritiert sieht er mich an.

»Was ist denn mit dir passiert, Mia?«

»Gar nichts. Es ist nicht so, dass ich mich nicht wahnsinnig aufgeregt hätte. Du kannst dir ja mal den dezimierten Bestand an Porzellan in der Küche anschauen, dann weißt du, wovon ich rede. Aber was soll ich denn machen? Egal, wie viele Becher ich zerschlage, er kommt nicht zurück. Er liebt sie. Basta.«

»Aber ihr hattet einen Vertrag. Hattet ihr doch, oder?«

»Ja, schon.« Verwundert registriere ich, dass ich daran in der ganzen Zeit nicht ein einziges Mal gedacht habe.

»Kann ich den mal sehen?«

»Von mir aus.« Ich gehe rüber in mein Zimmer, wo ich aus meiner Schreibtischschublade den von Marko und mir unterschriebenen Zettel hervorhole. Kopfschüttelnd sehe ich darauf und kann nicht glauben, wie naiv ich war.

»Wer hat denn den aufgesetzt?«, erkundigt sich Daniel, nachdem er den Vertrag studiert hat.

»Steht doch da. Wie hieß er noch? Klaus Schmidt.«

»Und wo hattest du den her?«

»Gelbe Seiten«, sage ich achselzuckend.

»Natürlich.« Daniel grinst. »Aber der Vertrag scheint in Ordnung zu sein. Dann kann Marko gleich mal sein Sparbuch kündigen.«

»Das bringt doch nichts.«

»Und ob das was bringt. Zehntausend Euro, um es genau zu nehmen. Die willst du dir doch wohl nicht entgehen lassen.«

»Bei der ganzen Sache ging es mir doch nicht …«

»… ums Geld, ich weiß«, seufzt er.

»Genau. Und es ist doch totaler Quatsch, Marko jetzt auf diese Vertragsstrafe festzunageln. Es war von Anfang an eine blöde Idee. Und wenn da eine Million stehen würde, dann hätte ihn das vermutlich auch nicht abgehalten.« Weil Daniel noch immer nicht überzeugt zu sein scheint, fahre ich fort: »Sieh mal, wir haben wirklich alles getan, um uns aneinanderzuketten, gemeinsame Wohnung, ein Kind, sogar eine eingetragene Lebensgemeinschaft. Und was hat es genützt? Gar nichts. Weil wir es aus den falschen Gründen gemacht haben. Aus Angst. Und Kontrollsucht.«

»Du willst ihn einfach so davonkommen lassen?«

»Ich will, dass wir zivilisiert miteinander umgehen können und dass meine Tochter einen Vater hat.« Mit schief gelegtem Kopf sieht Daniel mich an, dann lächelt er.

»Mia, wie konnte das denn passieren? Du bist ja erwachsen geworden.«

Um halb drei bin ich so müde, dass mir fast die Augen zufallen.

»Ich muss ins Bett«, sage ich bedauernd und Daniel erhebt sich sofort.

»Na klar, dann gehe ich jetzt besser mal.«

»Ja. Okay.« Ich folge ihm durch den Flur in Richtung Haustür, wo wir unschlüssig voreinander stehen. »Es war so schön, dich zu sehen.«

»Fand ich auch.«

»Sag mal, Daniel, hast du eigentlich eine Freundin?«, traue ich mich endlich zu fragen.

»Nein.«

»Oh.«

»Aber wir können trotzdem wieder Freunde sein, falls es das ist, was du eigentlich fragen willst.«

»Wirklich?«

»Wirklich. Es tut mir leid, dass ich dich so habe hängen lassen, ich brauchte die Zeit echt für mich. Aber jetzt habe ich es endgültig kapiert. Ich bin für dich nur ein Freund.«

»Was heißt hier nur?«

»Hast Recht.« Er nimmt mich in den Arm und drückt mich an sich. »Das ist schon eine ganze Menge. Jedenfalls ist mir klar geworden, dass du nicht die Richtige für mich bist. Ich bin wohl auch erwachsen geworden.«

»Daniel«, rufe ich ihm hinterher, als er schon die Treppen hinuntersteigt, »ich habe noch einen Schlafanzug von dir in der Kommode. Also, falls du hier schlafen möchtest …«

»Ich dachte schon, du fragst nie.«

Seit über einem Monat sind Daniel und ich jetzt wieder befreundet und beinahe fühlt es sich so an, als ob er nie weg gewesen wäre. Wir telefonieren fast täglich und verbringen die meisten Abende gemeinsam. Wie angekündigt sind Kati und Luna, nachdem sie aus dem Krankenhaus gekommen sind, zurück in Markos altes Zimmer gezogen, Paul ist aber eigentlich auch fast jede Nacht da. Ich habe noch nicht ganz verstanden, wo denn da nun eigentlich der Unterschied zu der gemeinsamen Wohnung liegt, außer der Tatsache, dass es bei uns noch weniger Platz gibt. Aber die beiden scheinen das Arrangement zu genießen und ich sowieso.

Es ist Samstagnacht, ich liege, Daniel neben mir, in meinem Bett, lausche seinen gleichmäßigen Atemzügen und bin hellwach. An Einschlafen ist nicht zu denken, denn das Baby in meinem Bauch ist putzmunter und schlägt Purzelbäume. Ich rolle mich auf die Seite, lege beide Hände auf den Bauch und betrachte den neben mir schlafenden Mann. Wie süß er aussieht mit den zerzausten, blonden Haaren und den friedlich geschlossenen Augen. Ich bin so froh, dass er wieder da ist. Eigentlich merke ich erst jetzt, wie sehr ich ihn wirklich vermisst und vor allem, für wie selbstverständlich ich ihn immer genommen habe. Ich schwöre mir, dass das nie wieder passieren wird. Vorsichtig strecke ich meine Hand aus und lege sie leicht auf Daniels Brust. Früher hat er sich immer ganz eng an mich gekuschelt, aber jetzt bleibt er brav auf seiner Seite des Bettes. Ich rücke ein wenig näher an ihn heran und beuge mich über ihn, schnuppere an seiner Halsbeuge, ohne ihn zu berühren. Er riecht mit jedem Tag besser.

»Was machst du denn da?« Erschrocken fahre ich zurück.

»Äh. Nichts.«

»Nichts? Hat sich aber anders angefühlt.«

»Du hast geträumt«, sage ich, rolle mich auf die andere Seite und drehe ihm den Rücken zu. Gut, dass er meinen hochroten Kopf nicht sehen kann. Er beugt sich über mich.

»Sag mal, kann es sein, dass du an meinem Hals gerochen hast?« Ich drehe mich wieder zu ihm um und will empört protestieren. Dann zucke ich doch nur resigniert mit den Schultern.

»Na schön, von mir aus. Ja, ich habe an deinem Hals gerochen. Wie ich dir schon gesagt habe, gefällt mir dein neues Duschgel. Bist du jetzt zufrieden?«

»Sehr zufrieden.« Er beugt sich über mich. Sein Gesicht ist jetzt dicht vor meinem. Mein Mund fühlt sich plötzlich staubtrocken an, das Herz schlägt mir bis zum Hals und meine Lippen kribbeln voller Vorfreude. Jetzt wird er mich küssen. Und es wird ganz anders werden als vor sechzehn Jahren. Es wird wunderschön werden. Ich lehne mich einen Millimeter in seine Richtung. Daniel lächelt und legt sich wieder hin. »Gute Nacht.« Wie jetzt? »Und übrigens, Mia?«

»Ja?«

»Ich habe gar kein neues Duschgel.«

Am nächsten Tag sitze ich wie auf Kohlen und warte ungeduldig darauf, dass Paul und Daniel endlich die Wohnung verlassen, damit ich mit Kati sprechen kann. Die sitzt mit tiefen Ringen unter den Augen auf der Wohnzimmercouch und strahlt ihr Baby verliebt an, das in ihren Armen friedlich vor sich hindöst.

»Ja, meine Süße, schlaf schön. Das war auch wirklich eine anstrengende Nacht.« Ich lasse mich neben den beiden auf das Sofa plumpsen.

»War sie viel wach?«, erkundige ich mich, obwohl mich das nur mäßig interessiert. Schließlich habe ich im Moment ganz andere Sorgen. Aber die Erfahrung der letzten Wochen hat gezeigt, dass Luna ein gutes Thema ist, um mit Kati ein Gespräch anzufangen.

»Sie wollte fast jede Stunde gestillt werden.«

»Tut das immer noch so weh?«, frage ich und warte angstvoll auf die Antwort.

»Tierisch«, nickt Kati und strahlt auf ihre Tochter herunter. »Aber angeblich wird es nach zwei Monaten oder so besser.« Zwei Monate? Na, wenn es weiter nichts ist. Mir wird ein wenig flau in der Magengegend und ich frage mich, mit was für einer Hormonbombe der Körper eine Frau überschütten muss, damit sie freiwillig zwölfmal am Tag ein Kind an ihrer Brust trinken lässt, obwohl ihr dabei vor Schmerz die Tränen kommen.

»Vielleicht sollte ich doch lieber nicht stillen«, sage ich, woraufhin meine Freundin energisch den Kopf schüttelt.

»Natürlich stillst du. Es ist das tollste Gefühl der Welt. Das willst du nicht verpassen!«

»Aber ich dachte, es tut weh.«

»Na und? Das tut die Liebe auch.« Nanu. Was sind das denn für philosophische Töne? Auf jeden Fall ist hier mein Stichwort.

»Du, Kati. Ich muss dir was sagen.« Erwartungsvoll sieht sie mich an. »Ich glaube, ich habe mich in Daniel verliebt.«

»Was du nicht sagst. Dass du das auch schon mitbekommen hast.« Ich ignoriere ihren Spott.

»Ich kapiere das einfach nicht. Wieso jetzt? Warum bringe ich mich ständig in so blöde Situationen? Wieso kann ich nicht einmal das Richtige tun? Oder vielmehr, wieso kann ich nicht einmal das Richtige fühlen? Wenn Daniel mich will, will ich Marko, und jetzt, wo er mich nicht mehr will …«

»Aber du weißt doch gar nicht, ob er dich nicht will.«

»Doch.« Ich starre düster vor mich hin. »Er ist über mich hinweg. Endgültig. Heute Nacht im Bett, es gab da einen Moment, weißt du, wo wir uns hätten küssen können. Wenn er gewollt hätte. Aber er wollte ganz offensichtlich nicht. Hat sich einfach umgedreht und ist eingeschlafen.«

»Hm.«

»Und das ist ja auch kein Wunder«, fahre ich mit erhobener Stimme fort, »ich bin schließlich …«

»Pssst, könntest du bitte ein bisschen leiser reden, damit sie nicht aufwacht?«

»Oh, ja, sorry. Also, jedenfalls, ich bin schwanger, und das Kind da drin ist noch nicht einmal von ihm, sondern von dem Kerl, der ihn ausgestochen hat. Den ich ihm blöderweise vorgezogen habe. Wie konnte ich nur so dumm sein?«

»Jetzt beruhige dich aber mal und sei nicht so streng mit dir selbst. Du konntest doch damals nicht wissen, dass es ein Fehler sein würde.«

»Aber Daniel wusste das von Anfang an«, gebe ich zu bedenken.

»Daniel wusste gar nichts. Er hat in dem Moment einfach für seine Interessen gekämpft, so wie du für deine. Und du warst eben einfach nicht verliebt in ihn. Da kannst du doch nichts für.«

»Aber jetzt bin ich es«, sage ich verzweifelt. »Warum muss das ausgerechnet jetzt passieren? Was stimmt denn nicht mit mir?« Katis bedeutungsschwangerer Blick lässt mich stutzen. »Was guckst du denn so komisch?«

»Also, Süße, ich habe da so eine Theorie. Möchtest du sie hören?«

»Ich weiß nicht. Will ich?« Umständlich bettet sie ihr Kind von ihrem linken auf den rechten Arm um und hält kurz den Atem an, als die Kleine zu glucksen beginnt.

»Nein, nicht aufwachen, Süße. Weiterschlafen. Okay, also, ich hätte da mehrere Ansatzpunkte. Der erste ist psychologischer Natur und sehr einfach: Du willst einfach immer das, was du nicht haben kannst. Sehr verbreitet unter Frauen. Und unter Männern übrigens auch.«

»Ich wusste es«, jaule ich auf, bevor sie fortfahren kann, »du glaubst also auch, dass ich ihn nicht haben kann.«

»Darum geht es doch jetzt gar nicht. Vom evolutionsbiologischen Standpunkt aus betrachtet ist die Sache deutlich verzwickter. Aber eigentlich auch ganz einfach.« Ja, was denn nun? »Also, wenn eine Frau sich einen Mann für die Fortpflanzung sucht, wählt sie instinktiv einen, dessen genetisches Material sich von ihrem möglichst stark unterscheidet. Dadurch bekommt das Baby ein besonders vielseitiges Immunsystem, das sein Überleben sichert. Wenn sie dann aber schwanger ist, verändert sich ihr Geruchssinn durch die neuen Hormone. Sie fühlt sich dann besonders zu Männern hingezogen, deren Immunsystem ihrem eher ähnelt.«

»Häh?«

»Brüder, Cousins, Leute von der eigenen Sippe eben, die bei der Aufzucht des Nachwuchses helfen, auch wenn das Alpha-Männchen, von dem sie sich hat schwängern lassen, längst zur Nächsten gezogen ist.« Mit offenem Mund sehe ich Kati an. »Und wenn ich mich nicht sehr täusche, kann zu dieser Gruppe Männer eben durchaus auch ein Kumpel zählen, den man über Jahre eher als Bruder denn als Mann gesehen hat. Überleg doch mal: Daniel ist fürsorglich und treu und es ist einfach entzückend, wie er mit Luna umgeht.«

»Aber das konnte ich doch noch gar nicht wissen, als ich ihn im Krankenhaus wiedergetroffen habe.«

»Musstest du ja auch nicht. Das macht doch alles deine Nase für dich.«

»Er hat gar kein neues Duschgel«, sage ich mehr zu mir selbst und starre vor mich hin.

»Wie bitte?«

»Ach nichts.«

»Klingt einleuchtend, oder?« Beifall heischend sieht sie mich an und ich nicke widerstrebend. Nicht besonders romantisch zwar, aber doch auf jeden Fall einleuchtend, das muss ich zugeben.

»Moment mal«, da fällt mir doch etwas ein, »warum bist du dann immer noch in Paul verliebt? Vor der Schwangerschaft, währenddessen und jetzt immer noch? Da hinkt deine Theorie total. Das musst du zugeben!« Einen Moment denkt sie angestrengt nach, dann zuckt sie mit den Schultern.

»Weißt du, das ist doch sowieso alles nur theoretischer Kram, der nicht wirklich was mit dem Leben zu tun hat.«

»Nicht? Ich dachte …«

»Eben«, unterbricht sie mich mit erhobener Stimme, »und vielleicht solltest du damit einfach mal aufhören. Mit dem Denken, meine ich. Und mit dem ewigen Analysieren, wo jetzt welches Gefühl warum gerade herkommt.«

»Also, das musst du gerade sagen.«

»Stimmt.« Sie lächelt friedfertig. »Aber wenn ich versuche, anthropologisch oder sonst wie zu erklären, warum ich gestern Nacht Pauls Antrag angenommen habe, dann werde ich ja wahnsinnig. Also genieße ich es einfach.« Versonnen betrachtet sie den Diamantring an ihrer linken Hand, den ich vollkommen übersehen habe.

»Und das sagst du mir erst jetzt?«, rufe ich aus und halte mir gleich darauf erschrocken den Mund zu. Aber zu spät, Luna ist bereits aufgewacht.

»Tut mir so leid«, flüstere ich, während wir beide atemlos zusehen, wie die Lider mit den erstaunlich langen Wimpern flattern und das Baby gleich darauf zu schreien beginnt.

»Ach, du süße Maus, hat die Tante Mia dich geweckt?«

»Das wäre nicht passiert, wenn du der Tante Mia diese Information nicht so lange vorenthalten hättest.«

»Wahrscheinlich hatte ich Angst, du lässt mich mit akuter Mutterschaftshormonvergiftung einweisen. Na, Süße, hast du Hunger?« Kaum ist die Brust freigelegt, schnappt Luna mit ihrem kleinen Mund danach und Kati macht ein etwas gequältes Gesicht.

»Wieso einweisen lassen? Hast du eine Ahnung, wie sehr ich mich für dich freue? Das ist doch großartig! Verliebt, verlobt, ein Kind, und das alles mit dem gleichen Mann. Bin ich froh, dass wenigstens du dein Happy End bekommst!«

»Danke, Süße.« Sie entspannt sich ein wenig und lehnt sich zurück. »Glaub bloß nicht, dass du mich jetzt loswirst. Wir bleiben hier.«

»Wirklich? Du willst ihn heiraten, aber nicht zusammenziehen?«

»Ich bin verliebt, Mia. Aber doch nicht vollkommen verrückt.«

Und wie könnte mein Happy End aussehen, frage ich mich an diesem Nachmittag, während ich vor meinem Laptop sitze und eigentlich eine Kolumne zum Thema Facebook schreiben soll. Doch ich kann mich nicht wirklich auf die Arbeit konzentrieren. Mein Leben ist dermaßen verfahren, dass vermutlich sogar Rosamunde Pilcher Probleme damit hätte, all dies zu einem glücklichen Ende zu bringen. Wie denn auch? Mit einem Kindsvater zwei Häuser weiter, seiner ebenfalls schwangeren Freundin, dem ehemals besten, jetzt nicht mehr interessierten Freund und der schwangeren und emotional vollkommen verwirrten Protagonistin. Das kann doch nicht gutgehen. Ob ich Daniel einen Brief schreiben soll? Und was würde da drinstehen?

Lieber Daniel, es tut mir leid, dass ich dich tief verletzt und mich von einem anderen habe schwängern lassen, aber offensichtlich passte dessen genetisches Material einfach viel besser zu meinem. Mittlerweile bin ich aber rettungslos in dich verliebt und würde am liebsten mein Baby mit dir gemeinsam aufziehen. Ich hoffe, es stört dich nicht allzu sehr, dass jeder, der auch nur ein bisschen Ahnung von der Mendel'schen Vererbungslehre hat, sofort erkennen wird, dass das Kind mit den stahlblauen Augen nicht von dir ist. Dafür wird es ein tolles Immunsystem haben, das heißt, du musst vielleicht ein bisschen seltener mit ihm zum Kinderarzt. Tröstet dich das?

In Liebe, Schneewittchen

Das ist also definitiv keine Lösung. Überhaupt, Schneewittchen, so hat er mich seit Ewigkeiten nicht mehr genannt. Er sagt jetzt immer Mia, was ja wohl ein eindeutiger Beweis dafür ist, dass er nicht mehr in mich verliebt ist. Was ja auch besser für ihn ist. Ich als seine beste Freundin würde ihn jedenfalls davor warnen, eine dermaßen komplizierte Beziehung einzugehen. Mit einer wankelmütigen Frau wie mir. Mit Kind. Und allem.

Sicher, vielleicht würde Frau Pilcher es sogar irgendwie hinbekommen, dass die zwei doch noch zueinanderfinden. Schließlich ist sie bestens geübt darin, Liebende auch aus den ausweglosesten Konflikten zu befreien. Irgendwo würden sie sich zufällig treffen, bei einem Spaziergang an der englischen Küste, das Meer gepeitscht vom Wind – die Haare zerzaust und die Wangen gerötet stehen sie da und sinken einander ohne viele Worte in die Arme. Ein inniger Kuss, Schwenk auf die wogenden Wellen im Sonnenuntergang, Abspann, Ende. Alle sind glücklich und niemand muss dem peinlichen Moment im Bett der beiden beiwohnen, in dem ihm klar wird, dass er in ihrem Zustand nicht so wirklich Lust auf Sex mit ihr hat.

Ein Klopfen an der Tür reißt mich aus meinen Gedanken und zwei Sekunden später steht Daniel vor mir.

»Was machst du denn hier? Und warum machst du so ein Gesicht? Bist du sauer?« Tatsächlich wirkt er zumindest sehr angespannt, wie er so dasteht, die Lippen fest aufeinandergepresst und mit pochender Halsschlagader.

»Mia«, sagt er und ich bin richtig erschrocken über seinen ernsten Tonfall.

»Was ist denn passiert?«, frage ich besorgt, stehe von meinem Schreibtisch auf und gehe auf ihn zu.

»Bist du verliebt in mich?«

»Wie bitte?« Von diesem Frontalangriff bin ich so erschrocken, dass mir das Blut in die Füße sackt.

»Du hast mich schon verstanden.«

»Äh. Wie kommst du denn darauf?«

»Ich habe gerade diese merkwürdige SMS von Kati bekommen.« Er hält mir sein Handy unter die Nase.

MIA IST IN DICH VERLIEBT.
KOMM HER UND MACH
DEN SACK ENDLICH ZU.
KATI.

Mein Blut rast in Sekundenschnelle von den Füßen durch meinen ganzen Körper in Richtung Kopf und ich klammere mich am Fußende meines Bettes fest, um nicht umzukippen.

»Oh.«

»Stimmt das? Bist du verliebt in mich? Ausgerechnet jetzt?« Ich könnte Kati den Hals umdrehen, aber das kann ich der kleinen Luna nun wirklich nicht antun. Auch wenn ihre schreckliche Mutter das mehr als verdient hätte. Warum mischt sie sich da ein? Was soll ich tun? Alles abstreiten? Daniel tritt noch einen Schritt auf mich zu. »Ich will jetzt eine Antwort haben«, sagt er so leise, dass ich ihn kaum verstehe. Ein angespannter Zug liegt um seinen Mund und plötzlich wird mir klar, dass wir das Genre gewechselt haben. Mein Leben ist kein Liebesfilm. Die Frage ist nur, was für ein Film wird hier gespielt? Wenn ich in Daniels ernste braune Augen sehe, befürchte ich fast, dass es ein Drama sein wird: »Es ist zu spät, Mia. Ich verlasse die Stadt. Versuche nicht, mich zu finden. Du wirst mich nie wiedersehen.« Und die Heldin, also ich, von Gram gebeugt bis ans Ende ihrer Tage. Noch als alte Frau werde ich der verpassten Chance auf die einzig wahre große Liebe hinterhertrauern, bitter, vertrocknet und allein. Vielleicht sterbe ich aber auch jung. Vielleicht ist dies ein Horrorfilm und die vielen Jahre der unerwiderten Liebe haben Daniel psychopathisch werden lassen. Forschend sehe ich ihn an. Blitzt da nicht ein Funke des Wahnsinns in seinen Augen? Plötzlich wird mir ein wenig mulmig, als er jetzt die Hände an mein Gesicht legt und flüstert: »Mia, du machst mich noch wahnsinnig.« Sag ich doch. Der Schweiß bricht mir aus allen Poren und ich schiele unsicher auf seine großen, starken Hände, die meinen Kopf halten. Ein kurzer Ruck, und alles ist vorbei. Er lässt meine Leiche verschwinden, entwickelt ein Massenmörderprofil und jagt von nun an schwangere Frauen. Nein, meine Phantasie geht eindeutig mal wieder mit mir durch.

»Ja, ich bin verliebt in dich. Und du brauchst mir nicht zu sagen, dass mein Timing scheiße ist, das weiß ich selber«, sage ich schnell und mache vorsichtshalber einen Schritt zurück. Sicher ist sicher. Daniel rückt zu mir auf, ich fühle mich ein bisschen in die Enge getrieben. Und jetzt legt er schon wieder seine Hände an mein Gesicht.

»Mia.« Mia. Nicht Schneewittchen. Es ist alles vorbei.

»Ja?«, frage ich schweren Herzens.

»Glaubst du wirklich, dass ich nach all den Jahren noch immer Gefühle für dich habe? Nachdem du mich sechzehn Jahre wie ein Neutrum behandelt hast? Mich immer wieder weggestoßen hast? Und dich dann von diesem Typen hast schwängern lassen? Meinst du, es reicht aus, dass es dein Kind ist, um es zu lieben, obwohl es von einem anderen Mann ist? Meinst du, ich habe Lust darauf, mir von einem Kuckuckskind den Schlaf rauben zu lassen? Den Lückenbüßer zu spielen?« Mein Mund ist staubtrocken. Er hat ja Recht. Natürlich habe ich das nicht geglaubt. Gehofft vielleicht, meinetwegen. Aber ein bisschen klarer Menschenverstand ist schon noch übrig. Also bringen wir es hinter uns. Noch einmal sehe ich ihn mir ganz genau an, damit ich sein Gesicht niemals vergesse, wenn er gleich für immer aus meinem Leben geht. Dann schüttele ich den Kopf.

»Nein, natürlich glaube ich das nicht.« Er nickt langsam und ich kann leider nicht verhindern, dass mir die Tränen in die Augen schießen.

»Und da sieht man mal wieder«, sagt er, während sein Gesicht meinem sehr nahe kommt, »wie wenig du mich kennst. Du bist doch mein Schneewittchen. Und den Zwerg, den nehme ich mit dazu.« Und dann küsst er mich.

HAPPY END

Entgegen meinen Befürchtungen hatte Daniel durchaus Lust, mit mir zu schlafen. Wir sind seitdem ein Paar und sehr glücklich miteinander. Am 23. Oktober wurde meine Tochter Marie Sommer geboren. Natürlich hat sie Luna Hope den Rang als schönstes Baby der Welt abgelaufen, dies wird jedoch im Sinne des häuslichen Friedens nicht diskutiert.

Paul und Kati sind glücklich verheiratet und ebenso glücklich getrennt lebend.

Isabella Schlund heißt mittlerweile Isabella Graf. Sie und ich haben Frieden geschlossen und sie erwartet ebenfalls eine Tochter.

Hilde hat sich entschlossen, auf ihre alten Tage doch ein bisschen gegen den Strom zu schwimmen und auf Weltreise zu gehen. »Die Schleuderei« wurde verkauft.

Und mein kleiner Idefix hat sich in eine Dackeldame namens Loki verliebt. Er und Miss Amanda Jones bleiben aber gute Freunde.